COLLECTION JULES VERNE

W0280066

COLLECTION JULES VERNE
BAND 43

Der grüne Strahl

Pawlak Taschenbuch Verlag, Berlin, Herrsching

Nachdruck mit freundlicher Genehmigung des
Verlages A. Hartleben, Inh. Dr. Walter Rob, Wien I.
Die Vorlagen für die Umschlagillustrationen der
Collection Jules Verne sind Jules Verne Bänden,
erschienen im A. Hartleben's Verlag, Wien, entnommen.
Umschlaggestaltung: Bine Cordes, Weyarn
Die Orthographie wurde der heutigen Schreibweise angeglichen.

© 1984 Pawlak Taschenbuch Verlag, Berlin, Herrsching
Alle Rechte vorbehalten,
insbesondere das Recht des Nachdrucks
in Zeitschriften und Zeitungen, des öffentlichen
Vortrags, der Verfilmung oder Dramatisierung, der
Übertragung durch Rundfunk oder Fernsehen, auch
einzelner Bild- oder Textteile.
Gesamtherstellung: Elsnerdruck GmbH, Berlin
Printed in Germany
ISBN: 3-8224-1043-8

Inhalt

Erstes Kapitel

Bruder Sam und Bruder Sib

»Bet!«

»Beth!«

»Beß!«

»Betsey!«

»Betty!«

So lauteten die Namen, welche unmittelbar hintereinander aus dem prächtigen Salon der Helenenburg ertönten – eine merkwürdige Gewohnheit des Bruders Sam und des Bruders Sib, die Verwalterin ihres Landhauses herbeizurufen.

In diesem Augenblicke verhallten aber jene familiären Abkürzungen des Namens Elisabeth ebenso wirkungslos, als wenn die Trägerin desselben mit ihrem vollen Namen gerufen worden wäre.

Dagegen erschien der Intendant Patridge, die schottische Mütze in der Hand, in der Salontür.

Patridge richtete seine Worte an zwei freundlich aussehende Männer, welche in der Nische des großen Fensters saßen, das mit den drei buntglasigen Scheiben ein Stück über die Hausfassade vorsprang.

»Die Herren haben nach Frau Beß gerufen«, sagte er; »Frau Beß befindet sich aber nicht im Hause.«

»Wo ist sie denn, Patridge?«

»Sie begleitet Miß Campbell, welche im Parke lustwandelt.«

Auf ein von den beiden Männern gegebenes Zeichen zog sich Patridge würdevoll zurück.

Jene waren die Brüder Sam und Sib – oder nach eigentlichem Taufnamen Samuel und Sebastian –, die Oheime der Miß Campbell. Schotten vom alten Schlage, Schotten aus einem antiken Clan der Hochlande, zählten sie zusammen hundertzwanzig Jahre, bei einem Altersunterschied von nur fünfzehn Monaten zwischen dem älteren Sam und dem jüngeren Sib.

Um mit wenigen Zügen diese Musterbilder von Ehrenhaftigkeit, Wohlwollen und Aufopferungsfähigkeit zu skizzieren, genügt wohl die Bemerkung, daß deren ganzes Leben einzig und allein ihrer Nichte geweiht gewesen war. Sie waren die Brüder der Mutter derselben, welche, schon nach einjähriger Ehe verwitwet, durch eine hitzige Krankheit frühzeitig hingerafft wurde. Sam und Sib Melvill blieben also als die einzigen natürlichen Beschützer der kleinen Waise zurück. Übereinstimmend in gleicher Zärtlichkeit, lebten, dachten und träumten sie nur für sie.

Um ihretwillen waren sie, ohne es eben zu bedauern, unverheiratet geblieben, zwei gutmütige Naturen, welche hienieden keine andere Rolle als die eines Beschützers zu spielen haben. Ist es nicht schon genug gesagt, wenn wir von ihnen verraten, daß der Ältere gleichsam Vaterstelle, der Jüngere dagegen mehr Mutterstelle bei dem Kinde vertrat? So kam es zuweilen vor, daß Miß Campbell sie dementsprechend mit einem: »Guten Tag, Papa Sam! – Nun, wie geht's, Mama Sib?« begrüßte.

Wem hätte man sie passender vergleichen können, diese beiden Onkels, als, abgesehen von geschäftlicher Erfahrung und Findigkeit, jenen zwei so guten, so übereinstimmenden und einander zärtlich zugetanen, hochherzigen Kaufleuten, den Gebrüdern Cheeryble aus der City von London, den beiden vollkommensten Geschöpfen, welche je der Phantasie Boz Dickens' entsprungen sind? Es wäre unmöglich gewesen, einen treffenderen Vergleich zu finden, und wenn man den Verfasser beschuldigen könnte, deren Typus dem bedeutendsten Werke Nicolas Ricklebys entlehnt zu haben, so würde niemand dieses Plagiat zu bedauern haben.

Sam und Sib Melvill, durch ihrer Schwester Verheiratung verwandt mit einem Seitenzweige der alten Familie Campbell, hatten einander niemals verlassen. Die gleiche Erziehung hatte sie auch moralisch gleichmäßig gestaltet. Sie hatten zusammen denselben Unterricht in der nämlichen Schule und ein und derselben Klasse genossen. Da sie stets über alles dieselben Gedanken zutage förderten und die gleichen Ausdrücke dafür zu gebrauchen pflegten, so konnte jeder leicht einen angefangenen Satz des anderen vollenden, wobei den Hauptpunkten auch die nämlichen Gesten erhöhten Nachdruck verliehen. Mit einem Worte, diese beiden Wesen bildeten eigentlich nur ein einziges, obgleich ihre persönliche Erscheinung einige Verschiedenheiten darbot. Sam war nämlich etwas größer als Sib, Sib etwas korpulenter als Sam; ihr graues Haar hätten sie aber vertauschen können, ohne den Charakter der grundehrlichen Gesichter zu verändern, denen der ganze Adel der Abkömmlinge des Clans von Melvill aufgeprägt war.

Müssen wir besonders hinzufügen, daß sie bezüglich des Schnittes ihrer einfachen, hinter der Mode des Tages stets etwas zurückbleibenden Kleidung, wie der Wahl der Stoffe aus vorzüglichem englischen Tuche ganz denselben Geschmack verrieten? Nur der eine kleine Unterschied – wer hätte den Grund dazu erklären können? – bestand zwischen ihnen, daß Sam die dunkelblaue, Sib dagegen die kastanienbraune Farbe zu bevorzugen schien.

Wer hätte nicht mit diesen ehrenwerten Gentlemen gern auf vertraulichem Fuße gestanden? Gewohnt, im Leben immer gleichen Schrittes zu gehen, machten sie einst gewiß auch einer unfern dem andern halt, wenn ihnen das Stündlein der ewigen Ruhe schlug. Immerhin konnte man diese beiden letzten Pfeiler der Familie Melvill noch als recht solide bezeichnen. Sie hielten gewiß noch lange Zeit das alte Gebäude ihrer Rasse aufrecht, welche dem 14. Jahrhundert entstammte, der epischen Zeit eines Norbert Bruce und eines Wallace, der Heldenepoche, in der Schottland noch mit England um seine Unabhängigkeit rang.

Wenn Sam und Sib aber auch keine Gelegenheit hatten, für das Wohl des Vaterlandes zu kämpfen, wenn ihr minder bewegtes Leben unter dem Segen friedlicher Ruhe verlief, den ein behäbiges Vermögen verleiht, so darf man ihnen daraus weder einen Vorwurf machen, noch sie für entartet halten wollen. Sie setzten eben in ihrem Bestreben, Gutes zu wirken, die edlen Überlieferungen ihrer Vorfahren fort.

Beide kerngesund, ohne daß sie sich den Vorwurf irgendwelcher Unregelmäßigkeit der Lebensweise zu machen hatten, schienen sie bestimmt, hohe Jahre zu erreichen, ohne jemals, weder an Geist noch an Körper, zu altern.

Vielleicht hatten sie einen Fehler – wer könnte sich rühmen, ohne einen solchen zu sein? –, sie verbrämten ihre Unterhaltung gerne mit mannigfachen, dem berühmten Burgvogt von Abbotsford entlehnten Bildern und Zitaten, und vorzüglich auch mit solchen aus den epischen Dichtungen Ossians, in welche sie geradezu vernarrt schienen. Doch wer könnte ihnen im Lande Fingals und Walter Scotts daraus einen Vorwurf machen?

Um ihr Porträt durch die letzte Retusche zu vollenden, müssen wir noch hinzufügen, daß sie starke Schnupfer waren. Jedermann weiß ja wohl auch, daß die Tabakshandlungen im Vereinigten Königreiche meist einen kräftigen, in Nationaltracht prangenden Schotten mit der Dose in der Hand als allgemein verständliches Symbol gebrauchen. Nun, die beiden Brüder Melvill hätten ganz gut dazu gepaßt, als Abzeichen auf den bemalten Zinkschildern zu figurieren, wie man solche an den Schutzdächern über den betreffenden Lokalen sieht. Sie schnupften eben so viel, wenn nicht gar noch etwas mehr, als sonst einer diesseits wie jenseits des Tweed. Dabei besaßen sie merkwürdigerweise nur eine einzige Tabaksdose, natürlich ein sehr großes Exemplar. Dieses tragbare Stück Möbel wanderte stets abwechselnd in die Tasche des einen und des andern und bildete damit gewissermaßen noch ein weiteres Band zwischen den Brüdern. Es versteht sich ganz von selbst, daß dieselben zu genau der gleichen Zeit, etwa zehnmal in der Stunde, das Bedürfnis empfanden, sich an dem vortrefflichen, aus Frankreich bezogenen Pulver der Herba nicotiana zu erquikken. Wenn der eine die Tabaksdose aus den Tiefen seines Rockes hervorholte, hatten eben beide Appetit auf eine gute Prise, und beide beglückwünschten sich, wenn sie niesten, mit einem: »Gott helfe uns!«

Alles in allem waren sie zwei richtige erwachsene Kinder, die Brüder Sam und Sib, in bezug auf alle praktischen Lebensfragen; von industriellen, finanziellen und kommerziellen Angelegenheiten verstanden sie absolut nichts und gaben sich auch gar nicht das Ansehen, davon etwas zu verstehen; politisch zählten sie im Grunde vielleicht zu den Jakobiten, bewahrten ein ererbtes Vorurteil gegen die Dynastie Hannover und gedachten noch immer des letzten der Stuarts, ungefähr wie in Frankreich jemand dem letzten der Valois pietätvolles Andenken bewahren könnte; in Herzenssachen gar waren sie noch weniger Kenner.

Und doch hatten die Brüder Melvill nur den einen Wunsch, klar zu sehen im Herzen der Miß Campbell, deren geheimste Gedanken zu erraten, diese, wenn nötig, in bestimmter Richtung zu leiten, sie zu entwikkeln, wenn das angezeigt erschien, und endlich sie an einen wackeren Mann ihrer (der Brüder) eigenen Wahl zu verheiraten, der gar nicht verfehlen könnte, das junge Mädchen glücklich zu machen.

Wenn man ihnen glauben durfte – oder vielmehr, wenn man sie reden hörte –, schien es, als hätten sie jenen braven Mann schon gefunden, dem jene beneidenswerte Aufgabe zufallen sollte.

»Helene ist also ausgegangen, Bruder Sib?«

»Ja, Bruder Sam; aber es ist schon um fünf Uhr und sie muß bald nach dem Cottage heimkehren . . .«

»Und wenn sie zurückkommt . . .«

»Denk' ich, Bruder Sam, wird es die geeignete Zeit sein, mit ihr einmal ein recht ernsthaftes Gespräch zu führen.«

»Binnen wenigen Wochen, Bruder Sib, vollendet unsere Tochter das achtzehnte Lebensjahr.«

»Das Alter der Diana Vernon, Bruder Sam. Ist sie nicht ebenso liebreizend wie die bewundernswerte Heldin von Rob-Roy?«

»Gewiß, Bruder Sib, und bei der Grazie ihres Auftretens . . .«

»Bei der Lebhaftigkeit ihres Geistes . . .«

»Bei der Originalität ihrer Ideen . . .«

»Erinnert sie mehr an Diana Vernon als an Flora Mac Ivor, die große, imponierende Gestalt aus Waverley!«

Die auf ihren nationalen Romandichter stolzen Brüder Melvill zitierten noch mehrere andere Namen weiblicher Hauptcharaktere aus dem »Antiquar«, »Guy Mannering«, dem »Abbé«, dem »Kloster«, dem »schönen Mädchen von Perth«, dem »Schlosse von Kenilworth« usw., aber ihrer Meinung nach mußten alle der Miß Campbell den Vorrang lassen.

»Sie ist ein junger Rosenstock, Bruder Sib, der etwas schnell aufgeschossen ist, und dem es eine Wohltat sein wird . . .«

»Ihm eine Stütze, einen Beschützer zu geben, Bruder Sam, und da hab' ich mir sagen lassen, daß der beste Beschützer . . .«

»Natürlich nur ein Ehemann sein kann, Bruder Sib, denn er schlägt in demselben Boden Wurzel . . .«

»Und wächst ganz entsprechend, Bruder Sam, mit dem Rosenstocke, den er schützt.«

Beide Brüder und Oheime Melvill waren gleichmäßig auf diese, dem »Vollkommenen Gärtner« entlehnte Metapher gekommen. Offenbar gewährte ihnen das eine gewisse Befriedigung, denn es erweckte ein ganz gleiches, zufriedenes Lächeln auf ihren gutmütigen Gesichtern. Bruder Sib öffnete die gemeinsame Tabaksdose und griff säuberlich mit zwei Fingerspitzen hinein; dann wanderte dieselbe in die Hand des Bruders Sam, der sich eine tüchtige Prise zulangte und sie dann gelassen in die Tasche gleiten ließ.

»Also stimmen wir überein, Bruder Sam?«

»Wie immer, Bruder Sib!«

»Auch bezüglich der Wahl des Beschützers?«

»Könnte man überhaupt eine sympathischere und für Helena passendere Persönlichkeit finden als jenen jungen Gelehrten, der uns zu wiederholten Malen so anerkennenswerte Gefühle kundgegeben . . .«

»Ob ebenso ernsthaft gemeinte?«

»Wer sollte daran zweifeln? Wohl unterrichtet und graduiert auf den Universitäten von Oxford und Edinburg ...«

»Ein Physiker wie Tyndall ...«

»Ein Chemiker wie Faraday ...«

»Der alle Dinge dieser Erde aus dem Fundamente kennt, Bruder Sam ...«

»Und den man mit keiner Frage in Verlegenheit zu setzen vermöchte, Bruder Sib ...«

»Der Abkömmling einer hochangesehenen Familie der Grafschaft Fife und daneben Besitzer eines zulänglichen Vermögens ...«

»Ohne seiner, meiner Empfindung nach, trotz der Aluminiumbrille höchst ansprechenden Persönlichkeit zu erwähnen ...!«

Die Augengläser dieses Helden hätten nun freilich in Stahl, in Nickel oder selbst in Gold gefaßt sein können, so hätte das seinen Wert in der Anschauung der Brüder Melvill weder vermehrt noch vermindert. Solche optischen Hilfsmittel stehen übrigens jungen Gelehrten meist recht gut zu Gesicht, da sie deren Physiognomie den Stempel eines gewissen würdigen Ernstes aufdrücken helfen.

Doch würde dieser Graduierte der oben genannten Universitäten, dieser leidenschaftliche Physiker und Chemiker auch Miß Campbell ebenso genehm sein? Glich Miß Campbell einigermaßen der Diana Vernon, so weiß jedermann, daß Diana Vernon für ihren gelehrten Vetter Rasleigh keine andere Empfindung hegte, als die einer dauernden, aufrichtigen Freundschaft, und daß sie diesen am Ende des Buches nicht heiratete. Schön! Das war indes gar nicht dazu angetan, die Brüder Melvill zu beunruhigen. Sie gingen hier gänzlich mit der Erfahrung alter Junggesellen zu Werke, d. h. sie verstanden von derartigen Dingen gar nichts.

»Sie sind einander schon öfters begegnet, Bruder Sib, und unser junger Freund schien für die Schönheit Helenas nicht unempfänglich zu sein.«

»Das glaub' ich gern, Bruder Sam. Wäre dem göttlichen Ossian die Aufgabe zugefallen, ihre Tugenden, ihre Schönheit und Grazie zu preisen, so würde er sie ›Moina‹, das heißt ›Die von der ganzen Welt Geliebte‹ genannt haben . . .«

»Wenn er, Bruder Sib, für sie nicht auf den Namen ›Fiona‹, das heißt ›Die Schöne ohnegleichen aus der gälischen Zeit‹, gekommen wäre.«

»Hat er, Bruder Sam, nicht gewissermaßen vorahnend unsre Helena geschildert, wenn er sagt: ›Sie verläßt das schützende Dach, wo sie im geheimen geseufzt, und erscheint in ihrer vollen Schönheit, wie die Mondscheibe am Rande einer Wolke des Orients . . .‹«

»›Und der Glorienschein ihrer Reize umrahmt sie gleich Lichtstrahlen‹, Bruder Sib, ›während der sanfte Schall ihrer leichten Schritte wie Musik an das Ohr schlägt!‹«

Glücklicherweise sanken die beiden Brüder, ihre Zitationen unterbrechend, aus dem etwas nebelumhüllten Himmel der Barden wieder in den Bereich der Wirklichkeit hernieder.

»Jedenfalls«, meinte der eine, »wenn Helena unserm jungen Gelehrten gefällt, kann es gar nicht fehlen, daß er auch ihren Beifall findet . . .«

»Und wenn sie ihrerseits, Bruder Sam, ihm noch nicht alle die Aufmerksamkeit erwiesen hat, welche die großen Eigenschaften verdienen, mit denen er von der Hand der Mutter Natur so reichlich ausgestattet ist . . .«

»So kommt das, Bruder Sib, einzig und allein daher, daß wir ihr noch nicht gesagt haben, es sei Zeit für sie, in den Stand der heiligen Ehe zu treten.«

»An dem Tage aber, wo wir ihre Gedanken diesem Ziele zugelenkt haben werden, wird sie, selbst angenommen einen gewissen Widerwillen ihrerseits, nicht gegen den ihr erwählten Gatten, noch gegen die Ehe im allgemeinen . . .«

»Gar nicht zögern, uns mit einem freudigen ›Ja‹ zu antworten, Bruder Sam . . .«

»Ganz wie der vortreffliche Benedict, Bruder Sib,

der, nachdem er sich lange gesträubt . . .«

»Doch bei der Lösung des Knotens in ›Viel Lärm um nichts‹ die Beatrix heiratet.«

In dieser Weise legten sich die beiden Oheime der Miß Campbell die zu erwartenden Dinge zurecht, und der auf allgemeines Wohlgefallen hinauslaufende Ausgang ihrer Kombination erschien ihnen gleich naturgemäß, wie jener in der Komödie Shakespeares.

In vollkommener Übereinstimmung waren sie aufgestanden und sahen einander mit feinem, befriedigtem Lächeln an, rieben sich auch, von derselben Empfindung inspiriert, die Hände. Es war einmal eine abgemachte Sache, diese Heirat. Welche Schwierigkeit hätte sich derselben entgegendämmen können? Der junge Mann hatte bei ihnen schon verblümt um das junge Mädchen angehalten, und diese würde darauf eine Antwort erteilen, um deren Inhalt sie sich keinerlei Sorge zu machen brauchten. Alle Vorbedingungen erschienen ja erfüllt – es konnte sich höchstens noch darum handeln, etwa den Termin der Hochzeit festzusetzen.

Das sollte und mußte eine schöne, erhebende Feier werden, die in Glasgow vor sich gehen sollte; hier aber, um diesen Nebenumstand wenigstens zu erwähnen, nicht in der Kathedrale Saint-Mungo, der einzigen Kirche Schottlands, welche, mit Saint-Magus auf den Orcaden, im Zeitalter der Reformation unangetastet geblieben war. Nein! Diese war in ihrer Konstruktion zu massig und deshalb etwas zu düster für eine Trauung, welche, nach der Vorstellung der Brüder Melvill, einer vollen Blütenentfaltung frischer Jugend, einem Strahlenkranze von Liebe gleichen mußte. Sie gedachten dazu eher Saint-Andrew oder Saint-Enoch oder sogar die Kirche Saint-George zu wählen, welche sich im vornehmsten Teile der Stadt erhebt.

Bruder Sam und Bruder Sib fuhren fort, ihre Projekte in einer Form zu entwickeln, welche mehr an einen Monolog, denn an einen Dialog erinnerte, weil ihr Gespräch ausnahmslos dieselbe Reihenfolge in ganz gleicher Weise ausgedrückter Ideen zutage förderte.

So plaudernd, betrachteten sie durch die rautenförmige Öffnung des Fensters die schönen Bäume des Parkes, unter denen Miß Campbell eben lustwandelte, die herrlich grünen Rabatten, welche plätschernde Bäche umrahmten, den von einem fast phosphoreszierenden feinen Dunste bedeckten Himmel, der den Hochlanden des inneren Schottlands eigentümlich zu sein scheint.

Sie sahen sich gar nicht an; das wäre unnütz gewesen; von Zeit zu Zeit aber faßten sie sich, wie getrieben durch einen zärtlichen Instinkt, am Arme und drückten einander die Hände, als wollten sie durch Schließung einer Art magnetischen Stromes die Überleitung ihrer Gedanken gegenseitig erleichtern.

Oh, das sollte herrlich werden! Alles müßte den Stempel edler Vornehmheit tragen. Die armen Leute von der West-George-Street, wenn es dergleichen gab – doch wo fänden sich Arme nicht? –, würden natürlich auch nicht vergessen werden bei dem frohen Feste. Wenn Miß Campbell unerwarteterweise für größere Einfachheit der Zeremonie sein und ihre beiden Oheime in diesem Sinne zu beeinflussen suchen sollte, so würden diese ihr zum ersten Male in ihrem Leben ernstlich Widerpart halten. Weder in diesem Punkte, noch in irgendeinem andern gedachten sie sich zu Konzessionen herbeizulassen. Unter höchster Feierlichkeit sollten die Gäste beim Hochzeitsmahle nach altem Brauche »aus dem hölzernen Truthahn« trinken. Und der rechte Arm des Bruders Sam streckte sich zur Hälfte gleichzeitig aus, wie der rechte Arm des Bruders Sib, als wenn sie einander schon im voraus einen jener berühmten schottischen Trinksprüche zuriefen.

Da öffnete sich eben die Tür des Salons. Ein junges Mädchen mit Rosen auf den Wangen, die ein rascher Gang darauf gemalt, wurde sichtbar. In der Hand hielt sie ein aufgeschlagenes Journal. Sie trat auf die Brüder Melvill zu und bewillkommnete jeden mit zwei herzlichen Küssen.

»Guten Tag, Onkel Sam«, sagte sie.

»Guten Tag, mein liebes Kind!«
»Wie geht es, Onkel Sib?«
»Vortrefflich, liebes Kind.«
»Helena«, nahm Bruder Sam wieder das Wort, »wir haben mit dir ein kleines Arrangement zu besprechen.«
»Ein Arrangement? Welches Arrangement? Was habt ihr heimlich wieder geplant, liebe Onkels?« fragte Miß Campbell, deren Augen nicht ohne einen gewissen gutmütigen Spott von einem zum andern wanderten.
»Du kennst einen jungen Mann, Herrn Aristobulos Ursiclos?«
»Gewiß kenne ich ihn.«
»Mißfällt er dir?«
»Warum sollte er mir mißfallen, Onkel Sam?«
»Also gefällt er dir?«
»Warum sollte er mir gefallen, Onkel Sib?«
»Nun, nach reiflicher Überlegung haben der Bruder und ich geglaubt, ihn dir als Gatten vorschlagen zu sollen.«
»Ich soll mich verheiraten? Ich?« rief Miß Campbell, während sie in so herzliches Gelächter ausbrach, wie der Widerhall im Salon wohl noch keines zurückgegeben hatte.
»Du willst dich also nicht verheiraten?« sagte Bruder Sam.
»Wozu sollte das nützen?«
»Niemals? ...« sagte Bruder Sam.
»Niemals«, erklärte Miß Campbell, eine ernsthafte Miene annehmend, welche ihr lächelnder Mund Lügen strafte, »wenigstens nicht eher, als bis ich ...«
»Als bis du was?« riefen Bruder Sam und Bruder Sib einstimmig.
»Nicht eher, als bis ich – den Grünen Strahl gesehen habe.«

Zweites Kapitel

Helena Campbell

Das von den Brüdern Melvill und Miß Campbell bewohnte Landhaus lag eine (englische) Meile von dem freundlichen Städtchen Helensburgh, am Ufer des Gare-Loch, einer jener pittoresken Einbuchtungen, welche sich hier und dort am linken Clyde-Ufer ins Land hineinziehen.

Während des Winters hausten die Brüder Melvill und ihre Nichte in einem alten Hotel der West-George-Street, im aristokratischen Viertel der Neustadt von Glasgow, unfern des Blythswood-Square. Hier hielten sie sich sechs Monate lang im Jahre auf, wenn sie nicht eine tolle Laune Helenas – der sich die Brüder ohne Widerrede fügten – auf lange Zeit von der Heimat weg, nach den Küstenländern Italiens, Spaniens oder Frankreichs entführte. Während dieser Reisen sahen sie nur noch mit den Augen des jungen Mädchens, gingen dahin, wohin es ihr zu gehen beliebte, verweilten, wo es ihr gerade gefiel zu bleiben, und bewunderten nur, was sie gerade bewunderte. Wenn Miß Campbell dann ihr Album, in welchem sie mit Bleistiftzeichnungen oder mit der Feder ihre Reiseeindrücke aufbewahrte, geschlossen hatte, begaben sie sich friedlich wieder auf den Rückweg nach dem Vereinigten Königreiche und bezogen, nicht ohne eine gewisse Befriedigung, die behaglich vornehme Wohnung in der West-George-Street.

Schon war der Monat Mai drei Wochen alt, und Bruder Sam und Bruder Sib fühlten ein unstillbares Verlangen, aufs Land überzusiedeln. Das ergriff sie gerade in dem Augenblicke, wo Miß Campbell den nicht weniger lebhaften Wunsch zu erkennen gab, gleichzeitig mit Glasgow dem Geräusche einer großen Industriestadt, dem geschäftlichen Treiben, welches zuweilen bis in das Quartier des Blythswood-Square flutete, zu entfliehen, endlich einen weniger verräucherten Himmel wieder zu sehen und eine minder mit

Kohlensäure überladene Luft zu atmen, als den Himmel und die Luft dieser alten Metropole, deren kommerzielle Bedeutung die Tabaksgrafen, »Tobacco-Lords«, vor Jahrhunderten begründet haben.

Das ganze Haus, Herren und Dienerschaft, reiste also nach dem höchstens zwanzig Meilen entfernten Landsitze ab.

Es ist ein hübscher Ort, das Städtchen Helensburgh. Man hat es zu einer Gesundheitsstation gemacht, welche vielfach von denen aufgesucht wird, welche in der glücklichen Lage sind, ihre gewohnten Spaziertouren am Clyde mit einem Ausfluge nach dem, von allen Vergnügungsreisenden hochgeschätzten Lac Katrine oder nach dem Lac Lomond zu vertauschen.

Eine Meile vom Städtchen, am Ufer des Gare-Loch, hatten die Brüder Melvill den reizendsten Platz ausgewählt, um daselbst ihr Landhaus zu errichten. Es lag hier versteckt in prächtigen Bäumen, mitten in einem Netze klarer Wasseradern, auf wechselndem Terrain, das sich zur Anlegung eines Parkes ganz vorzüglich eignete. Erquickende schattige Partien, frisch grünender Rasen, verschiedene Baumgruppen, Blumenbeete, Wiesen, auf denen ein ausgezeichnetes Futter für die zur Belustigung gehaltenen Lämmer wuchs, Teiche mit klaren dunklen Wasserflächen, bevölkert von wilden Schwänen, von jenen graziösen Vögeln, über welche Wordsworth gesagt hat: »Der Schwan schwimmt zweimal – der Schwan und sein Schattenbild!«

In einem Worte, was die Natur nur vereinigt bieten kann, um das Auge zu ergötzen, ohne daß des Menschen Hand viel daran zu schaffen hat – so war der Sommersitz der reichbegüterten Familie.

Wir dürfen nicht vergessen hinzuzufügen, daß der über dem Gare-Loch liegende Teil des Parkes eine wirklich entzückende Aussicht bot. Jenseits des beschränkten Golfs zur Rechten wurde der Blick zuerst gefesselt von der Halbinsel Rosenheat, auf der sich eine dem Herzog von Argyle gehörige Villa in italienischem Stil erhob.

Zur Linken begleitete die vordere Häuserreihe des

Städtchens Helensburgh die Wellenlinie des Strandes, ragten zwei oder drei Türme empor, streckte sich der elegante Pier aus, der als Anlegeplatz für Dampfboote in den See hinausgebaut ist, und stieg endlich der hügelige Hintergrund, den da und dort verstreute freundliche Besitzungen belebten, terrassenförmig in die Höhe. Geradeaus, am linken Ufer des Clyde, bildeten Port-Glasgow, die Ruinen des Schlosses Newark und Greenock mit seinem buntbewimpelten Mastenwalde ein abwechslungsreiches Panorama, von dem sich das Auge nur ungern trennte.

Diese Aussicht gewann noch an Reiz, wenn man den Hauptturm des Landhauses erstieg, von wo aus eine weite Strecke bis zum Horizonte zu überschauen war.

Diesen viereckigen Turm, mit leichten, an drei Ekken seiner Plattform angesetzten Ausbauten, mit seinen Zinnen und Schießscharten, den auch ein Gürtel ausgezahnter Steine umschloß, überragte an der vierten Ecke noch ein achtseitiges Türmchen. Hier erhob sich die Flaggenstange, welche man in dieser Gegend überhaupt auf dem Dache jedes Hauses ebenso sicher wiederfindet, wie am Hinterteil der Schiffe des Vereinigten Königreichs. Diese Art Donjon von neuem Datum beherrschte also sämtliche zum eigentlichen »Cottage« gehörenden Baulichkeiten mit ihren unregelmäßigen Dächern, den fast nach Gutdünken angebrachten Fenstern, den vielgestaltigen Vorbauten, mit den die Fenster umrahmenden Gesimsen und den am oberen Ende verzierten Schornsteinen, alles in allem geschmackvolle Phantasien, welche die angelsächsische Architektur überhaupt liebt.

Hier auf der Plattform des oberen Turmes, unter der Nationalflagge, welche sich bei der Brise vom Firth of Clyde entfaltete, verträumte Miß Campbell gern manche Stunde des Tages. Sie hatte sich da oben ein reizendes Plätzchen zurechtgemacht, wo sie – in der freien Luft wie auf einer Sternwarte – bei jeder Witterung, geschützt vor Wind, Sonnenbrand und Regen, lesen, schreiben und schlummern konnte. Hier mußte man sie meistenteils suchen. Befand sie sich nicht hier, so lustwandelte sie ihrer Neigung folgend in den Alleen des Parkes, allein oder in Begleitung der Frau Beß, wenn ihr feuriges Roß sie nicht durch die umgebende Landschaft trug, wobei ihr der getreue Patridge folgte, der sein Pferd tüchtig antreiben mußte, um hinter der jungen Herrin nicht zurückzubleiben.

Aus der zahlreichen Dienerschaft des Cottage müssen wir vorzüglich die beiden genannten Leute hervorheben, welche schon von Jugend auf mit der Familie Campbell gewissermaßen verwachsen waren.

Elisabeth, die »Luckie«, die Mutter – wie man die Hausverwalterin in den Hochlanden Schottlands gern nennt – zählte jenerzeit ebenso viele Jahre, wie sie Schlüssel an ihrem gewaltigen Bunde trug, und deren waren nicht weniger als siebenundvierzig. Sie stellte eine wirklich umsichtige, ordentliche, ernste, gesetzte Herrscherin des Hauswesens vor, das hier auch in allem Umfange ihrem Ressort angehörte. Vielleicht meinte sie gar, die beiden Brüder Melvill, obwohl diese älter waren als sie, selbst aufgezogen zu haben; jedenfalls widmete sie wenigstens der Miß Campbell die mütterlichste Sorgfalt.

Neben dieser schätzenswerten Intendantin figurierte der Schotte Patridge, ein seinen Herren unter allen Bedingungen ergebener Diener, der noch den alten Gewohnheiten seines Clan treugeblieben war. Unveränderlich bekleidet mit dem nationalen Kostüm der Bergschotten, trug er die bunte hohe Mütze, den Schurz aus großgewürfeltem Wollstoff, der ihm über den kurzen Rock bis zum Knie herabhing, den Pouch, eine Art Beutel aus langen Fasern, die hohen durch rautenförmig geflochtene Schnüre gehaltenen Gamaschen und die gebräuchliche Fußbekleidung mit Sandalen aus Rindsleder.

Eine Frau Beß als Wirtschafterin, und einen Patridge als Schutz des Hauses, was konnte es mehr bedürfen, um sich hienieden der Sicherheit häuslicher Ruhe zu erfreuen?

Der Leser wird bemerkt haben, daß Patridge bei Beantwortung der Fragen der Brüder Melvill, als er von dem jungen Mädchen sprach, nur »Miß Campbell« sagte.

Hätte der wackere Schotte sie nämlich »Miß Helena«, also bei ihrem Taufnamen genannt, so würde er sich eines groben Verstoßes gegen die Regeln schuldig gemacht haben, welche die gesellschaftliche Stellung der Personen bezeichnen – eine Verletzung des Anstandes, die man speziell mit dem Wort »Snobismus« zu kennzeichnen pflegt.

In der Tat trägt die letzte, respektive die einzige Tochter einer Familie aus den vornehmen Ständen niemals ihren Taufnamen. Wäre Miß Campbell die Tochter eines Pairs gewesen, so würde sie »Lady Helena« genannt worden sein; der Zweig der Campbells aber, zu dem sie gehörte, war nur in Seitenlinie und ziemlich entfernt verwandt mit der direkten Linie des Paladin Sir Colin Campbell, dessen Ahnen bis zu den Kreuzzügen zurückreichen. Seit mehreren Jahrhunderten schon hatten sich die aus dem gemeinsamen Stamme hervortretenden Zweige getrennt, von der Linie des ruhmreichen Ahnherrn, an welchen die Clans von Argyle, von Breadalbane, von Lochnell und andere anknüpfen; so entfernt sie diesen auch stand, fühlte Helena doch von ihrem Vater her in ihren Adern ein wenig Blut rollen von dem Blute jener weitberühmten Familie.

Außer eine stammesechte Miß Campbell war sie jedoch auch eine wahre Schottin, eine jener edlen herrlichen Töchter von Thule mit blauen Augen und blonden Haaren, deren von Findon oder Edwards gemaltes Porträt, wenn es mitten unter die Minnas, Brendas, Amy Robsarts, Flora Mac-Ivors, Diana Vernons, die Miß Wardour, Catherine Glovers oder Mary Avenels plaziert wurde, die »Keepsakes« (Erinnerungszeichen und Sammlungen) nicht verunziert hätte, in denen die Engländer die schönsten weiblichen Typen ihres großen Romanciers zusammenzustellen lieben.

Wirklich, sie war reizend, diese Miß Campbell. Jedermann bewunderte ihr hübsches Gesicht mit den blauen Augen – dem Blau der schottischen Seen, wie man gern sagt –, ihre mittelgroße, aber elegante Figur, den etwas stolzen Gang, ihre meist ein wenig träumerische Physiognomie, wenn nicht ein leichter ironischer Anflug ihre Züge belebte, endlich überhaupt die ganze von Grazie und Vornehmheit zeugende Erscheinung.

Und Miß Campbell war nicht allein schön, sie war auch gutherzig. Reich durch ihre beiden Onkels, vermied sie es doch stets, prahlsüchtig zu erscheinen. Mitleidigen Herzens, bemühte sie sich vielmehr, das alte, gälische Sprichwort zu bestätigen: »Möchte die Hand, welche sich öffnet, stets voll sein!«

Vor allem hing sie mit ganzem Herzen an ihrer heimatlichen Provinz, an ihrem Clan und ihrer Familie, mit einem Worte, sie war mit Leib und Seele eine echte Schottin. Sie hätte ohne Bedenken dem niedrigsten Sawney den Vortritt vor dem größten und reichsten John Bull zugestanden, die patriotischen Fibern ihres Herzens erzitterten wie die Saiten einer Harfe, wenn von der Stimme eines Bergbewohners im Lande ein nationaler Pibroch der Hochländer an ihr Ohr schlug.

De Maistre hat gesagt: »Es gibt in uns zwei Wesen: ›Ich und der Andere‹.«

Dieses »Ich« der Miß Campbell drückte sich aus in dem ernsten, überlegenden Wesen, welches das Erdenleben ebenso vom Standpunkt der Pflichten, wie der Rechte ins Auge faßte. Der »Andere« verriet sich in der romantischen, etwas zum Aberglauben neigenden Natur, welche die wunderbaren Sagen liebt, die in der Heimat Fingals naturgemäß so leicht auftauchen. Etwas verwandt mit den Lindamires, den vielbewunderten Heroinen der Ritterromane, durchstreifte sie die benachbarten Täler und Schluchten, um dem »Dudelsack von Strathdearne« zu lauschen, wie die Hochländer den Wind nennen, wenn er durch einsame Alleen hinweht.

Bruder Sam und Bruder Sib liebten ganz gleichmäßig jenes »Ich« und jenes »Andere« der Miß Campbell; doch wir dürfen nicht verheimlichen, daß wenn das erstere sie durch seine Vernünftigkeit entzückte, das andere sie zuweilen ganz außer Fassung brachte durch unerwartete Antworten, durch launenhafte Fernblicke und durch plötzliche Seitensprünge in das Reich der Träume.

War es nicht dieser zweite Teil ihrer Natur gewesen, der auf den Vorschlag der Brüder eine so bizarre Antwort gegeben hatte?

»Mich verheiraten!« würde das »Ich« gesagt haben. »Herrn Ursiclos heiraten!... Wollen sehen... davon können wir ja später sprechen.«

»Niemals, so lange ich noch nicht den Grünen Strahl gesehen!« hatte die »Andere« in ihr eingewendet.

Die Brüder Melvill sahen einander verblüfft an, während Miß Campbell es sich in dem großen gotischen Lehnstuhle in der Fensternische bequem machte.

»Was versteht sie unter dem Grünen Strahl?« fragte der Bruder Sam.

»Und warum will sie den Grünen Strahl sehen?« antwortete der Bruder Sib.

Warum? Das werden wir sofort erfahren.

Drittes Kapitel

Der Artikel der »Morning-Post«

Denselben Tag, an dem sich die im vorhergehenden geschilderte Szene abspielte, hätten Liebhaber von Merkwürdigkeiten folgendes in der »Morning-Post« lesen können.

»Haben Sie jemals die Sonne beobachtet, wenn sie unter einem Meereshorizonte verschwand? – Ja, sicherlich. Sind Sie ihr auch mit dem Blicke gefolgt bis zu dem Moment, wo sie, wenn der obere Rand ihrer Scheibe den Wasserrand berührt, eben gänzlich untergehen will? – Höchstwahrscheinlich. Aber haben Sie dabei die Erscheinung bemerkt, welche genau in dem

Augenblick auftritt, wo sie uns, vorausgesetzt, daß der dunstlose Himmel eine durch nichts gestörte Fernsicht gewährt, ihren letzten Strahl zusendet? – Nein, vielleicht nicht. Nun, sobald sich Ihnen eine Gelegenheit bietet – und das ist nur selten der Fall –, bei der Sie diese Beobachtung machen können, so werden Sie wahrnehmen, daß nicht, wie man glauben könnte, ein roter, sondern ein »grüner« Strahl die Netzhaut des Auges trifft, aber ein Strahl von ganz wunderbarem Grün, von einem Farbton, wie ihn kein Maler auf seiner Palette erzeugen kann, einem Grün, welches die Natur selbst weder in der so verschiedenen Färbung der Pflanzen, noch in der der klarsten, durchsichtigsten Meere jemals wieder in gleicher Nuance hervorbringt. Wenn es im Paradiese Grün gibt, so kann es nur das hier gemeinte sein, welches ohne Zweifel das wirkliche Grün der Hoffnung darstellt!«

So lautete der Artikel der »Morning-Post«, welches Blatt Miß Campbell beim Eintritt in den Salon in der Hand hielt. Die kurze Notiz hatte sie vollkommen eingenommen. Mit enthusiastischer Stimme las sie ihren beiden Onkels auch die angeführten wenigen Zeilen vor, welche in lyrischer Form die Schönheit jenes Grünen Strahls priesen.

Miß Campbell sagte dabei aber nicht, daß gerade dieser Grüne Strahl mit einer alten Legende in Verbindung steht, deren wirklicher Sinn ihr bisher verborgen geblieben war, einer gleich vielen anderen überhaupt unerklärten sagenhaften Überlieferung, nach welcher derjenige, der jenen Grünen Strahl nur einmal gesehen, sich in Herzenssachen nicht mehr täuschen könne; sein Erscheinen zerstört alle Illusionen und Unwahrheiten; wer so glücklich war, ihn nur einmal wahrzunehmen, sieht dann eben so klar im eigenen Herzen wie in dem anderer.

Verzeihe man der jungen Schottin der Hochlande das poetische Vertrauen, welches die Lektüre obigen Artikels der »Morning-Post« aufs neue belebte.

Bei Anhörung der Worte der Miß Campbell starrten sich die Brüder Sam und Sib mit großen Augen an.

Bisher hatten sie ohne jenen Grünen Strahl gelebt und waren der Meinung, man könne auch leben, ohne denselben jemals gesehen zu haben.

Damit schien freilich Helena nicht übereinzustimmen, welche den wichtigsten Schritt ihres Lebens der Beobachtung dieses immerhin seltsamen Phänomens unterzuordnen verlangte.

»Ah, also das ist es, was man den Grünen Strahl nennt?« sagte Bruder Sam, leise den Kopf bewegend.

»Ja«, erklärte Miß Campbell.

»Der, den du auf jeden Fall sehen willst?« sagte Bruder Sib.

»Und den ich, mit eurer Erlaubnis, liebe Onkels, sehen und, wenn es euch, wie ich erwarte, genehm ist, binnen recht kurzer Zeit sehen werde.«

»Und dann, wenn du ihn gesehen hast? . . .«

»Wenn ich ihn gesehen habe, werden wir von Herrn Aristobulos Ursiclos sprechen können.«

Bruder Sam und Bruder Sib warfen sich einen sinnigen Blick zu und lächelten einander verständnisinnig an.

»So wollen wir uns bemühen, den Grünen Strahl zu Gesicht zu bekommen«, sagte der eine.

»Ohne nur einen Augenblick zu verlieren«, setzte der andere hinzu.

Aber als sie schon das Fenster des Salons öffnen wollten, hinderte sie Miß Campbells Hand daran.

»Man muß dazu warten, bis die Sonne untergeht«, sagte sie.

»Also diesen Abend . . .«, antwortete Bruder Sam.

»Bis die Sonne am reinsten aller Horizonte verschwindet«, fügte Miß Campbell hinzu.

»Schön, so werden wir nach dem Essen alle drei nach der Rosenheatspitze wandern«, erklärte Bruder Sib.

»Oder wir steigen einfach auf den Turm unseres Hauses«, meinte Bruder Sam.

»An der Rosenheatspitze, wie auf dem Turm des Cottage«, wandte Miß Campbell ein, »erblicken wir keinen anderen Horizont als den der Ufer des Clyde.

Es heißt aber ausdrücklich, daß die Sonne an der Linie zwischen Himmel und Wasser beim Untergange ins Meer beobachtet werden solle. Daraus werden meine lieben Onkels die Notwendigkeit erkennen, mich so bald als möglich unter diese einzig zweckentsprechenden Bedingungen zu versetzen!«

Miß Campbell sprach so ernsthaft und begleitete ihre Wort mit einem so verführerischen Lächeln, daß die Brüder Melvill der Ausführung eines solchen Planes nicht zu widersprechen vermochten.

»Es eilt damit wohl nicht zu sehr? . . .« glaubte doch Bruder Sam bemerken zu müssen.

Und der Bruder Sib zögerte nicht, ihm hilfreich beizuspringen mit den Worten:

»Dazu werden wir immer Zeit haben . . .«

Miß Campbell schüttelte neckisch den Kopf.

»Nein, dazu werden wir nicht immer Zeit haben«, erwiderte sie, »und im Gegenteil, die Sache hat Eile.«

»Wäre es deshalb . . . vielleicht im Interesse des Herrn Aristobulos Ursiclos . . .«, sagte Bruder Sam.

»Dessen Lebensglück, scheint es, von der Beobachtung dieses Grünen Strahls abhängt«, setzte Bruder Sib seine Worte fort.

»Zunächst, liebe Onkels, deshalb, weil wir uns schon im Monat August befinden«, antwortete Miß Campbell, »und es also nicht mehr lange währen kann, bis die Nebel den Himmel Schottlands verdüstern; deshalb, weil es geraten erscheint, die schönen Abende, welche das Ende des Sommers und der Anfang des Herbstes noch in Aussicht stellen, zu benützen. Wann reisen wir ab?«

Wenn Miß Campbell freilich noch dieses Jahr mit aller Gewalt den Grünen Strahl kennenlernen wollte, so war keine Zeit zu verlieren. Ohne nur einen Tag verstreichen zu lassen, hatte man dann nichts weiter zu tun, als sich unverzüglich nach irgendeinem gegen Westen liegenden Punkte der schottischen Küste zu begeben, sich daselbst so bequem als möglich einzurichten, jeden Abend den Sonnenuntergang in Augenschein zu nehmen und endlich auf dessen allerletzten

Strahl zu achten. Dann gelang es Miß Campbell vielleicht, bei einigem Glück, ihren etwas phantastischen Wunsch in Erfüllung gehen zu sehen, wenn der Himmel die Beobachtung der Erscheinung begünstigte, was freilich ungemein selten ist, wie die »Morning-Post« sehr richtig bemerkte.

Es hatte recht, das wohlinformierte Journal.

Zunächst handelte es sich um Aufsuchung und Auswahl eines geeigneten Punktes der westlichen Küste, von dem aus die Erscheinung überhaupt beobachtet werden konnte. Um einen solchen zu finden, mußte man wenigstens über den Busen des Clyde hinausgehen.

In der Tat ist diese Einbuchtung seewärts des Firth of Clyde mit allerlei Hindernissen erfüllt, welche das Gesichtsfeld einschränken. Da sind die Kyles von Bute, die Insel Arran, die Halbinsel Knapdale und Cantyre, Jura, Islay, lauter aus geologischer Epoche her verstreute Felsenmassen, welche den größten Teil der Grafschaft Argyle zu einem Archipel umgestalten und es unmöglich machen, daselbst einen Kreisabschnitt des Meeres zu entdecken, innerhalb welchem das Auge den Untergang der Sonne beobachten könnte.

Wollte man nun Schottland selbst nicht verlassen, so mußte man sich mehr nach dem Norden oder nach dem Süden des Landes begeben, wo sich ein unbegrenzter Fernblick bietet, und das auch noch vor dem Auftreten der Herbstnebel ausführen.

Wohin die Reise gehen würde, das galt der Miß Campbell gleichviel. Ob nach der Küste von Irland, der von Frankreich, Norwegen, Spanien oder Portugal – sie wäre überall mit hingegangen, wo das Strahlengestirn des Himmels sie beim Untergang mit seinem letzten Lichtblitze begrüßen konnte, und ob das den Brüdern Melvill paßte oder nicht, sie mußten ihr eben nachgeben.

Die beiden Onkels beeilten sich also das Wort zu nehmen, nachdem sie sich einen fragenden Blick zugeworfen – aber welchen Blick, und wie durchleuchtete denselben der frohe Schimmer eines feinen diplomatischen Schachzuges!

»Nun gut, meine liebe Helena«, begann Bruder Sam, »es ist ja ganz leicht, deinen Wunsch zu erfüllen. Wir wollen nach Oban gehen.«

»Es liegt auf der Hand, daß es einen geeigneteren Punkt als Oban gar nicht geben kann«, setzte Bruder Sib hinzu.

»Meinetwegen nach Oban«, versetzte Miß Campbell. »Aber hat Oban wirklich auch einen freien Meereshorizont vor sich?«

»Das will ich meinen!« rief Bruder Sam.

»Es hat deren vielleicht gar zwei!« bestätigte Bruder Sib.

»Gut, so reisen wir dahin.«

»Binnen drei Tagen«, meinte einer der Onkels.

»Binnen zwei Tagen«, sagte der andere, welcher es für angezeigt hielt, diese kleine Konzession zu machen.

»Nein, morgen«, erklärte Miß Campbell aufstehend, da eben die Tischglocke läutete.

»Morgen ... jawohl, morgen!« sagte Bruder Sam kleinlaut.

»Ich möchte, wir wären schon da«, äußerte Bruder Sib.

Sie sagten beide die Wahrheit. Warum aber diese Eile? Weil Aristobulos Ursiclos sich seit vierzehn Tagen zum Landaufenthalte nach Oban begeben hatte; weil Miß Campbell, welche davon nichts wußte, sich dort in Gesellschaft dieses jungen Herrn befinden würde, den sie aus allen Gelehrten erwählt, während die Brüder Melvill gar nicht daran zweifelten, daß es in Oban entsetzlich langweilig sei. Die jetzt etwas hinterlistigen Brüder rechneten nämlich darauf, daß Miß Campbell es zeitig genug überdrüssig werden dürfte, vergeblich auf einen geeigneten Sonnenuntergang zu harren, daß sie dann von ihrer etwas phantastischen Schrulle absehen und dem ihr zugedachten Verlobten die Hand reichen werde. Doch selbst wenn Helena das geahnt hätte, würde es für sie einflußlos gewesen sein. Die Anwesenheit Aristobulos Arsiclos' wäre nicht dazu angetan, sie zu genieren.

»Bet!«

»Beth!«

»Beß!«

»Betsey!«

»Betty!«

Wieder schallte die ganze Rufnamenreihe durch den Salon; diesmal aber erschien Frau Beß in eigener Person und empfing den Befehl, morgen alles zu einer bevorstehenden Abreise bereitzustellen.

Es galt in der Tat zu eilen. Das jetzt über 30 und 3/10 Zoll (760 mm) hoch stehende Barometer versprach noch andauernde gute Witterung. Wenn man morgen früh abreiste, konnte man noch zu guter Stunde in Oban eintreffen, um den Sonnenuntergang zu beobachten.

Natürlich waren Frau Beß und Patridge wegen dieser plötzlichen Reise mit Arbeit überhäuft. Die siebenundvierzig Schlüssel der wackeren Frau klirrten und klingelten wie die Schellen am Lederzeug eines spanischen Maulesels. Wie viele Schränke, wie viele Kästen gab es da zu öffnen und zu verschließen. Vielleicht blieb das Cottage in Helensburgh auf lange Zeit verlassen. Wer konnte die Launen der Miß Campbell ahnen? Wenn es nun dem liebenswerten Mädchen einfiel, ihrem Grünen Strahl nachzulaufen? Und wenn dieser Grüne Strahl gar damit kokettierte, sich zu verstecken? Wenn nun der Horizont von Oban nicht die zu derartigen Beobachtungen unerläßliche Klarheit darbot? Wenn es sich nötig machte, einen anderen astronomischen Standpunkt am südlicheren Ufer Schottlands, an dem Englands oder Irlands aufzusuchen, vom Kontinent ganz zu schweigen? Morgen würde man abreisen, das stand wohl fest; aber wann würde man nach dem Cottage zurückkehren? Nach einem oder nach sechs Monaten, nach einem oder nach sechs Jahren?

»Wie kommt sie nur auf die Idee, den Grünen Strahl sehen zu wollen?« fragte Frau Beß, welche Patridge nach Kräften unterstützte.

»Ja, weiß ich's?« antwortete Patridge, »doch es muß wohl seinen guten Grund haben, denn unsere junge Herrin tut nichts ohne vernünftige Ursache, das wissen Sie ja so gut wie ich, Mavourneen!«

Mavourneen ist ein Schmeichelwort, das man in Schottland oft und gerne anwendet, und dem etwa im Deutschen »mein Schätzchen« entspricht. Der vortrefflichen Hausverwalterin mißfiel es auch nicht im geringsten, sich von dem braven Schotten so nennen zu hören.

»Patridge«, antwortete sie, »ich vermute ganz wie Sie, daß dieser Einfall der Miß Campbell, der ihr über Nacht gekommen sein muß, irgendeinen geheimen Hintergedanken bergen möge.«

»Welchen?«

»Oh, wer weiß? Wenn nicht eine Ablehnung, so doch eine Hinausschiebung der Projekte ihrer Onkels.«

»Wahrhaftig«, erwiderte Patridge, »ich begreife nicht, warum die Herren Melvill auf jenen Herrn Ursiclos so reinweg versessen sind. Ist denn das der rechte Mann für unser Fräulein?«

»Halten Sie sich überzeugt, Patridge«, entgegnete Frau Beß, »daß sie ihn, wenn er ihr nur zur Hälfte gefällt, überhaupt nicht heiratet. Sie wird ihren Onkels ein nettes, rundes ›Nein‹ sagen, küßt sie dabei auf die Wangen, und ihre Onkels werden sofort höchlich erstaunt sein, wie sie an den Genannten nur je haben denken können, an ihn, dessen Anmaßungen mir auch keineswegs gefallen.«

»So wenig, wie mir, Mavourneen!«

»Sehen Sie, Patridge, Miß Campbells Herz gleicht ganz dieser Schublade, welche mit einem Sicherheitsschloß versehen ist. Sie allein hat den Schlüssel dazu, und um dieselbe zu öffnen, muß sie ihn herausgeben ...«

»Wenn man ihr denselben nicht wegnimmt«, meinte Patridge, zustimmend lächelnd.

»Das wird nicht geschehen, solange sie ihn sich

nicht nehmen lassen will«, versicherte Frau Beß, »und da soll der Wind mir doch meine Haube gleich nach dem Glockenturm von St. Mungo entführen, wenn unser junges Fräulein jemals Herrn Ursiclos heiratet!«

»Einen Südländer!« rief Patridge, »einen ›Southern‹, der, wenn er ja in Schottland geboren ist, doch stets südlich des Tweed gelebt hat!«

Frau Beß schüttelte den Kopf. Die beiden Hochländer verstanden sich vollkommen. In ihren Augen bildeten die niedrigen Landesteile kaum ein Zubehör des alten Kaledoniens, trotz aller Verträge der Union. Entschieden waren die beiden keine Begünstiger des geplanten Ehebundes; sie erhofften für Miß Campbell eine bessere Partie. Wenn die vorliegende auch nach manchen Seiten passend erschien, so genügte sie ihnen doch noch nicht.

»Ach, Patridge«, nahm Frau Beß wieder das Wort, »die alten Gewohnheiten der Hochländer waren doch die besten, und ich glaube, daß die Heiraten, zufolge der Sitten der alten Clans, mehr Glück gewährt haben, als das heutzutage der Fall ist.«

»Sie haben nur ein wahres Wort gesprochen, Mavourneen!« antwortete Patridge ernsthaft. »Jenerzeit wählte man etwas mehr unter Befragung des Herzens und weniger unter Befragung des Geldbeutels. Das Geld ist ja ganz gut, aber die Zuneigung ist doch noch besser und mehr wert.«

»Jawohl, Patridge, und außerdem hielt man auch darauf, sich kennenzulernen, ehe man an den Altar trat. Erinnern Sie sich noch der Gepflogenheiten von der Messe zu Saint-Olla in Kirkwall? Während ihrer ganzen Dauer, das heißt von Anfang des August an, traten die jungen Leute zu Paaren zusammen, und diese Paare nannte man ›Bruder und Schwester vom 1. August‹. Bruder und Schwester, bildet das nicht eine vortreffliche Vorschule, um später Mann und Frau zu werden? Doch dabei fällt mir ein, daß wir heute gerade den richtigen Tag haben, an dem die Messe von Saint-Olla, welche Gott wieder ins Leben rufen möge, eröffnet wurde.«

»O könnte er Sie hören!« antwortete Patridge. »Auch Herr Sam und Herr Sib selbst wären, wenn sie irgendeiner anderen jungen Schottin zugesellt worden wären, dem allgemeinen Schicksal nicht entgangen, und Miß Campbell würde jetzt in ihrer Familie zwei Tanten mehr zählen.«

»Das geb' ich gern zu, Patridge«, bestätigte Frau Beß, »aber nun stellen Sie sich nur einmal vor, heute Miß Campbell dem Herrn Ursiclos zuzuteilen, da flösse doch gleich der Clyde von Helensburgh bis Glasgow stromaufwärts, wenn diese Verbindung nicht binnen acht Tagen aus den Fugen ginge!«

Ohne die Unzuträglichkeiten hervorzuheben, welche jene durch die jetzt übrigens verschwundenen Gewohnheiten von Kirkwall zugestandenen Vertraulichkeiten mit sich führen konnten, müssen wir doch damit übereinstimmen, daß die Tatsachen der Frau Beß unzweifelhaft recht gegeben hätten.

Wie dem auch sei, Messen sind um der Geschäfte, nicht um der Heiraten willen da. Wir müssen Frau Beß und Patridge also ihrer Trauer überlassen, obwohl die beiden trotz ihres Plauderns keine Minute versäumten.

Die Abreise war festgesetzt; die Stelle für den Landaufenthalt gewählt. In den Journalen der vornehmen Welt las man sicher am nächsten Tage unter der Rubrik »Ortsveränderungen und Villeggiaturen« die Namen der beiden Brüder Melvill und der Miß Campbell als abgereist nach Oban. Doch auf welche Weise sollte diese Ortsveränderung vor sich gehen? Diese Frage harrte noch der Lösung.

Zwei verschiedene Wege bieten sich, nach jener kleinen Stadt zu gelangen, welche an der Meerenge von Mull, einige hundert Meilen nordwestlich von Glasgow liegt.

Der eine ist ein Landweg. Man fährt nach Bowling, berührt nachher, über Dumbarton und längs des rechten Ufers des Leven, Balloch am Ende des Lomond, überschreitet diesen herrlichsten See Schottlands mit seinen dreißig Inseln zwischen dessen historischen

Gestaden, an welche sich, im Lande Rob Roys und Robert Bruces, das Andenken der Mac-Gregor und der Mac-Farlane knüpft; von hier aus kommt man nach Dalmaly, und endlich gelangt der entzückte Tourist auf einer Straße, welche die Bergabhänge umkreist, oft nahe der Küste verläuft, über Wasserfälle und Fjorde quer durch die Vorläufer der Grampianberge hinführt und dabei sich durch Täler hinschlängelt, welche von Eichen, Lärchenbäumen und Weiden erfüllt sind, hinunter nach Oban, dessen Uferland sich getrost mit den schönsten Küstenpunkten des ganzen Atlantischen Ozeans messen kann.

Das Ganze ist ein herrlicher Ausflug, den jeder Reisende in Schottlang gemacht hat oder doch machen sollte; einen Meereshorizont bietet er freilich in seinem Verlaufe nirgends. Die Brüder Melvill, welche diesen Weg Miß Campbell vorschlugen, erfuhren deshalb auch nur eine Abweisung.

Die zweite Linie verläuft teils auf Strömen, teils auf dem Meere. Wer diese einschlägt, hat zunächst den Clyde hinabzufahren bis zu dem seinen Namen tragenden Golf, dann zwischen den Inseln und Holmen hinzusegeln, welche diesen wunderlichen Archipel der Riesenhand eines Skeletts ähnlich erscheinen lassen, welche diesen Teil des Ozeans umkrallt, und von hier führt er nach der rechten Seite weiter bis zum Hafen von Oban. Das entsprach ganz den Wünschen der Miß Campbell, für welche das hochinteressante Land um den Lac Lomond und den Lac Catherine keine Geheimnisse mehr barg. Übrigens eröffnete sich durch den Zwischenraum zwischen je zwei Inseln, draußen weit jenseits der Meerengen und Golfe, da und dort ein weiter Ausblick über das Meer, dessen kreisrunde Grenze das Wasser bildete. Wenn nun gelegentlich dieser kurzen Fahrt in der letzten Stunde derselben keine Dunstwand den Horizont verdeckte, wäre es ja nicht unmöglich gewesen, jenen Grünen Strahl zu beobachten, desen Dauer kaum eine Fünftelsekunde beträgt.

»Du begreifst, Onkel Sam«, sagte Miß Campbell,

»und siehst ein, Onkel Sib, daß es sich eben nur um einen Moment handelt. Wenn ich gesehen habe, wonach mich verlangt, ist die Reise als vollendet zu betrachten und wird es zwecklos, sie noch bis Oban auszudehnen.«

Das stimmte mit den heimlichen Motiven der Brüder Melvill freilich nicht überein. Sie wollten sich für einige Zeit in Oban häuslich niederlassen – wir wissen es ja, weshalb – und verlangten gar nicht danach, durch ein zu schnelles Auftreten jenes Phänomens ihre Projekte zerstört zu sehen.

Da Miß Campbells Stimme von jeher die tonangebende war, und sie für den Seeweg eintrat, so wurde denn auch dieser gewählt, und vom Landwege war keine Rede mehr.

»Zum Kuckuck mit diesem Grünen Strahl!« platzte Bruder Sam heraus, als Helena den Salon verlassen.

»Und mit denen, die ihn erfunden haben!« tönte das Echo des Bruders Sib.

Viertes Kapitel

Den Clyde stromabwärts

In der ersten Morgenstunde des nächsten Tages, des 2. August, bestieg Miß Campbell in Begleitung der Brüder Melvill und gefolgt von Patridge und Rrau Beß den Frühzug in der Bahnhofshalle von Helensbourgh. Sie wollten rechtzeitig in Glasgow den Dampfer erreichen, der bei seinen täglichen Touren zwischen der Metropole und Oban an keinem Küstenpunkte des Golfes anlegt.

Um sieben Uhr setzte der Zug die fünf Passagiere in der Ankunftshalle des Glasgower Bahnhofs ab, und ein Wagen führte dieselben nach der Broomielaw-Bridge.

Dort erwartete der Dampfer »Columbia« seine Fahrgäste; aus seinen beiden Schornsteinen wirbelte in dichten Wolken ein schwarzer Rauch empor, der sich mit dem noch ziemlich dicken Nebel auf dem Clyde mischte; schon fing jedoch der Morgendunst an sich zu lösen und die bisher bleierne Sonnenscheibe schmückte sich bereits mit einigen goldenen Tinten. Alles versprach einen schönen Tag.

Nachdem ihr Reisegepäck an Bord gebracht war, schifften sich Miß Campbell und ihre Begleiter sofort ein.

Eben jetzt sandte die Deckglocke etwaigen Nachzüglern das dritte und letzte Zeichen zu. Dann stellte der Mechaniker die Maschine an, die einmal nach vor- und dann nach rückwärts rotierenden Schaufelräder wirbelten mächtige gelbliche Wellen auf, ein langer Pfiff, die Taue am Lande wurden losgeworfen und die »Columbia« glitt bald in dem breiten Strome dahin.

Im Vereinigten Königreiche kommen Reisende schwer dazu, sich zu beklagen. Es sind lauter prächtige Boote, welche die Transportgesellschaften ihnen zur Verfügung stellen. Da gibt es keinen noch so beschränkten Wasserlauf, keinen so kleinen See oder engen Golf, der nicht tagtäglich von eleganten Dampfern durchfurcht würde. Es ist also gar nicht zu verwundern, daß der Clyde in dieser Beziehung besonders bevorzugt erscheint. Längs der Broomielaw-Street, an den Rampen des Dampfbootquais liegen auch, am Heck wie am Achter mit lebhaften Farben geschmückt, unter denen Gold und Zinnober um den Vorrang streiten, immer rauchend und fertig, viele Dampfer, um nach allen Richtungen abzugehen.

Die »Columbia« machte keine Ausnahme von dieser Regel. Sehr lang, am Vorderteil sehr schlank gebaut, in der Wasserlinie sehr fein gehalten und versehen mit einer mächtigen Maschine, welche Schaufelräder von großem Durchmesser trieb, gehörte sie zu den schnellsten Schiffen des Hafens. Das Innere bot in den Salons, den Einzelkabinen und Speisesälen jeden erdenklichen Komfort; das Deck überragte ein geräumiges sogenanntes Spardeck mit Bänken und einzelnen, gar noch gepolsterten Sitzplätzen und – durch ein Zelt von Segelleinwand von den Sonnenstrahlen geschützt – eine wirkliche, von zierlichem Bordgeländer umschlossene Terrasse, wo die Passagiere die freie Luft und die herrliche Aussicht genossen.

An Reisenden fehlte es nicht. Sie kamen fast von überallher, ebenso aus Schottland wie aus England. Der Monat August wird hier mit Vorliebe zu Ausflügen benützt, und unter diesen sind wiederum die längs des Clyde und nach den Hebriden vor allem beliebt. Hier gab es Familien von erstaunlicher Kopfzahl, welche der Himmel offenbar ganz besonders gesegnet hatte; muntere junge Mädchen, etwas ruhigere junge Leute und Kinder, welche schon an die kleinen Zufälligkeiten einer solchen Fahrt gewöhnt schienen; ferner Geistliche, die man überhaupt viel auf allen Dampfern antrifft, mit dem hohen Seidenhute auf dem Kopfe, dem langen schwarzen Überrocke mit Stehkragen und die weiße Krawatte über die Weste hängend; dazu mehrere Farmer mit schottischen Mützen, welche durch ihr Benehmen ein wenig an die schwerfälligen alten »Bonnet-Lairds« erinnerten, wie man sie noch vor sechzig Jahren sah; endlich ein halbes Dutzend Fremde, Deutsche, welche auch im Auslande eine gewisse nachdenkliche Würde bewahren, und zwei oder drei Franzosen, welche auch außerhalb Frankreichs die angeborne Liebenswürdigkeit nicht verläßt.

Hätte Miß Campbell den meisten ihrer Landsleute geähnelt, welche sich, sobald sie an Bord gekommen sind, eine Ecke aufsuchen und während der ganzen Reise kein Sterbenswörtchen sprechen, so würde sie von den Ufern des Clyde nichts weiter gesehen haben, als was gerade, ohne den Kopf zu verwenden, an ihren Augen vorüberzog. Sie aber liebte es umherzuspazieren, einmal nach dem Hinterdeck und dann wieder nach dem Vorderdeck des Dampfers zu gehen, und alle die Städte, Burgen, Dörfer und Weiler zu betrachten, mit welchen das Uferland in ununterbrochener

Reihe besät ist. Das hatte die notwendige Folge, daß die Brüder Melvill, welche sie auf Schritt und Tritt begleiteten, ihr Rede und Antwort standen, ihre Bemerkungen bestätigten und ihre Beobachtungen zu wiederholen suchten, zwischen Glasgow und Obau keine Stunde der Ruhe finden konnte. Übrigens dachten sie gar nicht daran, sich zu beklagen, weil das zu ihrer Funktion als Leibgarde ja gehörte, und sie unterzogen sich dem gleichsam instinktiv, während sie nur gelegentlich eine frische Prise austauschten, welche sie bei guter Laune erhielt.

Frau Beß und Patridge, welche auf dem vordersten Teile des Spardecks Platz genommen hatten, plauderten vertraulich über vergangene Zeiten, über verschwundene Sitten und über die alten, in Auflösung begriffenen Clans. Wo waren sie hin, die früheren Jahrhunderte, welche sie noch heute beklagten? Jenerzeit verschwand der Horizont des Clyde noch nicht hinter der kohlenstoffreichen Ausatmung der Fabriken, seine Gestade zitternten nicht bei den schweren Donnerschlägen der Dampfhämmer, seine friedlichen Gewässer wurden nicht durch die Aufwendung von einigen tausend Pferdekräften aufgewühlt!

»Diese schöne Zeit wird auch wiederkommen, und vielleicht noch eher, als man es erwartet«, sagte Frau Beß mit überzeugungsvollem Tone.

»Ich hoffe es«, antwortete Patridge ernsthaft, »und mit ihr werden wir die alten Sitten unserer Vorfahren wieder aufleben sehen!«

Inzwischen drängte sich der Vordersteven der »Columbia« schnell zwischen den Ufern des Clyde hin, welche wie ein bewegliches Panorama erschienen. Zur rechten Hand zeigte sich an der Mündung des Kelvin das Dorf Patrick mit den geräumigen Docks, in denen man eiserne Schiffe baut und welche denen von Govan auf dem anderen Ufer gegenüberliegen. Welcher Lärm von Eisenplatten und Stangen, welche Wolken von Rauch und Dampf stiegen da empor und verletzten Augen und Ohren des braven Patridge, wie der Frau Beß!

Aber all' dieser Höllenspektakel einer regen Industrie, wie der düstere Kohlendunst nahm bald mehr und mehr ab. An Stelle der Zimmerplätze, der offenen Hallen, der hohen Fabrikschornsteine und jener gigantischen Eisengerippe, welche mehr den Käfigen einer Menagerie von Mastodons gleichen, traten schon freundliche Wohnhäuser auf, unter Bäumen versteckte Cottages und Villen in angelsächsischem Stil, welche auf üppig grünen Hügeln verstreut lagen. Das Ganze bildete eine fast lückenlose Folge von Landhäusern und Schlössern, welche gleichsam eine Stadt mit der anderen verknüpften.

Nach der altertümlichen königlichen Burg von Renfrew, auf dem linken Flußufer, erhoben sich zur Rechten die bewaldeten Hügel von Kilpatrick über dem Dorfe gleichen Namens, an dem kein Irländer vorüberkommen kann, ohne sich zu erkennen zu geben mit dem Ausrufe: »Hier wurde Saint-Patrick, der Schutzheilige Irlands, geboren!«

Der Clyde, bisher nur ein Strom, begann sich allmählich zum wirklichen Meeresarm auszubreiten; Frau Beß und Patridge begrüßten die Ruinen von Dunglas-Castle, welche einige alte Erinnerungen aus der Geschichte Schottlands wachrufen; ihre Augen wendeten sich dagegen ab von dem Obelisk, der einst zu Ehren Harry Bells, des Erfinders jenes ersten mechanischen Fahrzeugs, dessen Räder die friedlichen Wässer störten, errichtet wurde.

Wenige Minuten weiter betrachteten die Touristen, ihren Bädeker oder Murray in der Hand, das Schloß Dumbarton, welches sich auf einem Basaltfelsen über fünfhundert Fuß hoch erhebt. Von den beiden Kegeln des Berggipfels führt der eine noch den Namen, »der Thron Wallaces«, eines der Helden des Unabhängigkeitskampfes.

In diesem Augenblick glaubte sich ein Herr von der Kommandobrücke aus – ohne daß ihn jemand darum ersucht hätte, aber auch ohne daß es jemand einfiel, das nicht hübsch zu finden – verpflichtet, einen kleinen geschichtlichen Vortrag zur Belehrung seiner Reisegefährten zu improvisieren. Eine halbe Stunde später war es keinem Passagier der »Columbia« – vorausgesetzt, daß er sich eines gesunden Gehörorganes erfreute – mehr gestattet, nicht zu wissen, daß höchstwahrscheinlich schon die Römer Dumbarton befestigt hatten, daß dieser historische Felsen sich zu Anfang des dreizehnten Jahrhunderts in eine königliche Festung verwandelt, daß er, gemäß einer Konvention im Unionsvertrage, zu den vier Plätzen des Königreichs Schottland gehört, welche nicht geschleift werden dürfen, daß Maria Stuart im Jahre 1548 von diesem Hafen aus nach Frankreich abreiste, wo ihre Verheiratung mit Franz II. sie zur »Königin von einem Tage« machen sollte, und endlich, daß hier im Jahre 1815 Napoleon in Haft gehalten wurde, bis das Ministerium Castlereagh zu dem Entschluß kam, ihn auf St. Helena zu internieren.

»Das ist ja ungemein lehrreich«, sagte Bruder Sam.

»Lehrreich und interessant«, antwortete Bruder Sib. »Dieser Herr verdient unser aller Dank!«

Und wirklich, die beiden Onkel hatten kein Wort von dem ganzen Vortrage verloren; sie zauderten auch gar nicht, dem unerwarteten Lehrer der Geschichte ihre gerechte Billigung für seine Bemühungen zu erkennen zu geben.

In ihre eigenen Gedanken vertieft, hatte Miß Campbell nichts von der historischen Lektion gehört. In diesem Augenblicke entbehrte die Sache für sie alles Interesses. Sie richtete nicht einmal den Blick nach den am rechten Stromesufer gelegenen Ruinen des Schlosses von Cardroß, wo Robert Bruce starb. Ihre Augen suchten, freilich vergeblich, einen Meereshorizont; einen solchen konnte sie aber nicht eher wahrnehmen, als bis die »Columbia« diese Kette von Ufern, Vorgebirgen und Hügeln hinter sich hatte, welche den Golf des Clyde umgrenzen. Übrigens glitt der Dampfer eben bei dem Städtchen Helensbourgh vorüber.

Port Glasgow, die Überreste des Schlosses von Newark, wie die Halbinsel Rosenheat konnte das junge Mädchen aber tagtäglich von den Fenstern ihres Cottage aus sehen. Ja, es erschien ihr fast, als wenn der Dampfer nur den launischen Windungen eines Wasserlaufs in einem größeren Parke folge.

Und warum hätten sich ihre Gedanken weiterhin verirren sollen in die Hunderte von Fahrzeugen aller Art, die sich in den Hafenbassins von Greenrock, an der Mündung des Stromes, zusammendrängen? Welche besondere Bedeutung hatte es für sie, daß der berühmte unsterbliche Watt in dieser Stadt von 40.000 Einwohnern geboren war, welche man als den industriellen und kommerziellen Vorort Glasgows zu betrachten gewohnt ist? Warum hätten ihre Blicke, drei Meilen weiter hinaus, auf dem Dorfe Gourock am linken, oder auf dem Dorfe Dunoon am rechten Ufer haften sollen, an den tiefeingeschnittenen buchenreichen Fjords, welche die Küstenlinie der Grafschaft Argyle so vielfach durchbrechen, daß diese fast dem Schärengürtel Norwegens ähnelt?

Nein, Miß Campbells Blicke suchten voller Ungeduld nur den in Ruinen liegenden Turm von Leven. Erwartete sie da irgendeinen Burggeist zu sehen? Nicht im mindesten; sie wollte nur die erste sein, welche das Auftauchen des Pharus von Clock meldete, der den Ausgang des Firth of Clyde beleuchtet.

Der Leuchtturm erschien endlich, gleich einer riesenhaften Lampe, hinter einer Krümmung der Ufer.

»Clock, Onkel Sam«, rief sie, »Clock, Clock!«

»Ganz richtig, Clock«, antwortete Bruder Sam, mit der Sicherheit und Genauigkeit eines Echos der Hochlande.

»Das Meer, Onkel Sib!«

»In der Tat das Meer«, bestätigte Onkel Sib.

»Wie herrlich das ist!« wiederholten beide Onkels.

Man hätte vermuten können, daß sie es zum ersten Male sehen.

Hier war kein Irrtum möglich; draußen über der Öffnung des Golfes breitete sich der Meereshorizont aus.

Inzwischen hatte die Sonne noch nicht die Hälfte ihres Tageslaufs zurückgelegt. Unter dem 57. Breitengrade mußten mindestens noch sieben Stunden vergehen, bevor sie in der Salzflut untertauchen konnte, sieben Stunden peinigender Ungeduld für Miß Campbell! Übrigens erstreckte sich dieser Horizont mehr nach der südwestlichen Seite des Himmels, das heißt, er bildete ein Segment, welches das Tagesgestirn nur zur Zeit des Wintersolstitiums streifen konnte. Dort also war der Eintritt der fraglichen Erscheinung bestimmt nicht zu suchen, sondern weiter im Westen, selbst etwas nach Norden, da die ersten Tage des August den Äquinoktien des Septembers noch um sechs volle Wochen vorangehen.

Doch darauf kam unseren Reisenden weniger an, es war doch ein Meereshorizont, der sich jetzt vor dem Auge der Miß Campbell ausbreitete. Jenseits des Zwischenraumes zwischen den Inseln Cumbray, jenseits der großen Insel Bute, deren Profil durch feinen Dunst gemildert erschien, und jenseits der kleinen Kämme des Aisla-Craig und der Berge von Arran flossen der Himmel und das Wasser in einer wie mit dem Lineal gezogenen Linie zusammen.

Völlig in Gedanken versenkt und ohne ein Wort zu sprechen, gab sich Miß Campbell der Betrachtung des vor ihr liegenden Bildes hin. Auf der Kommandobrücke unbeweglich stehend, warf die Sonne nur einen kurzen Schatten zu ihren Füßen. Sie schien die Länge des Bogens zu messen, welcher jene noch von dem Punkte trennte, wo ihre Scheibe in die Gewässer des Archipels der Hebriden untertauchen mußte ... vorausgesetzt, daß der jetzt so reine Himmel dann nicht von dem Nebel der Dämmerung verhüllt ward.

Da weckte eine Stimme die junge Träumerin aus ihren sinnenden Gedanken.

»Es ist Zeit«, sagte Bruder Sib.

»Zeit? Wozu, lieber Onkel?«

»Es ist Zeit zu frühstücken«, erklärte Bruder Sam.

»Nun gut, so gehen wir zum Frühstück«, erklärte Miß Campbell.

Fünftes Kapitel

Von einem Dampfer zum anderen

Nach der zur Hälfte warmen, zur Hälfte kalten Mahlzeit – in dem »Dining-room« der »Columbia«, war ein vortreffliches Frühstück nach englischer Sitte aufgetragen worden – kehrten Miß Campbell und die Brüder Melvill nach dem Deck zurück.

Helena konnte einen Aufschrei der Enttäuschung nicht unterdrücken, als sie ihren Platz auf dem Spardeck wieder eingenommen hatte.

»Wo ist mein Horizont hin?« rief sie.

Allerdings, ihr Horizont war nicht mehr vorhanden, sondern vor nur wenigen Minuten verschwunden. Der Dampfer lief jetzt, mit dem Bug nach Norden, durch die lange Meerenge des Kyles of Bute.

»Das ist nicht hübsch, Onkel Sam!« beklagte sich das junge Mädchen und verzog schmollend den feingeschnittenen Mund.

»Aber mein liebes Kind . . .«

»Ich werde mirs merken, Onkel Sib!«

Die beiden Brüder wußten nicht, was sie antworten sollten, und doch konnte unmöglich sie jemand dafür verantwortlich machen, daß die »Columbia« nach Änderung der vorher eingehaltenen Richtung jetzt gegen Nordwesten dampfte.

Es gibt nämlich zwei verschieden Routen, um auf dem Wasserwege von Glasgow nach Oban zu gelangen.

Der eine, dem die »Columbia« nicht gefolgt war, ist der weit längere. Nach dem Anlaufen von Rothesay, dem Hauptorte der Insel Bute, der von seinem alten, aus dem elften Jahrhunderte stammenden Schlosse beherrscht und nach Westen von tiefen Tälern umrahmt wird, welche ihn gegen rauhe Winde von der Seeseite schützen, kann der Dampfer noch weiter den Golf von Clyde hinabgehen, das östliche Ufer der Insel passieren; dabei kam er in Sicht von Groß- und Klein-Cumbray vorüber und gelangte in gleicher

Richtung bis zum südlichen Teil der Insel Arran, welche fast gänzlich, vom Fuße ihres Felsenuntergrundes bis zum Gipfel des Goatfell, der ziemlich achthundert Meter über das Meer emporsteigt, dem Herzoge von Hamilton gehört. Hierauf legte der Steuermann das Ruder um, so daß die Kompaßnadel sich weiter nach Westen dreht; man umsegelt die Insel Arran, ferner den langen Vorsprung der Halbinsel Cantyre, fährt an der Westküste hinauf, dringt durch den zwischen den Inseln Islay und Jura sich hinziehenden Sund in die Gigha-Straße ein und erreicht dann den weitoffenen Kreisabschnitt des Firth of Lorn, dessen kurzer Schenkel ihn ein wenig oberhalb Oban abschließt.

Wenn Miß Campbell alles in allem irgendeinen Grund hatte, darüber zu klagen, daß die »Columbia« nicht diesen Kurs eingeschlagen hatte, so hatten vielleicht auch die beiden Onkels Ursache, es zu bedauern. Wenn man nämlich längs des Küstengeländes von Islay hinfährt, wäre ihren Blicken der alte Stammsitz der Mac Donald erschienen, welche, zu Anfang des siebzehnten Jahrhunderts besiegt und vertrieben, den Campbells weichen mußten. Vor dem Schauplatze einer historischen Tatsache, welche sie selbst so nahe berührte, hätten die Brüder Melvill, ohne hier von Frau Beß und Patridge zu reden, ihre Herzen gewiß kräftiger und schnell, aber unisono klopfen gefühlt.

Was Miß Campbell betrifft, so hätte sich der so bedauerte Horizont länger ihrer Bewunderung dargeboten. Von der Spitze von Arran bis zum Vorgebirge Cantyre liegt das Meer nämlich nach Süden zu offen; von der Mull von Cantyre bis zur äußersten Spitze von Islay dehnt es sich nach Westen hin frei aus, das heißt, hier glitzert die ungeheure Wasserfläche, welche erst die Küste Amerikas in einer Entfernung von dreitausend Meilen begrenzt.

Dieser Weg aber ist lang, manchmal beschwerlich, wenn nicht gar gefährlich, und ein Passagierdampfer muß auch mit denjenigen Touristen rechnen, welche vor den Wechselfällen einer oft stürmischen Fahrt zurückschrecken, wenn es gilt, der starken hohlen See in der Gegend der Hebriden Trotz zu bieten.

Die Ingenieure – Lessepse im kleinen – haben den Gedanken gehabt, aus dieser Halbinsel von Cantyre eine wirkliche Insel zu machen. Dank ihren Arbeiten, ist in deren nördlichem Teile der Kanal von Crinan ausgehoben worden; er kürzt die Reise um wenigstens zweihundert Meilen ab und erfordert nur drei bis vier Stunden zur Durchfahrt.

Auf diesem Wege hielt sich die »Columbia« auf ihrer Fahrt nach Oban zu, immer zwischen den Lochs und Meerengen, mit keinem anderen Ausblick als den auf Küsten, auf Wälder und Berge. Von allen Passagieren war übrigens Miß Campbell zweifellos die einzige, welche die andere Route vorgezogen hätte, doch sie mußte sich wohl oder übel fügen. Voraussichtlich fand sie ja den ersehnten Meereshorizont ein wenig oberhalb des Kanals von Crinan, einige Stunden später und jedenfalls noch eher wieder, als die Sonne ihre Scheibe ins Meer versenken konnte.

In dem Augenblicke, als die Touristen, welche sich im »Dining-room« ein wenig verspätet hatten, nach dem Deck zurückkamen, berührte die »Columbia« am Eingang des Loch Ridden fast die kleine Insel Elbangreig, die letzte Veste, nach der sich der Herzog von Argyle flüchtete, ehe dieser im Kampf für die politische und religiöse Befreiung Schottlands ehrenvoll unterlegene Held seinen Kopf nach Edinbourgh unter das Fallbeil der schottischen Guillotine trug. Dann wandte sich der Dampfer wieder nach Süden, ging die Meerenge von Bute hinunter inmitten jenes bewunderungswürdigen Panoramas von baumlosen oder bewaldeten Inseln, über denen ein leichter Dampf zu ruhen schien, der ihre schroffen Profile abrundete. Nachdem er endlich das Kap Ardlamont umschifft, schlug er durch den Loch Fyne wieder eine nördliche Richtung ein, ließ auf der Küste von Cantyre das Dorf East-Tarbert zur Linken, glitt am Kap Ardrishaig hin und erreichte an der Burg von Lochgilphead den Eingang des Kanals von Crinan.

Hier mußten die Reisenden die »Columbia« verlassen, welche für die Dimensionen des Kanals zu groß ist. Dieser Durchstich, dessen Niveau-Unterschied durch fünfzehn Schleusen ausgeglichen wird, eignet sich in seinem neun Meilen langen Laufe nur für schmale Fahrzeuge von geringem Tiefgang.

Ein kleines Dampfboot, der »Linnet«, erwartete die Passagiere der »Columbia«. Die Übersiedlung ging binnen wenigen Minuten vonstatten. Jedermann richtete sich nach Belieben auf dem Spardeck des Dampfers ein; dann schlüpfte der »Linnet« raschen Laufes zwischen den Rändern des Kanals hin, während ein »Bagpiper«, das ist ein Dudelsackpfeifer im Nationalkostüm, sein Instrument ertönen ließ. Es gibt kaum etwas Melancholischeres als jene wunderlichen Lieder, welche von den Baßtönen dreier Schnarrpfeifen begleitet werden, die nur zwei Töne zu erzeugen im Stande sind, während ihnen die halben Töne gänzlich fehlen, ganz wie in den alten Weisen vergangener Jahrhunderte.

Es ist eine reizende Fahrt durch diesen Kanal, der bald zwischen hohen steilen Ufern sich hinwindet, bald sich der Seite eines mit Gebüsch bestandenen Hügels anschmiegt, der hier durch offenes Land verläuft, dort sich durch enge Felsenmauern zwängt. An den Schleusen gibt es selbstverständlich einigen Aufenthalt. Während die betreffenden Leute das Schiff möglichst rasch heben oder senken, bieten junge Männer und junge Mädchen, die Kinder des Landes, den Touristen frisch gemolkene Milch an und sprechen dabei jenes gälische Idiom, dessen sich die alten Kelten dereinst bedienten, eine Sprache, welche ein Fremder gar nicht und selbst ein Engländer nur selten versteht.

Sechs Stunden später – an einer der Schleusen, welche schlecht funktionierte, war ein Aufenthalt von zwei Stunden entstanden – verschwanden allmählich die Weiler und Farmen der sonst etwas traurigen Gegend, gleichwie die ungeheuren Sümpfe von Add, die sich an der rechten Seite des Kanals ausdehnen. Der »Linnet« hielt beim Dorfe Dallanoch kurze Zeit an.

Hier mußte eine zweite Übersiedlung stattfinden. Die Passagiere der »Columbia«, jetzt solche des »Glengarry«, dampften nun nach Nordwesten, um aus der Bucht von Crinan herauszukommen und die Landspitze zu umschiffen, auf der sich das alte Feudalschloß Duntroon-Castle erhebt.

Seit jenem kurzen Augenblicke, bei Umsegelung der Insel Bute, war der Meereshorizont noch nicht wieder erschienen.

Man begreift leicht die Ungeduld der Miß Campbell. Auf diesen, nach allen Seiten eingeschlossenen Gewässern hätte sie eher geglaubt, mitten in Schottland, in der Gegend der Landseen, im Land Rob Roys zu sein. Überall pittoreske Inseln mit weichen Wellenlinien und von Weiden und Lärchenbäumen bestanden.

Endlich überholte der »Glengarry« die Nordspitze der Insel Jura, und zwischen dieser Spitze und der kleinen Insel Scarba, welche davon losgelöst ist, erschien die ausgedehnte Fläche des Meeres, welche sich mit dem unteren Himmelsrande berührte.

»Nun, da sieh, liebe Helena«, sagte Bruder Sam, während seine Hand nach Westen hindeutete.

»Es war ja nicht unser Fehler«, fügte Bruder Sib hinzu, »wenn diese verzwickten Inseln, die der alte Nik versenken möge, dir den Ausblick eine Zeitlang gehemmt haben.«

»Ihr seid vollständig entsündigt, liebe Onkels«, antwortete Miß Campbell, »aber ich wünsche doch, daß so etwas nicht wieder vorkäme.«

Sechstes Kapitel

Der Strudel von Corryvrekan

Es war jetzt sechs Uhr abends. Die Sonne hatte höchstens vier Fünftel ihrer Bahn durchlaufen, und aller Wahrscheinlichkeit nach mußte der »Glengarry« Oban erreichen, bevor das Tagesgestirn in den Wogen des Atlantischen Ozeans zur Ruhe gegangen war. Miß Campbell konnte also glauben, daß ihre Wünsche vielleicht noch diesen Abend in Erfüllung gehen würden. Der wolken- und dunstlose Himmel schien ganz wie geschaffen zur Beobachtung der Erscheinung, und der Meereshorizont mußte zwischen den Inseln Oronsay, Colonsay und Mull während dieses letzten Teils der Fahrt immer sichtbar bleiben.

Da sollte ein unvorhergesehenes Ereignis die Fahrt des Dampfers einigermaßen verzögern.

Von ihrer fixen Idee beherrscht und immer an demselben Platze ausharrend, verlor Miß Campbell niemals die Kreislinie aus den Augen, die sich zwischen den zwei Inseln ausdehnte. An der Berührungsstelle mit dem Himmel bildete der Widerschein ein glänzendes Dreieck, dessen letzte Farbentöne an der Flanke des »Glengarry« erstarben.

Ohne Zweifel war Miß Campbell die einzige an Bord, deren Blicke an jenem Teile des Horizontes gefesselt blieben; sie war auch die einzige, welche bemerkte, wie heftig das Meer zwischen der genannten Spitze und der Insel Scarba aufgeregt schien. Gleichzeitig klang ihr von fern her das Rauschen mächtig durcheinander gewühlter Wellen ans Ohr, obwohl der leichte Wind kaum einzelne Streifchen auf dem fast schleimigen Wasser hinterließ, so ruhig war das Meer in nächster Umgebung des Dampfers.

»Wodurch entsteht denn jene Wasserbewegung und dieses Geräusch?« fragte Miß Campbell, sich an ihre Onkel wendend.

Die Brüder Melvill wären in die schönste Verlegenheit gekommen, wenn sie ihr hätten Aufklärung geben müssen, denn sie begriffen ebensowenig wie das junge Mädchen, was dort in der Entfernung von etwa drei Meilen in jener engen Wasserstraße vorging.

Miß Campbell wandte sich aber nun an den Kapitän des »Glengarry«, der auf der Kommandobrücke auf und ab ging, und fragte diesen, was die Ursache dieses Donnerns und Polterns der Wogen sei.

»Eine einfache Erscheinung der steigenden Flut«, antwortete der Kapitän. »Was Sie hier hören, ist das Geräusch des Strudels von Corryvrekan.«

»Aber das Wetter ist ganz prächtig«, bemerkte Miß Campbell, »und kaum ist von Wind etwas zu spüren.«

»Jene Erscheinung hängt auch nicht im mindesten von der Witterung ab«, antwortete der Kapitän, »sie ist die Wirkung der steigenden Meeresflut, die beim Austreten durch den Jurasund keinen anderen Ausweg findet, als den zwischen den Inseln Jura und Scarba. Daher erklärt es sich, daß die Wogen mit ungewöhnlicher Gewalt hereinstürzen, und es dürfte für ein Fahrzeug von geringem Tonnengehalt sehr gefährlich sein, sich da hineinzuwagen.«

Dieser Strudel von Corryvrekan, den man in jenen Gegenden mit Recht fürchtet, wird als eine der merkwürdigsten Stellen im Archipel der Hebriden bezeichnet. Vielleicht ließe er sich vergleichen mit der wilden Strömung von Sein, welche durch Einengung des Meeres zwischen dem Damme gleichen Namens und der Bai der Trépassés, an der Küste der Bretagne, gebildet wird, oder der Flut von Blanchart, durch welche sich zwischen Aurigny und dem Uferland von Cherbourg die Gewässer des Ärmelkanals hindurchzwängen. Nach der Sage verdankt diese Stelle ihren Namen einem skandinavischen Fürsten, dessen Schiff zur Zeit der alten Kelten daselbst zu Grunde ging. In der Tat befindet sich hier eine höchst gefährliche Passage, in welcher viele Schiffe schon den Untergang fanden und die rücksichtlich des Übelberüchtigtseins ihrer Strömungen mit dem düsteren Malstrom an der Küste Norwegens wetteifern kann.

Miß Campbell verfehlte keinen Augenblick, die

enormen Wasserberge jenes Strudels zu betrachten, als ihre Aufmerksamkeit plötzlich auf einen bestimmten Punkt der Meerenge hingelenkt wurde. Es hatte den Anschein, als ob da ein Fels mitten aus dem tosenden Wasser aufragte, wenn seine Masse sich nicht mit den Bewegungen der hohlen See gehoben und gesenkt hätte.

»Sehen Sie, sehen Sie da, Kapitän«, rief Miß Campbell, »wenn das kein Felsen ist, was ist es sonst?«

»Ja, wirklich«, antwortete der Kapitän, »das kann nur eine Seetrift sein, die von der Strömung dahin geführt worden ist, oder gar . . .«

Er setzte das Fernrohr vor die Augen:

»Ein Boot!« rief er laut.

»Ein Boot!« wiederholte Miß Campbell.

»Ja, ich täusche mich nicht . . . es ist ein Boot, das sich auf den Strudel von Corryvrekan verirrt hat!«

Bei diesen Worten des Kapitäns waren noch mehrere Personen auf die Kommandobrücke geeilt. Alle starrten in der Richtung nach dem Strudel hinaus. Daß ein kleines Fahrzeug auf diese Höllenwirbel verschlagen worden sei, unterlag keinem Zweifel mehr. Gepackt von der Strömung der steigenden Flut, von der Kraft jenes todbringenden Wirbels angezogen, ging es offenbar seinem Untergange entgegen.

Alle Blicke waren nach jenem Punkte des Strudels gerichtet, der etwa vier bis fünf Meilen vom »Glengarry« lag.

»Das ist wahrscheinlich nur eine losgerissene und fortgetriebene Schaluppe«, meinte einer der Passagiere.

»O nein, ich erkenne darin einen Menschen«, antwortete ein anderer.

»Einen Mann . . ., zwei Männer!« rief Patridge, der jetzt neben Miß Campbell Platz genommen hatte.

In der Tat, es befanden sich zwei Männer darin, welche offenbar nicht mehr Herren ihres Bootes waren. Die schwache, vom Lande herwehende Brise hätte ihre Segel nicht genug schwellen können, um es aus dem Wogenschwall zu treiben, und die Ruder konnten sie unmöglich von dem Anziehungszentrum des Corryvrekan fernhalten.

»Kapitän«, rief Miß Campbell, »wir können die beiden Unglücklichen nicht untergehen lassen! . . . Sie sind verloren, wenn man sie sich selber überläßt! . . . Sie müssen Hilfe haben! . . . Sie müssen! . . .«

Alle an Bord hatten den nämlichen Gedanken und erwarteten ängstlich die Entscheidung des Kapitäns.

»Der ›Glengarry‹, erklärte dieser, kann sich nicht bis in die Mitte des Corryvrekan wagen, doch wenn wir uns diesem Punkte nur nähern, gelingt es vielleicht, der Schaluppe nahe genug zu kommen, um ihr Rettung zu bringen.

Er wandte sich dabei an die übrigen Passagiere, wie um von diesen ein Zeichen der Billigung zu erhalten.

Miß Campbell trat noch einmal auf ihn zu.

»Es muß sein, Kapitän, es muß sein!« rief sie mit zitternder Stimme. »Meine Reisegenossen verlangen dasselbe wie ich! Es steht das Leben von zwei Menschen auf dem Spiele, welches Sie vielleicht retten können . . . oh, Kapitän, ich bitte Sie inständigst! . . .«

»Ja, ja!« stimmten einige der Passagiere zu, erregt durch die warmherzige Intervention des jungen Mädchens.

Der Kapitän ergriff sein Fernglas, beobachtete mit Aufmerksamkeit den Verlauf der Strömung in der Enge und wandte sich dann an den neben ihm auf der Brücke stehenden Steuermann.

»Achtung!« rief er, »das Ruder nach Steuerbord!«

Unter der Wirkung des Steuers drehte der Dampfer nach Westen bei. Der Maschinist erhielt Befehl, vollen Dampf zu geben, und der »Glengarry« ließ bald die Spitze der Insel Jura zur Linken liegen.

An Bord sprach kein Mensch ein Wort. Aller Augen hingen in ängstlicher Spannung an der mehr und mehr sichtbar werdenden Schaluppe.

Es war nur ein kleines Fischerboot, dessen Mast die Insassen niedergelegt hatten, wahrscheinlich um den Gegenstoß zu vermeiden, den der heftige Anprall der Wellen hätte erzeugen müssen.

Von den beiden Männern, welche sich in dem Fahrzeug befanden, lag der eine nahe dem hinteren Ende desselben ausgestreckt; der andere bemühte sich mit aller Anstrengung seiner Kräfte, dem Mittelpunkt der Anziehungskraft des Wassers fern zu bleiben. Gelang ihm das nicht, so waren beide unrettbar verloren.

Eine halbe Stunde später erreichte der »Glengarry« die Grenze des Corryvrekan und begann schon unter den ersten Wellenbergen furchtbar zu stampfen; doch niemand an Bord beschwerte sich darüber, obgleich die Hast der Strömung wohl dazu angetan war, einfache Touristen zu erschrecken.

In diesem Teil der Meerenge erschien das Wasser gleichmäßig weiß, als wenn wenigstens ein Dreireffwind darüber bliese. Man gewahrte nichts als eine ungeheure Fläche von Schaum, der bei der verhältnismäßig geringen Tiefe des Wassers zu ungeheuren Bergen aufwallte.

Die Schaluppe war nur noch eine halbe Meile entfernt. Von den beiden Insassen machte der, welcher die Riemen führte, ungeheure Anstrengungen, sich aus dem Wirbel zu befreien. Er begriff recht gut, daß der »Glengarry« ihm zu Hilfe kam, aber er sah wohl ein, daß der Dampfer nicht viel weiter vorwärts laufen konnte und es seine Sache sei, jenen zu erreichen. Sein im Hinterteile liegender Gefährte schien des Bewußtseins beraubt.

Eine Beute der peinigendsten Aufregung hafteten Miß Campbells Blicke zuerst auf diesem Boote in höchster Seenot, das sie zuerst auf dem Wasser des Strudels entdeckt, und auf welches, dank ihrer inständigen Bitte, der »Glengarry« jetzt zuhielt.

Inzwischen gestaltete sich die Situation immer kritischer. Man konnte fürchten, daß der Dampfer nicht rechtzeitig sein Ziel erreichte. Er bewegte sich jetzt nur mit verminderter Geschwindigkeit, um jedenfalls einer ernstlicheren Beschädigung zu entgehen, und dennoch drohten die ihn von vorn packenden Wogen schon die Lichtöffnung des Maschinen- und Heizraumes zu überschäumen, wobei das Wasser unabwendbar die Kesselfeuer löschen mußte, eine Möglichkeit, welche inmitten dieser entsetzlichen Strömung hätte von den gefährlichsten Folgen sein müssen.

Auf die Eisenstangen am Rande der Kommandobrücke gestützt, achtete der Kapitän darauf, in dem Kanale nicht außer Kurs zu kommen, und manövrierte mit Geschick, um das Schiff sich nicht in der Breite gegen die Strömung legen zu lassen.

Der Schaluppe gelang es übrigens nicht, sich selbst aus dem Strudel ganz zu befreien. Zeitweilig verschwand sie vollkommen hinter einem riesenhaften Wogenschwalle; zeitweilig wieder schloß sie, von der konzentrischen Strömung des Strudels erfaßt, dessen Schnelligkeit sich in gleichmäßigem Verhältnisse mit dem zunehmenden Umfange zu vergrößerte, mit der Geschwindigkeit eines Pfeiles oder richtiger eines am Ende einer Schleuder sich kreisförmig bewegenden Steines dahin.

»Schneller, schneller!« drängte Miß Campbell, welche ihre ängstliche Ungeduld nicht zu bemeistern vermochte.

Beim Anblick der sich überstürzenden, brodelnden Wasserberge ließen einzelne Passagiere jedoch schon dann und wann einen leisen Schrei des Schreckens ertönen. In Erwägung der auf ihm lastenden Verantwortlichkeit zögerte der Kapitän, weiter in die enge Fahrstraße des Corryvrekan vorzudringen.

Die Schaluppe und der »Glengarry« trennte inzwischen kaum noch die Entfernung einer halben Kabellänge, das heißt ein Zwischenraum von dreihundert Fuß, auch konnte man jetzt deutlich die beiden Unglücklichen erkennen, welche in jener ihrem Verderben entgegeneilten.

Es war ein bejahrterer Seemann und ein junger Mann, der erstere im Hinterteile ausgestreckt liegend, während der zweite sich mit den langen Riemen abquälte.

In diesem Moment schnellte eine ungeheure Woge den Dampfer hoch empor und brachte ihn in recht bedrohliche Lage.

In der Tat, der Kapitän durfte nicht weiter in die Meerenge hineindampfen und hatte allein Mühe genug, das Schiff durch langsame Drehung der Radschaufeln mit dem Bug gerade gegen die Wellen gerichtet zu halten.

Plötzlich glitt das Boot, nachdem es einen Augenblick lang auf haushohem Wellenkamme getanzt, zur Seite und verschwand.

An Bord ertönte nur ein Schrei, ein Aufschrei des Entsetzens!...

War das gebrechliche Fahrzeug in den Abgrund geschleudert worden? Nein. Es stieg auf dem Rücken einer anderen Woge wieder empor, und eine erneute Anstrengung des Ruderers brachte es näher der Flanke des Dampfers.

»Achtung! Aufgepaßt!« riefen einige am Vorderteile stehende Matrosen.

Sie schwangen ein zu Ringen zusammengelegtes Seil und paßten den rechten Augenblick ab, dessen Ende hinauszuschleudern.

Da bemerkte der Kapitän eine Fläche ruhigeren Wassers zwischen zwei brandenden Kämmen und erteilte den Befehl, der Maschine Volldampf zu geben. Der »Glengarry« drängte sich schneller vorwärts und wagte sich kühn zwischen die beiden Inseln hinein, während die Schaluppe noch einige Faden näher an seine Seite heranschwankte.

Da flog das Seil hinaus, wurde erfaßt und um den Fuß des Mastes geschlungen, dann erhielt der »Glengarry« Gegendampf, um schneller freizukommen, während die an seiner Seite liegende Schaluppe im Schlepptau mitlief.

In diesem Momente ließ der junge Mann die Ruder los, packte seinen Begleiter mit kraftvollem Arme, und unter Mithilfe der Matrosen des Dampfers wurde jener alte Seemann an Bord gezogen. Von furchtbarem Wogenschlag getroffen, während beide in die Meerenge getrieben worden waren, war ihm jede Möglichkeit geraubt worden, die Anstrengungen des jungen Mannes zu unterstützen, der damit auf seine eigenen

Kräfte beschränkt war.

Dieser sprang indes auf das Deck des »Glengarry«. Er hatte seine ganze Kaltblütigkeit bewahrt, sein Gesicht erschien ruhig und sein Auftreten bewies, daß sein moralischer Mut ebenso natürlichen Ursprungs war, wie der physische.

Sofort beeilte er sich, seinem Begleiter alle mögliche Sorgfalt angedeihen zu lassen. Es war das der Besitzer der Schaluppe, den übrigens ein herzhafter Schluck Brandy bald wieder zu sich und halbwegs auf die Füße brachte.

»Herr Oliver!« sagte er halblaut.

»Ach, mein wackerer Seemann«, antwortete der junge Mann, »der schreckliche Wellenschlag . . .«

»Hat mir nichts zu Leide getan; ich habs gelegentlich schlimmer erlebt. 's ist ja schon nichts mehr davon zu sehen . . .«

»Gott sei Dank . . . Aber meine Unbesonnenheit, immer noch weiter vorwärts zu drängen, wäre uns bald teuer zu stehen gekommen! . . . Endlich sind wir gerettet!«

»Mit Ihrer Hilfe, Herr Oliver!«

»Nein . . . mit der Hilfe Gottes!«

Der junge Mann drückte dabei den alten Seemann an die Brust und versuchte gar nicht, die Erregung zu verbergen, welche die Zuschauer dieser Szene nicht wenig rührte.

Darauf wandte er sich zu dem Kapitän des »Glengarry«, eben als dieser die Kommandobrücke herabkam.

»Herr Kapitän, ich weiß nicht, wie ich Ihnen den Liebesdienst, den Sie uns erwiesen, vergelten soll . . .«

»Mein Herr, ich tat nichts als meine Pflicht, und aufrichtig gesagt, haben meine Passagiere mehr Anspruch auf Ihre Dankbarkeit, als ich selbst.«

Der junge Mann drückte herzlich die Hand des Kapitäns, zog dann den Hut und begrüßte die Passagiere mit eleganter Verbeugung.

Unbedingt wären ohne Dazwischenkunft des »Glengarry« er und sein Begleiter, nachdem der Strudel von Corryvrekan sie einmal gepackt hatte, rettungslos verloren gewesen.

Miß Campbell hatte es während des Austausches dieser Höflichkeiten für angezeigt erachtet, sich etwas zurückzuziehen. Sie wünschte es zu vermeiden, daß der ihr gebührende Anteil an der glücklichen Durchführung dieser fast dramatischen Lebensrettung nicht besonders hervorgehoben würde. So hielt sie sich mehr auf dem Vorderteil des Spardecks, als ihr plötzlich, als ihre Phantasie aus dem Schlummer erwachte, während sie sich nach Westen hinwandte, die Worte entfuhren:

»Und der Strahl? . . . Die Sonne? . . .«

»Es ist keine Sonne mehr da«, sagte Bruder Sam.

»Und also auch kein Strahl mehr zu sehen«, setzte Bruder Sib hinzu.

Ja, jetzt war's zu spät. Die hinter einem Horizont von wunderbarer Klarheit versunkene Glutscheibe hatte ihren letzten grünen Strahl schon in den Weltraum entsandt. In dem betreffenden Augenblick beschäftigten sich Miß Campbells Gedanken freilich mit etwas ganz anderem; ihr zerstreutes Auge hatte diese Gelegenheit vorübergehen lassen, welche sich vielleicht in langer Zeit nicht wieder bot.

»Das ist schade!« murmelte sie, übrigens ohne allzuviel Bedauern in Betrachtung dessen, was eben alles geschehen.

Inzwischen machte der »Glengarry« die nötigen Evolutionen, um aus der Corryvrekan-Straße frei zu kommen, und schlug den früheren Kurs nach Norden wieder ein. Jetzt kletterte der alte Seemann, nach Auswechslung eines letzten Händedrucks mit seinem vorherigen Begleiter, nach der Schaluppe hinunter und segelte, als ob gar nichts vorgefallen wäre, nach der Insel Jura zurück.

Der junge Mann selbst, dessen »Dorlach«, eine Art lederner Reisesack, an Bord geschafft worden war, bildete nun einen Touristen mehr, den der »Glengarry« nach Oban beförderte.

Die Inseln Shuna und Luing, auf denen sich die reichen Schieferbrüche des Marquis von Breadalbane befinden, zur Rechten lassend, glitt der Dampfer an der Insel Seil vorbei, welche diesen Teil der schottischen Küste schützt; bald nachher in den Firth of Lorne eindringend, wand er sich zwischen der vulkanischen Insel Kerrera und dem offenen Lande dahin und warf mit dem letzten Schimmer der Abenddämmerung an dem Pfahldamme des Hafens von Oban seine Sorrtaue aus.

Siebtes Kapitel

Aristobulos Ursiclos

Wenn Oban auch einen ebenso großen Zusammenfluß von Badegästen nach seinem Strande gelockt hätte, wie die so stark besuchten Küstenstationen von Brigthon, Margate oder Ramsgate, eine so wertvolle Persönlichkeit wie Aristobulos Ursiclos hätte darüber nicht unbemerkt bleiben können.

Ohne sich zur Höhe seiner Rivalen zu erheben, ist Oban nichtsdestoweniger ein von den Müßiggängern des Vereinigten Königreichs gern aufgesuchter Badeort. Seine Lage an der Meerenge von Mull, sein Geschütztsein vor den scharfen Westwinden, deren direkte Einwirkung die Insel Kerrera abhält, zieht eine Menge Fremder hierher. Die einen kommen wohl, sich in dem heilsamen Wasser wirklich zu stärken, andere lassen sich hier gleichsam an einem Zentralpunkt nieder, von dem die Wege nach Glasgow, Inwerneß und nach den merkwürdigsten Inseln der Hebriden ausstrahlen. Es verdient auch hervorgehoben zu werden, daß Oban nicht, wie mancher andere Badeplatz, eine Art Hospital darstellt; die meisten, welche hier die warme Jahreszeit zu verbringen lieben, sind völlig gesund, und man riskiert nicht, wie an gewissen anderen Badeplätzen, seinen Whist mit zwei Kranken und einem Toten zu spielen.

Obans Existenz reicht kaum auf fünfzig Jahre zurück; es trägt deshalb in der Lage seiner Plätze, in der Einrichtung der Häuser und der Anordnung der Straßenzüge ganz den Stempel der Neuzeit. Doch bietet seine Kirche, eine Art normannisches Bauwerk, mit hübschem Glockenturm, das alte von dichtem Efeu umrahmte Schloß von Dunolly, dessen Gemäuer sich nach Norden zu auf einem losgerissenen Felsblocke erhebt, ferner das Panorama seiner weißen Häuser und buten Villen, die verstreut aus der Hügelreihe hinter der Stadt hervorblinken, endlich das ruhige Wasser seiner Bucht, auf der sich nicht wenige elegante Lustjachten schaukeln, alles das im Verein ein liebliches, abwechslungsreiches Bild.

In diesem Jahre, und vor allem im Monat August, mangelte es der kleinen Stadt nicht an Touristen oder Badegästen. In der Fremdenliste eines der besten Gasthäuser konnte man schon seit einigen Wochen unter anderen mehr oder weniger bekannten Namen auch den des Herrn Aristobulos Ursiclos aus Dumfries (Nieder-Schottland) lesen.

Es war das eine »Personnage« von achtundzwanzig Jahren, welche niemals jung gewesen zu sein und niemals alt zu werden bestimmt schien. Der Mann hatte das Licht der Welt unzweifelhaft gleich in dem Alter erblickt, in dem er sich später gleichbleibend halten sollte. Sein Auftreten nahm weder für, noch gegen ihn ein; von Gesicht war er »gewöhnlich«, wie es in Steckbriefen heißt, von Haar für einen Mann etwas zu blond; unter seiner Briller leuchteten ein Paar kurzsichtige Augen; dazu hatte er eine kurze Nase, welche man gar nicht für die richtige Nase seines Gesichts hielt. Von den hundertdreißigtausend Haaren, welche jeder menschliche Schädel nach den neuesten Erfahrungen tragen soll, waren ihm höchstens noch sechzigtausend übriggeblieben. Eine Krause von Barthaar umrahmte ihm Wangen und Kinn, was seinem Gesicht etwas von dem eines Affen verlieh. Wäre er ein solcher gewesen, so hätte man ihn einen hübschen Affen nennen und vielleicht als den bezeichnen können, der in der Stufenleiter der Darwinisten noch fehlt, um als Verknüpfung des Tiergeschlechts mit der Menschheit zu dienen.

Aristobulos Ursiclos war reich an Gut und Geld, aber noch reicher an Ideen. Viel zu unterrichtet für einen jungen Gelehrten, der oft nichts anderes weiß, als jedermann mit seiner allumfassenden Weisheit zu langweilen, graduiert auf den Universitäten Oxford und Edinburgh, vereinigte er in sich mehr Kenntnisse der Physik, Chemie, Astronomie und Mathematik als solche der Literatur. Im Grunde ziemlich anspruchsvoll, fehlte ihm oft nicht gar viel zum vollständigen Narren. Seine Hauptmanie oder seine Monomanie, wie man eben will, war es, zur ungeschicktesten Zeit und am unpassendsten Orte Aufklärung über alles zu geben, was mit der Naturgeschichte in irgendwelchem Zusammenhange stand; mit einem Worte, er war Pedant mit manchmal recht unliebenswürdigen Eigenschaften. Man lachte nicht gerade indrekt über ihn, weil er selbst nicht lachensfähig war, vielleicht aber hinter seinem Rücken, weil dieser Mangel eben lächerlich erschien. Niemand wäre minder würdig gewesen als dieser junge Mann, eigentlich gefälscht junge Mann, sich die Devise der englischen Freimaurer: Audi, vide, tace! (Höre, sieh und schweige) zuzulegen. Er hörte nicht, er sah nicht und er schwieg niemals. Um einen Vergleich zu gebrauchen, der im Lande Walter Scotts ganz angebracht erscheint, erinnerte Aristobulos Ursiclos mit seinem positiven Industrialismus mehr an den Landrichter Nicol Jarvie, als an dessen poetischen Vetter Rob-Roy Mac-Gregor.

Welche Tochter der Hochlande, Miß Campbell nicht ausgenommen, hätte aber Rob-Roy nicht dem Nicol Jarvie vorgezogen.

So war Aristobulos Ursiclos. Wie hatten die Brüder Melvill nur auf diesen Pedanten verfallen können, um ihn gar zu ihrem gesetzmäßigen Neffen zu erhöhen? Wie konnte er überhaupt den würdigen Sechzigern Gefallen einflößen? Vielleicht einzig und allein dadurch, daß er als der erste mit einem Vorschlage dieser

Art bezüglich ihrer Nichte aufgetreten war. In einer Art naiver Entzückung hatten sich Bruder Sam und Bruder Sib ohne Zweifel gesagt:

»Das ist ein reicher junger Mann aus guter Familie, der über das Vermögen, welches sich durch Erbschaft von Eltern und Anverwandten auf seinem Haupte angehäuft hat, frei zu verfügen vermag, und der sich nebenbei durch einen gleich großen Reichtum an Kenntnissen auszeichnet. Das wäre eine prächtige Partei für unsere liebe Helena! Die Heirat wird sich ganz allein machen; sie muß ja alle passenden Verhältnisse darbieten, weil sie – uns passend vorkommt.«

Sie hielten sich selbst auch für ganz besonders pfiffig, Miß Campbell – dank deren eigentümlicher Schrulle, betreffen den grünen Strahl – nach Oban verlockt zu haben. Hier würde sie, ohne daß die Sache vorbereitet erschien, wieder mit Aristobulos Ursiclos zufällig Begegnungen haben, welche seit dessen Abwesenheit unterbrochen worden waren.

Jetzt hatten die Brüder Melvill nebst Miß Campbell die Cottage Helenenburg gegen die schönsten Zimmer des Caledonian-Hotels vertauscht. Im Fall sich ihr Aufenthalt in Oban länger hinzog, empfahl es sich vielleicht, eine Villa auf den die Stadt beherrschenden Anhöhen zu mieten; inzwischen sahen sich aber alle mit Hilfe der Frau Beß und des treuen Patridge höchst bequem und wohnlich in dem Etablissement des Meister Mac-Fyne untergebracht. Weitere Entschlüsse blieben vorbehalten.

So traten denn die Brüder Melvill gegen neun Uhr des Morgens, am Tage nach ihrer Ankunft, aus dem Vestibül des am Strande, fast genau gegenüber dem Pfahldamme am Hafen gelegenen Caledonian-Hotels. Miß Campbell ruhte noch in ihrem Zimmer der ersten Etage, ohne die leiseste Ahnung davon, daß ihre Onkel nur ausgingen, um Aristobulos Ursiclos aufzusuchen.

Die beiden Unzertrennlichen begaben sich hinunter nach dem Strande und schlugen, unterrichtet davon, daß ihr »Prätendent« in einem der am Nordende der

Bai erbauten Hotels wohne, die Richtung nach jenen Gebäuden ein.

Man muß zugeben, daß dieselben sich von einem gewissen Vorgefühle leiten ließen. In der Tat begegnete ihnen, kaum zehn Minuten nach ihrem Aufbruche von Zuhause, Herr Aristobulos Ursiclos, der jeden Morgen seine wissenschaftliche Promenade nach den letzten Anschwemmungen der Flut unternahm, und wechselte mit ihnen einen jener banalen Händedrücke, welche so häufig mehr mechanisch ausgetauscht werden.

»Herr Ursiclos!« sagten beide Brüder Melvill.

»Ah, die Herren Melvill!« antwortete Aristobulos in einem Tone, der seine Überraschung ausdrücken sollte. »Die Herren Melvill . . . hier . . . in Oban?«

»Seit gestern abend«, belehrte ihn Bruder Sam.

»Und wir schätzen uns glücklich, Herr Ursiclos, Sie bei so vortrefflicher Gesundheit zu sehen«, sagte Bruder Sib.

»Oh, ich danke, meine Herren – Sie kennen ohne Zweifel schon die gestern eingetroffene Depesche?«

»Depesche?« fragte Bruder Sam. Sollte etwa das Ministerium Gladstone schon . . .

»Hier handelt es sich nicht um das Ministerium Gladstone«, erwiderte Aristobulos Ursiclos ziemlich wegwerfend, »sondern um eine meteorologische Depesche.«

»Ah so!« antworteten beide Onkel.

»Ja, man kündigt darin an, daß die über Swinemünde liegende Depression sich unter beträchtlicher Vertiefung mehr nach Norden gewendet hat. Ihr Zentrum liegt heute über Stockholm, wo das Barometer, das um einen Zoll – gleich fünfundzwanzig Millimeter, um dem unter den Gelehrten gebräuchlichen Dezimalsystem zu folgen – gefallen ist, nur noch achtundzwanzig Millimeter zeigt. Wenn der Luftdruck in England und Schottland noch so ziemlich der gleiche geblieben ist, so ist er doch gestern in Valentia um ein Zehntel und in Stornoway um zwei Zehntel gefallen.«

»Und diese Depression?« . . . fragte Bruder Sam.

»Führt zu welchem Schlusse?« . . . setzte Bruder Sib hinzu.

»Daß das schöne Wetter nicht mehr andauern wird«, erklärte Aristobulos Ursiclos, »und daß der Himmel unter Auftreten südwestlicher Windströmungen bald von den Ausdünstungen des Nordatlantischen Ozeans bedeckt erscheinen dürfte.«

Die Brüder Melvill dankten dem jungen Gelehrten, ihnen diese interessanten Vorhersagungen mitgeteilt zu haben, und folgerten daraus, daß der grüne Strahl lange genug auf sich warten lassen werde – ein Umstand, der ihnen nicht besonders unangenehm erschien, da er ihren Aufenthalt in Oban verlängern mußte.

»Und Sie sind gekommen, meine Herren? . . .« fragte Aristobulos Ursiclos, nachdem er einen Strandkiesel aufgehoben, den er mit größter Aufmerksamkeit prüfte.

Die beiden Onkel hüteten sich wohl, ihn bei diesem Studium zu stören.

Doch als der Silex sich der schon vorhandenen Sammlung in der Tasche des jungen Gelehrten zugesellte, sagte Bruder Sib:

»Wir sind in der sehr natürlichen Absicht gekommen, einige Zeit hier zu verweilen.«

»Und müssen hinzufügen«, sagte Bruder Sam, »daß auch Miß Campbell uns begleitet hat . . .«

»Ah, Miß Campbell!« rief Aristobulos Ursiclos. »Ich glaube dieser Silex stammt aus der gälischen Epoche . . . er enthält noch Spuren . . . wirklich, es wird mich besonders freuen, Miß Campbell wiederzusehen! . . . von meteorologischem Eisen. Dieses ganz besondere milde Klima wird ihr ausgezeichnet wohl tun.«

»Sie befindet sich übrigens ganz nach Wunsch«, bemerkte Bruder Sam, »und hat nicht etwa das Bedürfnis, ihre Gesundheit wiederherstellen zu müssen.«

»Tut nichts«, erwiderte Aristobulos Ursiclos. »Die Luft hier ist vorzüglich. Null Komma einundzwanzig Sauerstoff, null, neunundsechzig Stickstoff mit nur wenig Wasserdampf, gerade soviel, wie physiologisch von Vorteil ist. Von Kohlensäure nur Spuren. Ich nehme jeden Tag eine Analyse vor.«

Die Brüder Melvill glaubten darin eine zarte Aufmerksamkeit gegen Miß Campbell erblicken zu dürfen.

»Aber«, fragte Aristobulos Ursiclos, »wenn Sie nicht aus Gesundheitsrücksichten nach Oban gekommen sind, meine Herren, darf ich dann wissen, aus welchem Grunde Sie Ihre Cottage Helenenburg verlassen haben?«

»Wir haben keine Ursache, es vor Ihnen zu verbergen, in Erwägung der Lage, in welcher wir uns befinden . . .«, antwortete Bruder Sib zögernd.

»Darf ich in dieser Ortsveränderung«, nahm der junge Mann, die angefangene Phrase unterbrechend, das Wort, »den übrigens ganz natürlichen Wunsch erblicken, mit Gelegenheit zu geben, mit Miß Campbell häufiger und unter Verhältnissen zusammenzutreffen, unter denen wir uns besser kennen, d. h. schätzen lernen können.«

»Ganz recht«, erklärte Sib. »Wir glaubten, auf diese Weise würde sich unser gemeinsames Ziel leichter erreichen lassen . . .«

»Ich stimme Ihnen vollkommen zu, meine Herren, sagte Aristobulos Ursiclos. »Hier auf neutralem Boden werden Miß Campbell und ich beste Gelegenheit finden, miteinander plaudern zu können, z. B. über die Bewegungen des Meeres, über die Richtung der Winde, die Höhe der Wellen, die Wechsel der Gezeiten und andere physikalische Phänomene, welche sie ja in hohem Grade interessieren müssen.«

Nachdem die Brüder Melvill ein Lächeln der Befriedigung ausgetauscht, verneigten sie sich als Zeichen der Zustimmung und fügten hinzu, daß sie bei ihrer Rückkehr nach der Cottage Helenenburg sehr glücklich sein würden, ihren liebenswürdigen Gast unter einem anderen Titel begrüßen zu können.

Aristobulos Ursiclos antwortete, daß das noch mehr auf seiner Seite sein werde und um so besser passe, als die Regierung gerade jetzt in dem Clyde ausgedehnte Baggerarbeiten zwischen Helensbourgh und Greenock vornehmen lasse, bei denen man sich des elektrischen Lichtes zu bedienen gedenke, und wobei auch neue elektrische Maschinen versucht werden sollten.

Befand er sich dann erst in der Cottage, so werde er deren Anwendungsweise bequem beobachten und ihren Nutzeffekt berechnen können.

Die Brüder Melvill konnten nur anerkennen, daß dieses Zusammentreffen von Umständen ihren Projekten besonders günstig sei. Während der Mußestunden in der Cottage würde der junge Gelehrte den verschiedenen Phasen der hochgelehrten, interessanten Arbeiten ohne Beschwerde folgen können.

»Sie haben aber doch«, fragte Aristobulos Ursiclos, »einen Vorwand gebraucht, hierher zu gehen, denn Miß Campbell erwartet jedenfalls nicht, mich hier in Oban zu treffen?«

»Ja freilich«, antwortete Bruder Sib, »und diesen Vorwand hat uns Miß Campbell gar selbst geliefert.«

»Ach, sieh da«, rief der junge Gelehrte, »und welcher ist es?«

»Es handelt sich ihr um Beobachtung einer physikalischen Erscheinung, für welche in Helensbourgh die Vorbedingungen nicht gegeben sind.«

»Wahrhaftig, meine Herren«, platzte Aristobulos Ursiclos heraus, indem er seine Brille zurechtschob, »das bewest ja schon, daß zwischen Miß Campbell und mir eine gewisse sympathische Verwandtschaft herrscht! Darf ich erfahren, welches Phänomen es ist, das in Helensbourgh nicht studiert werden konnte?«

»Dieses Phänomen ist ganz einfach der Grüne Strahl«, belehrte ihn Bruder Sam.

»Der Grüne Strahl?« rief Aristobulos Ursiclos erstaunt, »von dem habe ich ja niemals reden gehört! Erlauben Sie mir, da weiter zu fragen, was es mit diesem Grünen Strahl für eine Bewandtnis hat?«

Die Brüder Melvill erklärten so gut sie konnten die Erscheinung, welche die Morning-Post unlängst der Aufmerksamkeit der Leser empfohlen hatte.

»Pah«, machte Aristobulos Ursiclos, »das ist nur eine simple Kuriosität ohne großes Interesse, welches schon mehr zu dem etwas kindischen Gebiete der unterhaltenden Physik gehört.«

»Miß Campbell ist ja ein junges Mädchen«, entschuldigte sie Bruder Sib, »und sie scheint diesem Phänomen eine unzweifelhaft weit übertriebene Bedeutung beizulegen . . .«

»Denn sie will sich nicht verheiraten, hat sie gesagt, bevor sie es nicht beobachtet hat«, setzte Bruder Sam hinzu.

»Nun wohl, meine Herren«, prahlte Aristobulos Ursiclos, »wir werden ihr ihn zeigen, ihren Grünen Strahl?«

Hierauf begaben sich alle drei längs eines durch Wiesen in der Nähe des Strandes verlaufenden Weges nach dem Caledonian-Hotel zurück.

Aristobulos Ursiclos konnte sich die Gelegenheit nicht entgehen lassen, den Brüdern Melvill darzulegen, wie der Geist der Frauen doch immer an Kleinigkeiten hänge, und er legte dabei in großen Zügen alles dar, was notwendig sei, um das Niveau ihrer ganz falsch aufgefaßten Erziehung zu heben, obwohl er gewiß nicht glaubte, daß deren, gegenüber dem des Mannes mit weniger Gehirnsubstanz ausgestattetes Gehirn, dessen Faseranordnung außerdem eine andere sei, sie jemals zu wirklich hohen Spekulationen geeignet erscheinen lassen werde. Aber ohne so weit zu gehen, könne man doch vielleicht dahin gelangen, dasselbe durch speziell berechnete Erziehung, respektive Trainierung zu vervollkommnen, wiewohl, so lange die Welt besteht, sich noch keine Frau durch derartige Entdeckungen ausgezeichnet hat, wie etwa Aristoteles, Euklid, Hervey, Hahnemann, Pascal, Newton, Laplace, Arago, Humphrey Davy, Edison, die Humboldts, Virchow, Pasteur, Siemens-Halske u. a. Hierauf erging er sich in der Erklärung verschiedener Naturerscheinungen und schwatzte von omni re scibili – Miß Campbell freilich erwähnte er mit keinem Worte.

Die Brüder Melvill hörten andächtig zu – um so bereitwilliger, als sie unfähig gewesen wären, zwischen diesen in einer Schnurre deklamierten Monolog, den Aristobulos Ursiclos mit den nötigen hums! hums! spickte und verzierte, ein Wörtchen einzuschieben.

So gelangten sie bis etwa hundert Schritte vor das Caledonian-Hotel und blieben einen Augenblick stehen, um voneinander Abschied zu nehmen.

Da zeigte sich eine jugendliche Erscheinung am Fenster ihres Zimmers. Sie schien eifrig beschäftigt, wenn nicht gar ganz außer Fassung zu sein. Sie blickte gerade hinaus, nach links und nach rechts und suchte offenbar einen Horizont, den sie nicht finden konnte.

Plötzlich bemerkte Miß Campbell – denn sie war es – ihre Onkel. Sofort flog das Fenster klirrend zu und wenige Augenblicke später kam das junge Mädchen, die Arme halb gekreuzt, das Gesicht sehr ernst, die Stirn voll gewitterdrohender Vorwürfe, nach dem Strande hinab.

Die Brüder Melvill sahen einander an. Was mochte Helena fehlen? War es nur die Anwesenheit Aristobulos Ursiclos', welche diese Symptome außerordentlicher Aufregung hervorrief?

Inzwischen trat der junge Gelehrte einen Schritt vor und begrüßte Miß Campbell mechanisch.

»Herr Aristobulos Ursiclos«, sagte Bruder Sam, indem er den Gelehrten mit einiger Förmlichkeit vorstellte.

»Der sich rein infolge eines glücklichen Zufalles . . . gerade in Oban aufhält«, setzte Bruder Sib hinzu.

»Ah . . . Herr Ursiclos!«

Miß Campbell ließ sich kaum herab, den Gruß zu erwidern.

Dann wendete sie sich gleich an die höchst verlegenen Brüder Melvill, welche gar nicht wußten, woran sie waren.

»Meine Onkel?« sagte sie sehr ernst.

»Liebe Helena«, antworteten die beiden Onkel mit sichtlich unruhiger Stimme.

»Wir sind doch wohl in Oban?« fragte sie.

»In Oban . . . ganz gewiß.«

»Am Hebridenmeere?«

»Sicherlich.«

»Nun gut, in einer Stunde werden wir nicht mehr hier sein!«

»In einer Stunde?«

»Hatte ich nicht als Hauptsache einen freien Horizont verlangt?«

»Das bestreitet niemand, liebe Tochter . . .«

»Wollt Ihr vielleicht die Güte haben, mir zu zeigen, wo derselbe sich findet?«

Verdutzt drehten sich die Brüder Melvill nach allen Seiten um.

Geradeaus, aber ebenso nach Südwesten, wie nach Nordosten, zeigte sich zwischen den vorgelagerten Inseln kein freier Raum, wo Himmel und Wasser hätten zusammentreffen können. Seil, Kerrera und Kißmore bildeten eine ununterbrochene Brücke von einem Lande zum andern. Man mußte wohl oder übel zugestehen, daß der verlangte und versprochene Horizont in Oban fehlte.

Die beiden Brüder hatten darauf bei ihrer Promenade längs des Strandes gar nicht geachtet. So machte sich ihre Verwunderung in den zwei echt schottischen Interjektionen Luft, welche eine gewaltige Enttäuschung vermischt mit etwas übler Laune bezeichnen, indem der eine

»Pooh!« ausrief, und der andere mit

»Pswha!« antwortete.

Achtes Kapitel

Ein Wölkchen am Horizont

Jetzt war einer Erklärung nicht auszuweichen; da Aristobulos Ursiclos aber damit nichts zu tun hatte, grüßte ihn Miß Campbell kühl und wandte sich nach dem Caledonian-Hotel zurück.

Aristobulos Ursiclos hatte den Gruß des jungen Mädchens nicht minder kühl erwidert. Offenbar hatte die Erfahrung, seine gelehrte Persönlichkeit mit einem Grünen Strahl gleichwertig angesetzt zu sehen, auf ihn wie eine kalte Dusche gewirkt, und so schlug er, unverständliche Worte vor sich hinmurmelnd, den Weg längs des Strandes wieder ein.

Bruder Sam und Bruder Sib fühlten sich in ihrer Haut auch nicht besonders wohl. In ihren reservierten Salon eingetreten, erwarteten sie mit gesenkten Ohren, daß Miß Campbell das Wort nehmen werde.

Die Erklärung fiel ziemlich kurz, aber desto deutlicher aus. Sie waren nach Oban gekommen, um einen freien Meereshorizont zu sehen; einen solchen sah man hier nicht oder doch nur so wenig, daß es sich nicht der Mühe lohnte, davon zu reden.

Die beiden Onkel konnten sich nur damit entschuldigen, daß sie in gutem Glauben gehandelt hätten. Sie kannten Oban vorher selbst noch nicht. Wer hätte geahnt, daß das Meer, das freie offene Meer nicht ebenfalls da zu finden sei, wo so viele Badegäste zusammenströmten? Hier war freilich der einzige Punkt der ganzen Küste, wo, Dank diesen unglückseligen Hebriden, die Kreislinie des Wassers nicht den Himmel begrenzte!

»Nun gut«, sagte Miß Campbell in einem Tone, dem sie eine möglichst strenge Färbung verlieh, es wird also nichts anderes übrig bleiben, als einen anderen Küstenpunkt aufzusuchen, selbst auf den Verlust des unschätzbaren Vorteils hin, mit Herrn Aristobulos Ursiclos zusammen zu sein!«

Die Brüder Melvill neigten instinktiv den Kopf,

ohne auf diese kleine Bosheit zu antworten.

»Wir werden sofort das Nötige besorgen«, fuhr Miß Campbell fort, »um noch heute abzureisen.«

»Ja, ja, wir wollen abreisen!« stimmten die beiden Onkel zu, welche ihre Unbesonnenheit nur durch einen Akt passiven Gehorsams glaubten wettmachen zu können.

Sogleich erklang es wieder nach alter Gewohnheit:

»Bet!«

»Beth!«

»Beß!«

»Betsey!«

»Betty!«

Frau Beß erschien, gefolgt von Patridge. Beide wurden von dem neuen Beschlusse unterrichtet, und da sie von jeher wußten, daß ihre junge Herrin immer recht haben mußte, grübelten sie gar nicht über den Grund dieser eiligen Abreise.

Hier hatte man jedoch buchstäblich die Rechnung ohne den Wirt, d.h. ohne Master Mac-Fyne, den Besitzer des Caledonian-Hotels, gemacht.

Man müßte diese schätzenswerten Industriellen, selbst in dem so gastlichen Schottland, sehr schlecht kennen, um zu glauben, daß sie eine aus drei Prsonen und zwei Dienstleuten bestehende Familie so ruhig wegziehen ließen, ohne alles Mögliche aufzustellen, sie zurückzuhalten. Und das traf denn auch in unserem Falle ein.

Kaum hatte Master Mac-Fyne von dem für ihn bedeutungsvollen Vorhaben erfahren, als er mit der Erklärung zur Hand war, daß sich ja alles zur allgemeinen Befriedigung arrangieren ließe, ohne dabei von der persönlichen Befriedigung zu sprechen, die er darüber empfand, so anständige Gäste so lange als möglich zu behalten.

Was wünschte Miß Campbell und was verlangten deshalb die Herren Melvill?

Eine unbeschränkte Aussicht über das Meer, wenigstens nach Westen und Nordwesten? Dieser Wunsch war ja leicht genug zu erfüllen, zumal es sich im

Grunde doch nur darum handelte, den Untergang der Sonne beobachten zu können. Von dem Gestade von Oban konnte man denselben nicht sehen? Zugegeben. Wäre das von der Insel Kerrera aus möglich gewesen? Auch nicht. Die vorgelagerte große Insel Mull gestattete höchstens einen Blick nach einem sehr beschränkten Teil des Atlantischen Ozeans in der Richtung nach Südwesten. Wenn man hingegen an der Küste hinabging, gelangte man nach der kleinen Insel Seil, deren nördlichster Punkt durch eine Brücke mit dem Festlande Schottlands verbunden ist. Hier konnte nichts den Ausblick nach Westen über zwei Fünftel des Kompasses behindern.

Sich nach dieser Insel zu begeben, dazu bedurfte es nur eines Spazierweges von vier bis fünf Meilen, nicht mehr, und bei passender Witterung konnte ein vorzüglicher, mit schnellfüßigen Pferden bespannter Wagen Miß Campbell und ihre Begleitung dahin bequem binnen einundeinerhalben Stunde bringen.

Zur Bekräftigung seiner Aussage verwies der redegewandte Hotelier noch auf die im Vestibül des Hauses aushängende, in großem Maßstabe entworfene Karte der Umgebung. Miß Campbell konnte sich also unschwer überzeugen, daß Meister Mac-Fyne die Wahrheit sagte. Wirklich verbreitete sich seewärts der Insel Seil ein breiter, mindestens ein Drittel des Horizonts umfassender Sektor, welchen die Sonne während mehrerer Wochen vor und nach der Tagundnachtgleiche durchzog.

Die Sache ordnete sich also zur größten Zufriedenheit des Meisters Mac-Fyne, und zur größten Bequemlichkeit der Brüder Melvill. Miß Campbell sicherte ihnen edelmütig volle Verzeihung zu und unterließ sogar jede verletzende Anspielung bezüglich der Anwesenheit des Aristobulos Ursiclos.

»Aber«, sagte Bruder Sam, »es ist doch merkwürdig, daß gerade Oban keinen Meereshorizont hat!«

»Ja, die Natur hat eben ihre Launen!« antwortete Bruder Sib.

Aristobulos Ursiclos war ohne Zweifel sehr glücklich, daß Miß Campbell nun nicht fortging, um eine für ihre meteorologische Beobachtung geeignetere Örtlichkeit aufzusuchen; er war aber so vertieft in seine wissenschaftlichen Probleme, daß er ganz vergaß, seine Befriedigung darüber zu erkennen zu geben.

Das phantastische junge Mädchen wußte ihm Dank für seine Zurückhaltung, denn, wenn sie sich auch hinfort indifferent benahm, so empfing sie ihn doch weniger kühl als bei der ersten Begegnung.

Inzwischen hatte sich der Zustand des Himmels einigermaßen verändert. Wenn das Wetter auch noch schön blieb, so verdeckten doch stets einzelne Wolken, welche auch die Mittagshitze nicht aufzulösen vermochte, den Horizont beim Auf- und Untergang der Sonne. Es wäre demnach ganz nutzlos gewesen, einen Beobachtungspunkt auf der Insel Seil aufzusuchen; das mußte vergebliche Mühe sein, und so galt es denn, sich in Geduld zu fassen.

Während dieser langen Tage schweifte Miß Campbell, welche ihre Onkel gern der Gesellschaft des Verlobten ihrer Wahl überließ, manchmal in Begleitung der Frau Beß, meist aber allein, auf dem Vorlande der Bai umher.

Sie vermied gern jene Welt von Müßiggängern, welche, fast überall in ganz gleichem Charakter, die flottierende Bevölkerung der Badeorte bildet; Familien, deren einzige Beschäftigung darin besteht, das Meer sinken und steigen zu sehen, während die kleinen Mädchen und Knaben mit echt britannischer Ungebundenheit der Bewegung über den flüchtigen Sand kollerten; schon alte, ernste und phlegmatische Herren unter häufig gar zu rudimentärem Badekostüm, deren Hauptgeschäft darin besteht, sich sechs Minuten lang in das salzige Wasser zu tauchen; dazu Herren und Damen von größter »respectability«, welche regungslos und steif auf den grünen Holzbänken mit roten Kissen sitzen, und einige Seiten eines kartonierten, illustrierten und meist überaus enggedruckten Buches durchblättern, wie man solche als Erzeugnisse der englischen Typographie leider gar zu oft findet; ferner einzelne Touristen mit dem Fernglase am Riemen, den Schlapphut auf der Stirne, lange Gamaschen an den Beinen und den Sonnenschirm unter dem Arme, welche gestern angekommen sind und morgen wieder weiterziehen werden; endlich, inmitten jener Menge, Händler mit ausschließlich tragbarer und beweglicher Industrie, Elektriker, welche das geheimnisvolle Fluidum für zwei Pence jedem verkaufen, der zum Probieren desselben Lust verspürt; Künstler, deren mechanisches Piano auf Rädern Motive aus einheimischen Liedern mit verunstalteten französischen Chansonnettes vermischt; Fotografen unter freiem Himmel, die von zufällig zusammensitzenden Familien sofort Dutzende von Augenblicksbildern liefern; Händler im schwarzen Überzieher und Händlerinnen im blumengeschmückten Hute, ihre kleinen Karren vor sich herschiebend, in denen sie die schönsten Früchte aus der Welt feilbieten; »Minstrels« endlich, die, ganz erstaunliche Gesichter schneidend, volkstümliche Szenen unter schonungsloser Travestierung abspielen und dazu herzbrechende Gassenhauer in unzähligen Couplets singen, inmitten eines Zuhörerkreises von Kindern, welche die Refrains mit heiligem Ernste nachsingen.

Für Miß Campbell hatte dieses alltägliche Treiben eines Badeortes nicht den Reiz der Neuheit mehr. Sie zog es vor, diesem Gewimmel von Menschen zu entfliehen, welche einander ebenso fremd zu sein schienen, als wären sie aus allen vier Winkeln Europas zusammengeströmt.

Wenn ihre, über das Ausbleiben des jungen Mädchens besorgten Onkel sie suchen wollten, so mußten sie sich immer nach dem einsamen Strande an irgendeiner vorspringenden Spitze der Bai begeben, um sie zu finden.

Da saß Miß Campbell, gleich der nachsinnenden Minna aus dem »Piraten«, den Ellenbogen auf ein Felsstück gestützt, den Kopf in der einen Hand ruhend, während sie mit der anderen wilden Fenchel enthülste, der hier zwischen den Steinen wuchs. Ihr zerstreuter Blick wandte sich von einem »Stack«, dessen Felsengipfel lotrecht emporragte, nach irgendeiner dunklen Höhle, einer jener »Helyers«, wie man sie in Schottland nannt, welche von dem Brausen des einflutenden Meeres widerhallen.

In der Ferne saßen in geraden Linien Seeraben unbeweglich, gleich hieratischen Vögeln, und sie folgte ihnen weithin mit den Blicken, wenn diese, aus ihrer Ruhe gestört, mit schwerem Flügelschlage dicht über die Brandungswellen hinstreiften. Woran dachte wohl das junge Mädchen?

Aristobulos Ursiclos hätte unzweifelhaft Anmaßung und ihr Onkelpaar Naivität genug besessen, zu glauben, daß sie an ihn denken müsse; sie hätten sich damit freilich gründlich getäuscht.

In der Erinnerung durchlebte Miß Campbell noch einmal die Szenen beim Corryvrekan. Sie sah die mit dem Untergange bedrohte Schaluppe, die Manöver des »Glengarry«, wie dieser mitten in die enge Fahrstraße hineindampfte. Tief im innersten Herzen empfand sie noch einmal jene Erregung, welche sie so atemlos bedrückt hatte, als jene Unbesonnenen in der Aushöhlung des wirbelnden Wassers verschwanden ... Dann trat ihr die gelungene Rettung vor Augen, die im rechten Moment geschleuderte Leine, der elegante junge Mann, wo er das Deck des Schiffes betrat – so ruhig, so lächelnd, weit weniger erregt als sie, und wie er mit zwangloser Handbewegung die Passagiere des Dampfers begrüßte.

Für einen etwas schwärmerischen Kopf war das der Anfang eines Romans, doch hatte es den Anschein, als ob dieser nicht über das erste Kapitel hinauskommen solle. Das angefangene Buch hatte sich unter Miß Campbells eigenen Händen plötzlich geschlossen. Welche Seite desselben würde sie jemals wieder aufschlagen können, da »ihr Held«, ähnlich einem Wodan der gälischen Urzeit, nicht wieder erschienen war?

Aber hatte sie denn überhaupt inmitten dieser teilnahmslosen aneinander vorüberstreifenden Menge, von der es auf dem Strande von Oban wimmelte, nach ihm gesucht? – Vielleicht. – War er ihr da vor Augen gekommen? – Nein. Er hätte sie natürlich nicht wiedererkennen können. Wie hätte er sie auch an Bord des »Glengarry« besonders bemerken sollen? – Weshalb hätte er gerade ihr näher treten sollen? wie konnte er erraten, daß er seine Rettung zum Teil nur ihr verdankte? Und doch war vor allen Übrigen sie es gewesen, welche das in Seenot befindliche Fahrzeug bemerkt; sie die erste, die den Kapitän gebeten hatte, ihm zu Hilfe zu eilen. Und zuletzt hatte ihr das an jenem Abend wahrscheinlich noch ihren Grünen Strahl gekostet!

Das konnte man wirklich vermuten.

Während der drei Tage, welche der Ankunft der Familie Melvill in Oban folgten, hätte der Himmel einen Astronomen der Sternwarten von Edinbourgh oder Greenwich rein zum Verzweifeln gebracht. Er zeigte sich gleichsam wattiert mit einer Art feinem Dunst, der jeder Beobachtung noch hinderlicher war als vereinzelte, scharf begrenzte Wolken. Selbst die mächtigsten Fernrohre oder Teleskope, das Spiegelteleskop von Cambridge ganz wie das Rieseninstrument von Parsonstown, wären außer Stande gewesen, denselben zu durchdringen. Höchstens die Sonne hätte Kraft genug besessen, ihn mit ihren Strahlen zu durchbrechen, bei ihrem Niedergange aber hüllte die Meeresgrenze sich in feine Nebel, welche den Westhimmel mit purpurnen Farbentönen übergossen.

Der Grüne Strahl konnte dabei freilich unmöglich zu den Augen eines Beobachters gelangen.

Von etwas phantastischer Einbildung erfüllt, vermengte Miß Campbell in ihren Träumereien den Schiffbrüchigen aus dem Strudel von Corryvrekan und den Grünen Strahl in ein und derselben Vorstellung. Sicherlich kam der eine so wenig wie der andere zur Erscheinung. Wenn die Dünste diesen verdeckten, so verbarg das Inkognito ihr jenen.

Machten die Brüder Melvill den Versuch, ihre

Nichte zur Geduld zu ermahnen, so kamen sie freilich schlecht an. Miß Campbell genierte sich gar nicht, sie für die hartnäckigen atmosphärischen Störungen verantwortlich zu machen; sie selbst wieder hielten sich an den vortrefflichen Aneroid-Barometer, den sie in vorsorglicher Weise von Helensbourgh mitgenommen hatten und dessen Zeiger dabei verharrte, sich nicht vorwärts zu bewegen. Sie hätten wirklich ihre geliebte Tabaksdose drum gegeben, einmal einen Sonnenuntergang bei wolken- und nebelfreiem Himmel zu erlangen!

Der gelehrte Ursiclos beging eines Tages, bezugnehmend auf die Dunstmassen, welche den Himmel bedeckten, gar die Ungeschicklichkeit, deren Entstehung ganz natürlich zu finden. Von dieser Erkenntnis bis zur Eröffnung eines ambulatorischen Kursus über Physik war bei ihm selbstverständlich nur ein Schritt, den er in Gegenwart der Miß Campbell denn auch tat. Er sprach dabei von den Wolken im allgemeinen, von ihrer abwärts steigenden Bewegung, welche sie mit Erniedrigung der Lufttemperatur dem Horizonte zuführt, von der Umbildung der Dünste in Bläschenform, von ihrer wissenschaftlichen Einteilung in Nimbus, Stratus, Kumulus, Zyrrhus – wir brauchen wohl nicht zu versichern, daß er in dem Genusse, seine Weisheit an den Mann zu bringen, schwelgte.

Das lag so klar auf der Hand, daß die Brüder Melvill gar nicht wußten, welche Haltung sie dieser improvisierten Belehrung gegenüber einnehmen sollten.

Miß Campbell selbst »coupierte« – um in modernem Dandyjargon zu sprechen – den jungen Gelehrten glatt weg; erst gab sie sich den Anschein, als sähe sie in einer ganz andern Richtung hin, um ihn nicht zu hören; dann heftete sie die Augen unverwandt auf das Schloß von Dunolly, um ihn scheinbar gar nicht zu bemerken; endlich blickte sie auf die Spitzen ihrer zierlichen Badeschuhe nieder – was als nicht mißzudeutendes Zeichen von Indifferenz gilt, als der Beweis vollkommensten Mangels an Beachtung, den eine junge Schottin, ebenso bezüglich der Worte eines Sprechenden wie seiner eigenen Persönlichkeit, nur immer beizubringen vermag.

Aristobulos Ursiclos, der gewöhnlich nichts sah und hörte als sich selbst, der stets nur wie für sich sprach und dozierte, bemerkte davon freilich nichts oder hatte wenigstens den Anschein, nichts zu bemerken.

So vergingen der 3., 4., 5. und 6. August; am letzteren Tage aber stieg zur großen Freude der Brüder Melvill der Barometer um einige Linien über »Veränderlich«.

Der folgende Tag brach unter den günstigsten Aussichten an. Um zehn Uhr morgens leuchtete die Sonne in blendendem Glanze und der Himmel breitete über dem Meere seinen Azur in herrlicher Klarheit aus.

Miß Campbell konnte sich diese günstige Gelegenheit nicht entgehen lassen. In dem Schuppen des Caledonian-Hotels wurde ein Wagen stets zu ihrer Verfügung gehalten. Jetzt oder niemals war der Augenblick gekommen, von demselben Gebrauch zu machen.

Um fünf Uhr abends nahmen also Miß Campbell und die Brüder Melvill in der Kalesche Platz, die ein mit der Leitung eines Biergespanns wohlvertrauter Kutscher führte. Patridge nahm den Dienersitz am Rückteil ein, und die durch eine Peitsche mit sehr langer Schnur angetriebenen Pferde jagten auf der Landstraße von Oban nach Clachan dahin.

Aristobulos Ursiclos hatte, zu seinem größten Leidwesen – wohl kaum auch zu dem der Miß Campbell – wegen dringlicher Beschäftigung mit einer wissenschaftlichen Abhandlung, nicht von der Partie sein können.

Der Ausflug war in jeder Hinsicht ein höchst lohnender. Der Wagen folgte der Straße längs der Küste und der Meerenge, welche die Insel Kerrera vom schottischen Lande trennt. Die Insel, vulkanischen Ursprungs, bot einen herrlichen Anblick, litt aber in den Augen der Miß Campbell an dem einen unverzeihlichen Fehler, ihr die freie Aussicht über das Meer zu rauben. Da unter diesen Verhältnissen jedoch nur vierundeinhalb Meilen zurückzulegen waren, so verfehlte sie doch nicht ganz ihre Bewunderung des harmonischen Profils derselben, dessen scharfe Linien sich von leuchtendem Hintergrunde, geschmückt mit den, die Spitze der mittelsten Bodenerhebung bedekkenden Ruinen eines Dänenschlosses, desto deutlicher abhoben.

»Das war einstmals der Stammsitz der Mac-Douglas von Lorne«, bemerkte Bruder Sam.

»Und für unsere Familie«, fügte Bruder Sib hinzu, »besitzt jenes Schloß ein besonderes geschichtliches Interesse, weil es durch die Campbells zerstört wurde, die es nach schonungslosem Massaker aller Insassen in Brand steckten!«

Diese Großtat schien ganz vorzüglich den Beifall Patridges zu finden, der zur Ehre des Clans leise in die Hände klatschte.

Als man an der Insel Kerrera vorüber war, lenkte der Wagen in eine schmale Straße mit leichten Bodenwellen ein, die nach dem Dorfe Clachan führte. Dort rollte er über den künstlichen Isthmus, der in Form einer Brücke eine beschränkte Wasserstraße überspannt und die Insel Seil mit dem Festlande in Verbindung setzt. Nach Zurücklassung des Wagens in einer romantischen Talschlucht erklomm die kleine Gesellschaft den ziemlich steilen Abhang eines Hügels und nahm dann auf hervorspringendem Felsenrande, ganz nahe dem Ufer, Platz.

Diesmal konnte nichts die nach Westen gerichteten Blicke der Beobachter behindern, weder das Eiland Easdale, noch die kleine Insel Jnish, welche beide aussehen, als wären sie in der Nähe von Seil gestrandet. Zwischen dem Vorgebirge Ardanalish auf der Insel Mull, einer der größten Hebriden im Nordwesten, und der Insel Colonsay im Südwesten erglänzte eine breite ununterbrochene Meeresfläche, in welcher die Sonnenscheibe nun bald ihr Feuer löschen sollte.

Ganz in Gedanken verloren, hielt sich Miß Campbell immer noch ein wenig vor den anderen. Einzelne Raubvögel, Adler oder Falken, belebten allein diese

Einöde und zogen große Kreise über den »Dens«, d. i. eine Art gleich Trichtern in felsiger Wand ausgehöhlter Täler.

Nach astronomischer Berechnung mußte die Sonne zu dieser Jahreszeit und unter dieser Breite um sieben Uhr vierundfünfzig Minuten genau in der Richtung links vom Vorgebirge Ardanalish untergehen.

Einige Wochen später wäre es unmöglich gewesen, ihr Versinken hinter der Kreislinie des Meeres zu beobachten, denn dann hätte die Insel Colonsay sie dem Blicke entzogen. An eben diesem Abende waren also Zeit und Örtlichkeit für Beobachtung jener Erscheinung ganz passend gewählt.

Jetzt bewegte sich schon die Sonne in sehr schräger Richtung über den vollkommen wolkenlosen Himmel.

Kaum vermochten die Augen den Glanz ihrer in flammendes Rot übergegangenen Scheibe auszuhalten, den das Wasser in langen glitzernden Lichtstreifen widerspiegelte.

Und doch hätten sich weder Miß Campbell noch ihre Oheime dazu vermögen können, die Lider nur für einen Augenblick zu schließen – nein, jetzt in der entscheidenden Minute unmöglich!

Doch bevor das Tagesgestirn den Horizont mit seinem unteren Rande berührte, stieß Miß Campbell einen Schrei der Enttäuschung aus. Eben tauchte ein feines Wölkchen auf, dünn wie ein Federstrich, aber lang wie der Wimpel eines Kriegsschiffes. Es trennte die Sonnenscheibe in zwei ungleiche Teile und schien mit derselben zum Meere herabzusinken.

Ein Windhauch, wenngleich ein noch so leichter, hätte hinreichen müssen, dasselbe zu vertreiben, zu zerstreuen! ... Der Windhauch kam nicht!

Und als von dem Sonnenrund nur noch ein ganz kleiner Kreisabschnitt sichtbar war, da verdeckte diese Dunstwolke die Linie zwischen Himmel und Wasser.

Der sich in diesem zarten Wölkchen verlierende letzte Grüne Strahl hatte das Auge der Beobachter nicht erreichen können.

Neuntes Kapitel

Plaudereien der Frau Beß

Die Rückkehr nach Oban ging schweigend vonstatten. Miß Campbell sprach nicht, die Brüder Melvill wagten nicht zu sprechen, obgleich es doch ihr Fehler gewiß nicht war, daß jener so unzeitgemäße Rauch oder Dampf gerade eine solche Stelle eingenommen hatte, in welcher derselbe den letzten Strahl der Sonne abfing. Übrigens brauchte man ja deshalb nicht zu verzweifeln. Die schöne Jahreszeit währte voraussichtlich mindestens noch sechs Wochen. Es hätte doch ein ganz besonderer Unstern über ihnen walten müssen, wenn sich während der Dauer des Frühherbstes kein einziger schöner Abend mit einem dunstfreien Horizonte darbieten sollte.

Auf jeden Fall war ihnen heute ein wunderbar schöner Abend verlorengegangen, wie ihn das Barometer – wenigstens für die nächste Zeit – kaum wieder zu versprechen schien, denn im Laufe der Nacht kehrte die launenhafte Nadel des höchst empfindlichen Instruments langsam auf »Veränderlich« zurück. Was für alle Welt noch als schöne Witterung gelten konnte, das war doch keineswegs eine solche in den Augen der Miß Campbell.

Am folgenden Tage, dem 8. August, durchbrachen die Sonnenstrahlen nur zeitweise die warmen Dunstmassen am Himmelsgewölbe. Die gewöhnliche Mittagsbrise erlangte nicht die Stärke, sie zu zerstreuen. Gegen Abend glänzte der Himmel im lebhaftesten Farbenspiel. Ineinander fließende Farbentöne aller Art, vom Chromgelb bis zum dunklen Ultramarin, verliehen dem Horizont das blendende Aussehen der Palette eines Malers. Unter dem Flockenschleier feiner Wölkchen färbte die untergehende Sonne Himmel und Land mit allen Strahlen des Spektrums, außer demjenigen, den die phantastische und etwas abergläubische Miß Campbell zu sehen verlangte.

Ganz ähnlich verhielt es sich am nächsten und am

übernächsten Tage. Der Wagen blieb also unbenützt in der Remise des Hotels. Wozu hätte es gedient, zum Zwecke einer Beobachtung auszufahren, welche der Zustand des Himmels von vornherein vereiteln mußte? Die Anhöhen der Insel Seil konnten ja keine günstigeren Bedingungen darbieten, als der Strand von Oban, und es war immer besser, sich einer Enttäuschung nicht erst auszusetzen.

Ohne gerade mürrischer zu sein, als es die Umstände rechtfertigten, begnügte sich Miß Campbell, bei einbrechender Dunkelheit ihr Zimmer aufzusuchen, und höchstens ein wenig mit der nicht besonders höflichen Sonne zu schmollen. Sie ruhte dann von den anstrengenden Spaziergängen aus und überließ sich wachend ihren Träumereien. Was betrafen diese? Etwa die mit dem Grünen Strahle verknüpfte Legende? Bedurfte sie dessen wirklich noch, um in ihrem Herzen klar zu sehen? Vielleicht auch nicht in dem ihrigen, aber etwa in dem anderer?

An diesem Tage hatte Miß Campbell, der sich Frau Beß anschloß, ihr Mißgeschick nach den Ruinen von Dunolly-Castle spazierengeführt. Hier am Fuße einer alten mit dichtem Efeugeschling bedeckten Mauer breitete sich ein wundervolles Panorama aus, welches der tiefe Landeinschnitt der Bai von Oban, die wilden zerklüfteten Gesteine der Insel Kerrera, die im Hebriden-Meere verstreuten Eilande und Holme, und endlich die große Insel Mull bildeten, deren westwärts schauendes Felsenufer den ersten Anprall der Stürme aus dem Atlantischen Ozean zu erleiden und zu brechen hat.

Wohl ruhte Miß Campbells Auge auf dem herrlichen Bilde, das sich hier vor ihr entrollte; aber sah sie dasselbe auch? Zog sie nicht vielmehr irgendwelche Erinnerung hartnäckig von demselben ab?

Jedenfalls konnte man sicher sein, daß das Bild Aristobulos Ursiclos' die Ursache dazu nicht war. Es wäre für ihn kein Engelsgesang gewesen, wenn der junge Gelehrte die Worte vernommen hätte, welche Frau Beß heute mehr als freimütig über ihn äußerte.

»Er gefällt mir nicht«, wiederholte sie öfters, »nein, er gefällt mir einmal nicht! Er hat nur den einen Gedanken, sich selbst zu gefallen. Welche Figur sollte er im Cottage zu Helensbourgh spielen? Er gehört zu dem Clan der ›Mac-Egoisten‹, auf die ich mich nicht verstehe. Wie konnten die Herren Melvill nur je den Gedanken fassen, daß der ihr Neffe werden könnte? Patridge mag ihn ebensowenig leiden wie ich, und der versteht sich auf so etwas. Sagen Sie aufrichtig, Miß Campbell, gefällt er Ihnen denn selbst?«

»Von wem sprichst du?« fragte das junge Mädchen, welche die Äußerungen der Frau Beß ganz überhört hatte.

»Von dem, an den Sie nicht denken können – und wenns nur um der Ehre des Clans willen wäre.«

»An wen glaubst du, daß ich nicht denken könne?«

»Nun, an jenen Herrn Aristobulos Ursiclos, der überhaupt besser täte, nach jenseits des Tweed zu verschwinden und sich zu erkundigen, ob jemals die Familie Campbell mit einem Ursiclos etwas zu schaffen hatte!«

Frau Beß legte ihre Worte schon gewöhnlich nicht auf die Goldwaage, aber sie mußte sich für die eigene Ansicht doch ganz besonders erwärmt haben, um sich in Gegensatz zu ihren Herren zu setzen – freilich zu Gunsten ihrer jungen Herrin. Sie fühlte es übrigens recht gut heraus, daß Helena für diesen Prätendenten nichts weiter als Gleichgültigkeit empfand, hätte dagegen schwerlich ahnen können, daß diese Gleichgültigkeit durch den Gedanken an einen andern gar noch verdoppelt wurde.

Einen gewissen Verdacht hätte Frau Beß indessen schöpfen können, als Miß Campbell sie fragte, ob sie vielleicht in Oban den jungen Mann wiedergesehen habe, dem der »Glengarry« so zur rechten Zeit Unterstützung und Hilfe gebracht hatte.

»Nein, Miß Campbell«, erwiderte Frau Beß, »er muß wohl gleich wieder abgereist sein; aber Patridge glaubt ihn bemerkt zu haben . . .«

»Wann denn?«

»Gestern, auf dem Wege von Dalmaly. Er soll von da, mit einer Art Ranzen auf dem Rücken, gleich einem reisenden Künstler gekommen sein. Oh, das ist ein unbesonnener Mensch, dieser junge Mann! Sich so in den Strudel von Corryvrekan hineinziehen zu lassen, das ist von übler Vorbedeutung für seine Zukunft! 's wird nicht allemal ein Schiff bei der Hand sein, ihm Hilfe zu bringen, und er wird noch zeitig genug Unglück haben.«

»Glaubst du das, Frau Beß? Wenn er aber unbesonnen war, so hat er sich wenigstens mutvoll erwiesen, denn in jenen gefährlichen Minuten schien ihm die Kaltblütigkeit keinen Augenblick verlorengegangen zu sein.«

»Mag sein; jedenfalls aber, Miß Campbell«, nahm Frau Beß wieder das Wort, »hat jener junge Mann nicht erfahren, daß Sie es waren, der er seine Rettung hauptsächlich verdankt, sonst hätte er sich doch wohl am Tage nach seiner Ankunft in Oban eingestellt, Ihnen seinen Dank abzustatten . . .«

»Sich bei mir bedanken?« antwortete Miß Campbell. »Und warum? Ich habe für ihn nur getan, was ich für jeden anderen ebenfalls und, glaube mir, was auch jeder andere an meiner Stelle getan hätte.«

»Würden Sie ihn wiedererkennen?« fragte Frau Beß, das junge Mädchen schärfer ansehend.

»Ja«, erklärte Miß Campbell offenherzig, »und ich gestehe, daß der Charakter, der sich an ihm verriet, der ruhige Mut, den er bei seinem Erscheinen auf Deck an den Tag legte, als ob er gar nicht eben dem Tode entronnen wäre, die warm empfundenen Worte, welche er an seinen bejahrten Begleiter richtete, während er ihn umarmte, daß alles das mich ergriffen hat.«

»Meiner Treu«, antwortete die würdige Frau, »wem er ähnelt, das könnte ich allerdings nicht sagen; aber jedenfalls ähnelt er nicht jenem Herrn Aristobulos Ursiclos!«

Miß Campbell lächelte, ohne darauf zu antworten, erhob sich, blieb noch einen Moment, einen Blick noch den fernen Anhöhen der Insel Mull werfend, unbeweglich stehen und stieg dann, gefolgt von Frau Beß, den kahlen Fußpfad hinab, der nach der Straße von Oban führte.

An diesem Abende versank die Sonne in einer Art leuchtenden Staubes, der so leicht war, wie mit Zinnflittern übersäter Tüll, und ihr letzter Strahl erlosch schon im Abenddunkel.

Miß Campbell kehrte nach dem Hotel zurück, tat dem Diner, welches die Brüder Melvill ganz nach ihrem Geschmacke bestellt hatten, sehr wenig Ehre an, und zog sich, nach kurzem Spaziergange auf dem Strande, in ihr Zimmer zurück.

Zehntes Kapitel

Eine Partie Krocket

Die Brüder Melvill – wir müssen es wohl gestehen – fingen allmählich an die Tage zu zählen, wenn sie nicht schon dabei waren, nach Stunden zu rechnen. Die Sache nahm nicht den von ihnen gewünschten Verlauf. Die sichtbare Langeweile ihrer Nichte, das sie erfüllende Bedürfnis, allein zu sein, das wenig einladende Auftreten gegen den hochgelehrten Ursiclos, an welchem dieser vielleicht weniger Anstoß nahm, als sie selbst, alles das war nicht gerade geeignet, den Aufenthalt in Oban zu einem angenehmen zu machen. Sie wußten gar nicht, was sie beginnen sollten, diese lästige Eintönigkeit zu unterbrechen. Vergeblich beobachteten sie die geringsten atmospärischen Veränderungen und sagten sich zum Troste, daß Miß Campbell nach Erfüllung ihres Wunsches fügsamer und – für sie wenigstens – zugänglicher sein werde.

Seit zwei Tagen vergaß die noch mehr als früher träumerische Helena sogar, ihnen den gewohnten Morgenkuß zu bieten, der den beiden Junggesellen erst für den Rest des Tages die gute Laune sicherte.

Das gegen alle Drohungen und gelinden Wutausbrüche der beiden Onkels ganz unempfindliche Barometer zeigte nicht die geringste Andeutung eines bevorstehenden Witterungsumschlages. Wenn sie auch nicht unterließen, täglich wohl zehnmal daran zu klopfen, um ein Oszillieren der Nadel zu erleichtern – die Nadel rührte sich nicht vom Flecke. Oh, diese Barometer können einen zum Verzweifeln bringen!

Da kam den Brüdern Melvill ein erlösender Gedanke. Am Nachmittag des 11. August fiel es ihnen ein, Miß Campbell eine Partie Krocket vorzuschlagen, um sie, wenn möglich, etwas zu zerstreuen, und obwohl Aristobulos Ursiclos daran teilnehmen sollte, schlug es Helena doch nicht ab, weil sie wußte, daß ihnen damit ein Gefallen geschähe.

Hier muß bemerkt werden, daß Bruder Sam und Bruder Sib sich auf ihre Meisterschaft in genanntem Spiel, dem man im Vereinigten Königreiche ungemein huldigt, nicht wenig einbildeten. Dasselbe besteht bekanntlich aus dem alten »Mailspiel«, welches dem Bedürfnis und dem Geschmacke der weiblichen Jugend sehr glücklich angepaßt wurdc.

Gerade in Oban gab es verschiedene, zur Ausführung dieses sehr lebendigen Spiels gut geeignete Plätze. Wenn man sich in den meisten Badeorten mit mehr oder weniger eingeebneten Gras- oder Sandflächen begnügt, so beweist das weniger die genügsamen Ansprüche der Spieler, als ihre Gleichgültigkeit und ihren Mangel an Eifer für diesen edlen Zeitvertreib. Hier sind die Spielplätze nicht öde Sandflächen, sondern, wie sichs gehört, mit feinem Rasen bewachsen – was man speziell »Croquets-grounds« nennt – hier werden sie jeden Abend mit feinstrahligen Druckspritzen angefrischt, jeden Morgen mit speziell dazu bestimmten Maschinen geglättet und erlangen dadurch eine so weiche, zarte Oberfläche wie Samt, der eben aus der Plättmühle kommt. Kleine, in gleicher Ebene mit dem Boden stehende Steinwürfel sind zum Einstecken der Bögen und der Pfähle an beiden Enden angebracht. Eine wenige Zoll tief ausgehobene Furche bezeichnet die Grenze jedes Spielplatzes, der die für die Operationen der Teilnehmer nötigen 1200 Quadratfuß enthält.

Wie viele Male hatten die Brüder Melvill den jungen Leuten beiderlei Geschlechts etwas neidisch zugesehen, wenn diese auf solch' vorzüglich geeigneten Plätzen spielten, und welch' große Befriedigung gewährte es ihnen, als Miß Campbell ihre Einladung dazu annahm. Sie erhielten dadurch Gelegenheit, das junge Mädchen zu zerstreuen, indem sie selbst ihr Lieblingsspiel vor einem Kreise von Zuschauern betrieben, an denen es ihnen hier ebensowenig fehlen konnte wie in Helensbourgh. – Die liebe Eitelkeit!

Der rechtzeitig benachrichtigte Aristobulos Ursiclos stimmte zu, seine Arbeiten zu unterbrechen, und fand sich zur angesetzten Stunde auf dem Kampfplatze ein. Er erhob den Anspruch, im Krocket gleichstark in der Theorie wie in der Praxis zu sein, es als Gelehrter, als Geometer, als Physiker, als Mathematiker, mit einem Worte nach dem Satze $a + b = c$ zu spielen, wie es sich für einen solchen x-Kopf geziemt.

Der Miß Campbell kam es ganz selbstverständlich vor, den jungen Pedanten als Partner zu haben. Wie hätte das auch anders sein können? Hätte sie ihren Onkels den Kummer bereiten sollen, sie bei diesem Wettkampfe zu trennen und als Feinde einander gegenüber zu stellen, sie, die ja ganz eins waren im Gedanken und im Herzen, nach Körper und Geist, sie, die nie anders als miteinander spielten. Nein, das hätte sie nicht übers Herz gebracht.

»Miß Campbell«, sagte da zur Einleitung Aristobulos Ursiclos, »ich preise mich glücklich, Ihr Sekundant zu sein, und wenn Sie mir gestatten, Ihnen die ausschlaggebenden Bedingungen des Schlags auseinanderzusetzen . . .«

»Herr Ursiclos«, antwortete Helena, ihn etwas beiseite nehmend, »vor allem müssen wir meine Onkels gewinnen lassen.«

»Gewinnen?«

»Ja, ohne sie die Absicht merken zu lassen.«

»Aber, Miß Campbell ...«

»Sie würden sich sehr unglücklich fühlen zu verlieren.«

»Indes ... erlauben Sie! ...«, erwiderte Aristobulos Ursiclos, »das Krocketspiel ist mir geometrisch bekannt, dafür verbürge ich mich! Ich habe alle Kombinationen von Linien, die Werte der Kurven berechnet, und glaube zu dem Verlangen berechtigt zu sein ...«

»Ich kenne kein anderes Verlangen«, unterbrach ihn Miß Campbell, »als das, mich meinen Gegnern gefällig zu zeigen. Übrigens sind dieselben sehr stark im Krocket, das sag' ich Ihnen im voraus, und ich glaube kaum, daß alle Ihre Wissenschaft gegen deren Gewandtheit wird aufkommen können.«

»Das dürfte sich ja zeigen!« murmelte Aristobulos Ursiclos, den keine Rücksichten bestimmen konnten, sich freiwillig besiegen zu lassen – nicht einmal Miß Campbell zu Gefallen.

Inzwischen war der Kasten mit den Endpfählen, den Losmarken, den Bögen, Kugeln und Schlägeln von dem kleinen, für den Croquet-Ground bestellten Aufwärter herbeigeschafft worden.

Die neun Bögen wurden in verschobenem Vierecke in den Bodensteinen befestigt, und die beiden Pfähle erhoben sich an den Enden der großen Acht des Vierecks.

»Losen wir!« rief Bruder Sam.

Die Marken wurden in einen Hut geworfen. Jeder Teilnehmer entnahm eine derselben.

Der Zufall bestimmte die folgenden Farben für die Ordnung des Spieles: Eine blaue Kugel und ebensolchen Schlägel dem Bruder Sam; rote Kugel und Schlägel dem Aristobulos Ursiclos; gelbe Kugel und Schlägel dem Bruder Sib; grüne Kugel und Schlägel der Miß Campbell.

»In Erwartung eines gewissen Strahls von derselben Farbe!« sagte sie. »Das ist von guter Vorbedeutung!«

Bruder Sam hatte das Spiel zu eröffnen und er fing denn an, nachdem er mit seinem Partner noch eine tüchtige Prise genommen.

Da mußte man ihn sehen, den Körper weder zu gerade, noch zu gebeugt, den Kopf halb seitwärts gewendet, um die Kugel genau am richtigen Punkte zu treffen; die Hände, eine der andern benachbart am Griffe des Schlägels, die linke unten, die rechte oben, die Beine leicht geschlossen, die Knie mäßig gebogen, um die Rückwirkung des Schlages besser aufzunehmen, den linken Fuß gerade vor der Kugel und den rechten ein wenig zurückgezogen – der vollendete Typus eines »Gentleman croqueter«!

Dann erhob Bruder Sam den Schlägel, den er langsam einen Halbkreis beschreiben ließ, führte damit einen sicheren Schlag gegen die achtzehn Zoll vom »Fock« oder Ausgangspfahle entfernt liegende Kugel, und hatte nicht nötig, von der ihm zustehenden Vergünstigung einer noch zweimaligen Wiederholung des ersten Schlags Gebrauch zu machen.

Die geschickt fortgetriebene Kugel rollte durch den ersten Bogen und sofort durch den zweiten; ein zweiter Schlag trieb sie durch den dritten, und erst beim vierten Bogen nahm sie »etwas zu viel Eisen« und blieb stehen.

Für die Spieleröffnung war das gewiß eine anerkennenswerte Leistung. Ein schmeichelhaftes Gemurmel lief auch durch die Zuschauer, die sich außerhalb des kleinen Grabens um den Rasenplatz hielten.

Jetzt kam Aristobulos Ursiclos an die Reihe. Er war minder glücklich. Ob aus Ungeschicklichkeit oder unglücklichem Zufall, jedenfalls mußte er dreimal von neuem beginnen, um die Kugel durch den ersten Bogen zu treiben, und den zweiten fehlte er dann wieder.

»Höchstwahrscheinlich«, bemerkte er gegen Miß Campbell, »ist diese Kugel nicht richtig kalibriert. In diesem Falle veranlaßt der exzentrisch gelegene Schwerpunkt eine Abweichung in ihrem Laufe . . .«

»Du bist daran, Onkel Sib«, sagte Miß Campbell, ohne auf diese gelehrte Auseinandersetzung zu hören.

Der Bruder Sib war des Bruders Sam würdig. Seine Kugel lief durch zwei Bögen und blieb nahe der Aristobulos Ursiclos' liegen, welche ihm dazu diente, den dritten Bogen zu passieren, nachdem er dieselbe roquiert, d. h. durch Anprallenlassen der seinigen berührt hatte, dann roquierte er noch einmal den jungen Gelehrten, dessen ganze Physiognomie zu verkünden schien: »Warte nur, wir werden es noch besser machen!« Endlich, nachdem beide Kugeln in Berührung miteinander gebracht waren, setzte er den Fuß fest auf seine eigene, führte gegen dieselbe einen herzhaften Schlag und croquierte damit die Kugel des Gegners, d. h. er trieb sie durch eine Wirkung des Gegenschlags, respektive der Elastizität des Holzes, sechzig Schritte weit über die Grenze des Spielterrains hinaus.

Aristobulos Ursiclos mußte seiner Kugel nachlaufen; er tat das mit aller Würde des gesetzten Mannes und wartete dann in der Haltung eines Generals, der über einen großen Coup nachdenkt.

Miß Campbell nahm nun ihre grüne Kugel und schlug sie geschickt durch die zwei ersten Bögen.

Das Spiel nahm einen für die Brüder Melvill sehr vorteilhaften Fortgang, und diese ließen keine Gelegenheit vorüber, die feindlichen Kugeln zu roquieren und zu croquieren. Das war ein Massaker! Sie machten sich kaum bemerkbare Zeichen, verstanden sich schon durch Blinken mit den Augen, so daß sie der Worte entbehren konnten, und schließlich gewannen sie einen gewaltigen Vorsprung zur großen Genugtuung ihrer Nichte, aber zum geheimen Ärger Aristobulos Ursiclos'.

Als Miß Campbell, fünf Minuten nach Beginn der Partie, sich hinlänglich überholt sah, fing sie an, aufmerksamer zu spielen und zeigte dabei weit mehr Gewandtheit, als ihr Partner, der ihr nichtsdestoweniger seine wissenschaftlichen Ratschläge nicht ersparte.

»Der Reflexionswinkel«, belehrte er sie, »ist allemal gleich dem Einfallswinkel, und daraus können Sie die Richtung ableiten, welche die Kugeln infolge des Anschlags nehmen müssen. Man muß daraus den Vorteil ziehen . . .«

»Ziehen Sie nur selbst den möglichsten Vorteil daraus«, antwortete ihm Miß Campbell. »Sie sehen, mein

Herr, daß ich Ihnen um drei Bögen voraus bin.«

In der Tat blieb Aristobulos Ursiclos jämmerlich zurück. Zehnmal schon hatte er versucht, den doppelten Mittelbogen zu nehmen, ohne dazu zu gelangen. Er suchte die Ursache nun in dem Drahtbogen selbst, ließ ihn anders richten, die Entfernung prüfen, und versuchte sein Glück von neuem.

Das Glück wollte ihm einmal nicht günstig sein. Seine Kugel traf jedesmal das Eisen, wollte aber nie darunter hindurch.

Miß Campbell wäre wirklich vollberechtigt gewesen, sich über ihren Partner zu beklagen. Sie selbst spielte sehr gut und verdiente die Lobeserhebungen, mit denen ihre beiden Onkels sie freigebig bedachten. Es war aber auch reizend anzusehen, wenn sie sich so voll und ganz diesem Spiele hingab, welches für die Entwicklung körperlicher Grazie so geeignet ist. Ihren rechten Fuß halb erhoben, um die Kugel des Gegners zu fesseln, wenn sie dieselbe croquierte, die beiden gefällig gerundeten Arme, wenn sie ihren Schlägel einen halben Kreis beschreiben ließ, die Lebhaftigkeit des mehr als hübschen Gesichts, die ungezwungene Neigung des Körpers, ihr reizvoll schwankender Oberkörper – alles zusammen bot einen fesselnden Anblick. Nur Aristobulos Ursiclos sah davon natürlich nichts!

Man darf ihm wohl nachsehen, wenn er innerlich wütete. Die Brüder Melvill hatten jetzt einen so großen Vorsprung, daß an ein Einholen derselben kaum zu denken war. Immerhin bringt das Krocketspiel oft so unerwartete Wendungen mit sich, daß man niemals an dem möglichen Siege zu verzweifeln braucht.

Die Partie verlief unter so ungleichen Verhältnissen weiter, bis ein Zwischenfall dieselbe unterbrach.

Aristobulos Ursiclos fand endlich Gelegenheit, die Kugel des Bruders Sam zu roquieren, welche den Mittelbogen, vor dem er so unbarmherzig zurückgehalten blieb, schon auf dem Rückwege passiert hatte. Voller Verzweiflung und doch mit dem Bemühen, vor den Augen der Zuschauer möglichst ruhig zu erscheinen, gedachte er jetzt einen Meisterstreich auszuführen, seinem Gegner Gleiches mit Gleichem zu vergelten und ihn über die Spielplatzgrenze hinauszujagen. Er legte also seine Kugel neben die des Bruders Sam, sicherte deren Berührung durch Anhäufung einigen Grases, stemmte den linken Fuß darauf, beschrieb beim Ausholen einen vollen Bogen, um dem Schlage mehr Kraft zu verleihen, und schlug dann tüchtig zu.

Ei, da entfuhr ihm ein Schrei! Es war ein wirkliches Schmerzgeheul; der unrichtig dirigierte Schlägelkopf hatte statt der Kugel den Fuß des Krocketstümpers getroffen, der nun, auf einem Beine umherhinkend, unzweifelhaft sehr natürliche, aber doch etwas lächerliche Schmerzensäußerungen zum Besten gab.

Die Brüder Melvill eilten auf ihn zu. Glücklicherweise hatte das dicke Leder seines Schnürschuhs die Heftigkeit des Schlages gebrochen, so daß er ohne ernsthaftere Verletzung weggekommen war. Aristobulos Ursiclos glaubte aber sein Mißgeschick auf folgende Weise erklären zu müssen:

»Der durch seinen Schlägelstiel gebildete Strahl oder Radius«, sagte er dozierend, doch nicht ohne dabei das Gesicht zu verziehen, »hat einen, zu demjenigen, der als Tangente den Erdboden streifen sollte, konzentrischen Kreis beschrieben, weil ich den Radius etwas zu kurz bemessen habe. Deshalb mußte der Schlag . . .«

»Unter diesem Umständen, mein Herr, wollen wir die Partie doch wohl lieber aufgeben?« fragte Miß Campbell.

»Die Partie aufgeben!« rief Aristobulos Ursiclos. »Uns als besiegt erklären? Nimmermehr! Unter Zuhilfenahme der Formeln der Wahrscheinlichkeitsrechnung läßt sich nachweisen . . .«

»Nun, wie Sie wollen; so spielen wir weiter«, schnitt ihm Miß Campbell den Faden der Gelehrsamkeit ab.

Alle Formeln der Wahrscheinlichkeitsrechnung aber würden den Gegnern der beiden Onkels auch nur geringe Aussichten eröffnet haben.

Schon war Bruder Sam »Räuber« geworden, d. h.

seine Kugel hatte alle Bogen passiert und den »Besan«, den Ausgangspflock, wieder berührt, so daß es ihm nun freistand, seinem Partner in jeder Weise zu Hilfe zu kommen, indem er alle Kugeln nach Belieben roquierte und croquierte.

In der Tat war die Partie nach wenigen weiteren Schlägen entschieden, und die Brüder Melvill triumphierten, aber nur bescheiden, wie das Meistern zukommt. Aristobulos Ursiclos dagegen hatte trotz seiner wissenschaftlich begründeten Ansprüche nicht dazu gelangen können, den Mittelbogen zu passieren.

Miß Campbell gab sich nun den Anschein, viel ärgerlicher zu sein, als sie in Wirklichlichkeit war, und mit kräftigem Schlage, auf dessen Richtung sie gar nicht achtete, trieb sie ihre Kugel weit weg.

Die Kugel rollte in der Richtung nach dem Meere zu, über das durch die Furchen begrenzte Spielterrain hinaus, prallte an einem Stein an, sprang dadurch in die Höhe und flog, ihre Schwere multipliziert mit dem Quadrate der Geschwindigkeit, wie Aristobulos Ursiclos gesagt haben würde, nach dem Strande zu.

Unglücklicher Schlag!

Dort saß ein junger Künstler vor seiner Staffelei, beschäftigt, eine Ansicht des Meeres bis zur Südspitze der Reede von Oban aufzunehmen. Die Kugel erreichte gerade die aufgespannte Malerleinwand, befleckte ihre eigene grüne Farbe, indem sie über jene hinstrich, mit allen Farben der Palette und warf endlich die ganze Staffelei um.

Der Maler drehte sich ruhig um und sagte:

»Gewöhnlich sendet man eine Kriegserklärung, ehe ein Bombardement begonnen wird!«

Im Vorgefühl eines bevorstehenden Unheils war Miß Campbell, noch ehe dieses eintrat, nach dem Strande zugelaufen.

»Ach, mein Herr«, sagte sie, sich an den jungen Künstler wendend, »bitte, verzeihen Sie mir meine Ungeschicklichkeit!«

Der Angeredete erhob sich, grüßte lächelnd das junge, in ihrer Verlegenheit desto schönere Mädchen, die sich eben entschuldigt hatte ...

Es war der »Schiffbrüchige« aus dem Strudel von Corryvrekan!

Elftes Kapitel

Olivier Sinclair

Olivier Sinclair war ein »netter Mann«, um den Ausdruck zu gebrauchen, den man ehemals in Schottland mit Vorliebe für wackere, lebhafte und geistig geweckte junge Leute anwandte; doch wenn ihm diese Bezeichnung in geistiger Beziehung verdientermaßen zukam, so muß man gestehen, daß sie auch äußerlich auf ihn paßte.

Der letzte Sproß aus vornehmer Familie Edinbourghs, war dieser junge Athener des nordischen Athens der Sohn eines bejahrten Rats der Hauptstadt von Mittlothian. Zeitig vater- und mutterlos, so daß er bei seinem Onkel, einem der vier Oberrichter der Munizipalverwaltung, erzogen wurde, hatte er auf der Universität seinen Studien mit gutem Erfolge obgelegen; im Alter von zwanzig Jahren sicherte ihm der Heimfall eines nicht unbeträchtlichen Vermögens mehr Unabhängigkeit, und begierig, die Welt zu sehen, bereiste er die wichtigsten Staaten Europas, ferner Indien und Amerika, und die bekannte Revue von Edinbourgh veröffentlichte wiederholt einige Skizzen seiner Reisen. Ein sehr begabter Maler, der seine Bilder gewiß hätte zu ansehnlichen Preisen verkaufen können; Dichter, wenn er in poetischer Stimmung war – und wem widerführe das nicht, in jenem Alter, wo einem das ganze Leben entgegenlacht? –, von warmem Herzen und Künstler von Natur, war er geschaffen, zu gefallen, und gefiel ohne Ziererei und Eitelkeit.

In der Hauptstadt des alten Kaledoniens ist es leicht, sich zu verheiraten. Die Geschlechter sind dort an Zahl sehr ungleich, und das schwache überragt numerisch das stärkere bei weitem. Einem jungen, gebildeten, liebenswürdigen, vornehmen und wohlgestalteten jungen Manne kann es da gar nicht fehlen, eine vermögende Frau nach seinem Geschmack zu finden.

Olivier Sinclair schien freilich auch mit sechsundzwanzig Jahren noch nicht das Bedürfnis, zu zweien zu leben, empfunden zu haben. Hielt er den Fußpfad des Lebens für zu schmal, um Arm in Arm darauf zu wandeln? Nein, gewiß nicht; doch viel wahrscheinlicher befand er sich besser dabei, allein zu gehen, kreuz und quer, ganz seiner Laune folgend, hier- und dorthin zu irren, wie es ihm sein Geschmack als Künstler und Reisender eben eingab.

»Es ist nur ein kleiner Unfall, kein Unglück«, erklärte der junge Mann lächelnd. »Eine Sudelei, nichts weiter, an der die Kugel die gerechte Kritik geübt hat!«

Olivier Sinclair äußerte das so freimütig, daß die Brüder Melvill ihm fast ohne alle Umstände die Hände entgegengestreckt hätten. Jedenfalls glaubten sie sich gegenseitig vorstellen zu sollen, wie das unter Gentlemen Sitte ist.

»Herr Samuel Melvill«, sagte Bruder Sib.

»Herr Sebastian Melvill«, sagte Bruder Sam.

»Und deren Nichte, Miß Campbell«, setzte Helena hinzu, welche, um nicht ausgeschlossen zu bleiben, sich lieber gleich selbst vorstellte.

Das war eine an den jungen Mann gerichtete Aufforderung, auch nun seinerseits Namen und Stand anzugeben.

»Miß Campbell, meine Herren«, sagte er sehr ernsthaft, »ich könnte Ihnen antworten, daß ich mich »Fock« (Ausgangspunkt beim Krocket) nenne, da ich von jener Kugel getroffen worden bin; in der Tat heiße ich ganz einfach Olivier Sinclair.«

»Herr Sinclair«, begann da Miß Campbell, welche sich seine Antwort nicht so recht zu deuten wußte, noch einmal, »gestatten Sie zum letzten Male, daß ich höflichst um Verzeihung bitte . . .«

»Und wir gleichfalls«, fügten die Brüder Melvill

hinzu.

»Miß Campbell«, erwiderte Olivier Sinclair, »ich wiederhole Ihnen, daß die ganze Sache nicht der Mühe wert ist. Ich suchte den Effekt der anlaufenden Brandungswellen zu erhaschen, und es ist nicht unwahrscheinlich, daß Ihre Kugel, ganz wie der Schwamm, ich weiß eben nicht welchen Malers des Altertums, den dieser auf seine Gemälde schleuderte, gerade die Wirkung hervorgebracht hat, die ich mit dem Pinsel vergeblich zu erzielen suchte.«

Das wurde in so liebenswürdigem Tone gesprochen, daß Miß Campbell und die Brüder Melvill ein Lächeln nicht unterdrücken konnten.

Hierbei wollen wir zu erwähnen nicht unterlassen, daß Aristobulos Ursiclos nicht mitgekommen war, um diesen Austausch von Entschuldigungen und Höflichkeiten mit anzuhören.

Olivier Sinclair war übrigens bestimmt geschaffen, irgendwelcher jungen blonden Tochter Schottlands mehr als bloße Sympathie einzuflößen. Sein eleganter Wuchs, sein offenes Gesicht mit dem männlichen Ausdruck, der ebenso energisch durch seine Züge, wie anderseits sanft durch seine Augen erschien, die natürliche Grazie seiner Bewegungen, das Vornehme seines Wesens, seine geläufige und geistvolle Redeweise, sein leichter Gang, das Lächeln seines Blickes – alles vereinigte sich, ihm eine gewisse Anziehungskraft zu verleihen. Er war freilich viel zu wenig Geck, um selbst darauf zu achten, oder er achtete absichtlich nicht darauf, da er keine Lust verspürte, sich zu binden.

Wenn ihm der weibliche Clan von Auld-Reeky* nur Schmeichelhaftes nachrühmte, so gefiel er nicht minder seinen jugendlichen Genossen und Universitätsfreunden; nach einem hübschen gälischen Sprichworte gehörte er zu denen, »Welche nie einem Freunde und nie einem Feinde den Rücken zukehren«.

Heute, im Augenblick jenes Angriffes, wendete er

*»Die alte Eingeräucherte«, ein Spitzname Edinbourghs.

freilich Miß Campbell den Rücken zu. Miß Campbell dagegen war auch weder seine Feindin noch seine Freundin. In seiner Stellung, oder vielmehr, so wie er saß, hatte er die von dem Schlägel des jungen Mädchens so unbedacht fortgetriebene Kugel natürlich nicht bemerken können. So kam es, daß das Geschoß mitten auf seine Bildfläche platzte und seine gesamten Malergerätschaften über den Haufen warf.

Miß Campbell hatte auf den ersten Blick den Helden von Corryvrekan wiedererkannt; der Held dagegen nicht die junge Reisende des »Glengarry«. Während der Weiterfahrt von der Insel Scarba bis Oban mochte er Miß Campbell wohl kaum an Bord bemerkt haben. Hätte er geahnt, welch' großen persönlichen Anteil gerade sie an seiner glücklichen Rettung gehabt, so würde er, wenn auch nur aus reiner Höflichkeit, unzweifelhaft seinen besonderen Dank abgestattet haben; das wußte er aber noch nicht, und sollte es wahrscheinlich niemals erfahren.

Noch an jenem Tage verbot – ja, das ist das richtige Wort – verbot Miß Campbell ebenso ihren Oheimen, wie Frau Beß und Patridge, jenem jungen Manne gegenüber eine jede Anspielung auf die Vorgänge, welche sich auf dem »Glengarry« vor seiner Rettung abspielten.

Nach dem Vorfalle mit der Kugel waren die Brüder Melvill, womöglich noch mehr erschrocken als ihre Nichte, dieser nachgeeilt, und brachten eben ihre persönlichen Entschuldigungen bei dem jungen Künstler an, als dieser sie mit den Worten unterbrach:

»Mein Fräulein . . . meine Herren . . . Ich bitte Sie, glauben Sie, daß die ganze Sache der Mühe gar nicht wert ist.«

»Mein Herr«, erwiderte Bruder Sib, »nein, wir sind wirklich untröstlich . . .«

»Und wenn das Unglück unverbesserlich wäre, wie leider zu fürchten ist . . .«, setzte Bruder Sam hinzu.

Nach Beendigung der Partie hatte der junge Gelehrte, gereizt, seine theoretischen Kenntnisse mit der praktischen Fertigkeit nicht haben ins Gleichgewicht setzen zu können, sich ins Hotel zurückgezogen. Vor drei bis vier Tagen war kaum auf ein Wiedererscheinen desselben zu rechnen, denn er beabsichtigte eben nach der Insel Luing, einer der kleinen Hebriden, abzureisen, welche im Süden der Insel Seil liegt, um daselbst von geologischem Standpunkt aus die reichen Schieferbrüche zu untersuchen.

Dem Gespräche drohten also keine lehrreichen Unterbrechungen, welche er doch aufgetischt hätte, über die Flugkraft geschleuderter Körper, wie über andere mit dem Unfall zusammenhängende Fragen.

Olivier Sinclair hörte dabei auch, daß er den Gästen des Caledonian-Hotels nicht völlig unbekannt sei, und erfuhr von einigen Vorkommnissen während der Überfahrt.

»Wie, Miß Campbell, und Sie, meine Herren«, rief er, »Sie befanden sich an Bord des ›Glengarry‹, der mich so zur rechten Zeit noch auffischte?«

»Ja, Herr Sinclair.«

»Und Sie haben uns nicht wenig erschreckt«, setzte Bruder Sib hinzu, »als wir rein durch Zufall Ihr in den Strudeln des Corryvrekan verlorenes Boot bemerkten.«

»Ja, durch sehr glücklichen Zufall«, fuhr Bruder Sam fort, »und wahrscheinlich wären Sie ohne das Dazwischentreten von ...« Hier gab Miß Campbell ihm durch ein Zeichen zu verstehen, daß sie nicht als Retterin geschildert sein möchte. Die Rolle einer »Heiligen Jungfrau der Schiffbrüchigen« wollte sie auf keinen Fall übernehmen.

»Aber, Herr Sinclair«, nahm Bruder Sam wieder das Wort, »wie konnte der alte Fischer, welcher Sie begleitete, nur so unklug sein, sich in jenen Wirbelstrom zu wagen ...«

»Deren Gefährlichkeit er als Landeskind doch kennen mußte?« schloß Bruder Sib den Satz.

»Ihn trifft keine Schuld, meine Herren«, antwortete Olivier Sinclair. Die Unklugheit war ganz auf meiner Seite, und kurze Zeit glaubte ich gar, mir den Tod des wackeren Mannes zuschreiben zu müssen. Aber da auf der Oberfläche des gurgelnden Wassers spielten so überraschende Farbentöne, daß es aussah, als wäre eine feine Spitze über einen Grund von blauer Seide ausgebreitet. Ohne weitere Überlegung trieb es mich gleichsam zur Jagd auf einige neue Nuancen inmitten dieses lichtgeschwängerten Wasserstaubes. Dabei gelangte ich weiter und weiter vor. Mein alter Fischer kannte die Gefahr recht gut und bemühte sich, uns zurückzuhalten, er wollte nach der Küste der Insel Jura hinübersteuern, ich aber hörte ihn kaum, bis unser Boot endlich von einer Strömung gepackt und dann unwiderstehlich dem tollen Strudel zugetrieben wurde. Wir versuchten alles, der Anziehung entgegenzuarbeiten ... da verletzte ein heftiger Wogenschlag meinen Begleiter, der mich nun nicht ferner zu unterstützen vermochte, und ohne das Erscheinen des »Glengarry«, ohne die Hilfswilligkeit des Kapitäns und die Menschenfreundlichkeit der Passagiere wären wir, mein Fischer und ich, nun schon der Legende verfallen und im Nekrolog des ›Corryvrekan‹ katalogisiert gewesen!«

Miß Campbell hörte ihm zu, ohne ein Wort zu äußern, und erhob zuweilen ihre schönen Augen zu dem jungen Manne, der sie mit seinen Blicken keineswegs zu behelligen suchte. Sie konnte ein Lächeln nicht unterdrücken, als er von seiner Jagd oder vielmehr von seinem Fischzug nach Farbennuancen des Meeres erzählte.

War sie nicht auf ähnliche, wenn auch weniger gefährliche Abenteuer ausgezogen, auf die Jagd nach einer Farbennuance des Himmels, auf die Jagd nach dem Grünen Strahle?

Die Brüder Melvill machten auch unwillkürlich eine dahinzielende Bemerkung, indem sie von der Veranlassung sprachen, die sie nach Oban geführt, d. h. von der Absicht, jenes physikalische Phänomen zu beobachten, dessen Natur sie dem jungen Maler erklärten.

»Der Grüne Strahl!« rief Olivier Sinclair.

»Hätten Sie ihn schon gesehen, mein Herr?« fragte

lebhaft das junge Mädchen, »hätten Sie ihn schon einmal gesehen?«

»Nein, Miß Campbell«, antwortete Olivier Sinclair. »Wenn ich überhaupt nur gewußt hätte, daß es irgendwo einen Grünen Strahl gäbe! Nein, wirklich nicht! Nun wohl, auch ich will ihn sehen. Die Sonne wird niemals unter dem Horizont verschwinden, ohne daß sie mich zum Zeugen ihres Unterganges hat; und, beim heiligen Dunstan, ich werde nie mehr anderes, als das Grün ihres letzten Strahles wiedergeben!«

Es ließ sich zuerst nur schwierig entscheiden, ob Olivier Sinclair nicht mit leichtem ironischen Anflug sprach oder aber sich wirklich von seiner Künstlernatur so plötzlich hinreißen ließ. Der Miß Campbell sagte ein gewisses Vorgefühl, daß der junge Mann nicht scherzte.

»Herr Sinclair«, nahm sie das Wort, »der Grüne Strahl ist nicht mein ausschließliches Eigentum; er leuchtet für alle Welt und wird nichts an seinem Werte verlieren, wenn er sich mehreren Neugierigen auf einmal zeigt. Wir können also, wenn es Ihnen recht ist, versuchen, ihn zusammen zu sehen.«

»Mit großem Vergnügen, Miß Campbell.«

»Doch es gehört ein wenig Geduld dazu.«

»Daran solls nicht fehlen . . .«

»Und man darf nicht davor zurückschrecken, sich Augenschmerzen zuzuziehen«, warf Bruder Sam ein.

»Der Grüne Strahl ist es schon wert, das um seinetwillen zu riskieren«, versicherte Olivier Sinclair, »und ich sage Ihnen, daß ich Oban nicht verlassen werde, ohne ihn gesehen zu haben.«

»Wir haben uns schon einmal«, sagte Miß Campbell, »nach der Insel Seil begeben, um diesen Strahl zu beobachten, aber gerade in dem Augenblick, wo die Sonne versank, verhüllte sie eine kleine, am Horizont hinziehende Wolke.«

»Das war ja fatal!«

»Gewiß, höchst fatal, Herr Sinclair, denn seit jenem Tage haben wir noch nicht wieder hinreichend reinen Himmel gehabt.«

»Der wird wohl nicht ausbleiben, Miß Campbell! Der Sommer hat sein letztes Wort noch nicht gesprochen, und vor Eintritt der schlechten Jahreszeit, glauben Sie mir, wird die Sonne uns auch noch mit dem Almosen ihres Grünen Strahles bedenken.«

»Um Ihnen alles zu gestehen, Herr Sinclair«, fuhr Miß Campbell fort, »hätten wir ihn am Abend gewiß wahrnehmen können, wenn unsere Aufmerksamkeit nicht durch eine gewisse Rettung abgelenkt worden wäre, an der . . .«

»Wie, Miß Campbell«, fiel ihr Olivier Sinclair ins Wort, »ich wäre der Unglücksvogel gewesen, der Ihre Augen in einem so entscheidenden Momente abgezogen hätte? Meine Unbesonnenheit hätte Ihnen den Grünen Strahl gekostet? Dann bin ich ja Ihnen schuldig, um Verzeihung zu bitten, und das tue ich hiermit unter größtem Bedauern meines ungeschickten Dazwischentretens. Das soll mir nicht wieder vorkommen!«

Man plauderte noch von dem und jenem auf dem Rückwege nach dem Caledonian-Hotel, in dem auch Olivier Sinclair nach Beendigung eines Ausflugs in die Umgebung von Dalmaly abgetreten war. Der junge Mann, dessen freimütiges Wesen und mitteilsame Heiterkeit den beiden Brüdern keineswegs mißfiel, wurde gelegentlich veranlaßt, von Edinbourgh und seinem Onkel, dem Oberrichter Patrick Oldimer, zu sprechen. Da stellte sich heraus, daß die Brüder Melvill mit dem Oberrichter Oldimer mehrere Jahre bekannt gewesen waren. Zwischen den beiden Familien bestand damals ein ziemlich vertraulicher Verkehr, den nur die spätere örtliche Trennung unterbrochen hatte. Man war also eigentlich schon miteinander bekannt, und Olivier Sinclair wurde von den Brüdern Melvill aufgefordert, diese Verbindung fortzusetzen. Da dieser nun keinerlei Ursache hatte, sein Künstlerzelt anderswo als in Oban aufzuschlagen, so erklärte er sich mehr als je vorher entschlossen, hier zu bleiben, um an den Nachforschungen nach dem Grünen Strahle teilzunehmen.

Miß Campbell, die Brüder Melvill und er begegneten sich während der folgenden Tage häufig auf dem Strand von Oban. Sie prüften zusammen, ob der Zustand der Atmosphäre sich nicht endlich günstiger gestalte. Zehnmal des Tags wurde das Barometer gefragt, das manchmal einige Neigung zu steigen bemerken ließ. In der Tat überschritt das liebenswürdige Instrument am Morgen des 14. August siebenunddreißigsiebzehntel Zoll.

Mit welcher Befriedigung überbrachte Olivier Sinclair an diesem Tage Miß Campbell die freudige Nachricht! Ein Himmel so rein wie das Auge einer Madonna; ein Azur, der nach und nach alle Schattierungen zwischen Indigo und Ultramarin durchlief. Nicht eine Spur hygrometrischen Dunstes in der Luft, die Aussicht auf einen herrlichen Abend und einen Sonnenuntergang, der jeden Astronomen einer Sternwarte entzückt hätte.

»Wenn wir bei Sonnenuntergang unseren Grünen Strahl heut' nicht sehen«, behauptete Olivier Sinclair, »so müßten wir eben blind sein.«

»Ihr hört, liebe Onkels«, sagte Miß Campbell, »es gilt heute abend!«

Man kam also dahin überein, vor dem Abendessen nach der Insel Seil zu fahren, und das geschah gegen fünf Uhr.

Auf der pittoresken Straße von Glachan führte die Kalesche Miß Campbell dahin, welche vor Freude strahlte, Olivier Sinclair, der diese Strahlen widerspiegelte, und die Brüder Melvill, welche auch ihren Teil von diesem Glanze abfingen. Man hätte wahrlich sagen können, sie hätten die Sonne mit sich auf einem Wagensitze, und die vier Pferde des eleganten Gefährts wären die Hippogryphe des Wagens Apollos, des Tagesgottes.

Auf der Insel Seil befanden sich die schon vorher enthusiasmierten Beobachter gegenüber einem Horizonte, dessen scharfe Linien kein Hindernis unterbrach. Sie nahmen auf der äußersten Spitze eines schmalen Vorgebirges Platz, welches zwei Einbuchtungen des Gestades trennte und eine Meile weit ins Meer hinausragte. Hier konnte nach Westen und über ein Viertel des Horizonts nichts die Aussicht versperren.

»Endlich werden wir ihn also schauen, diesen wunderlichen Strahl, der sich so gewaltig ziert, ehe er sich einmal erblicken läßt«, sagte Olivier Sinclair.

»Ich glaube es«, sagte Bruder Sam.

»Ich bin dessen gewiß«, setzte Bruder Sib hinzu.

»Und ich, ich hoffe es!« meinte Miß Campbell, als sie das verlassene Meer und den fleckenlosen Himmel betrachtete.

In der Tat deutete alles darauf hin, daß das Phänomen sich beim Untertauchen der Sonne im vollen Glanze zeigen werde.

Schon war das Strahlengestirn, das in schräger Linie niedersank, nur noch wenige Grade oberhalb des Horizonts. Seine rotglühende Scheibe übergoß den Abendhimmel mit gleichmäßiger Farbe und warf einen langen glänzenden Streifen auf das wie in Schlummer versunkene Meer.

Stumm, in Erwartung der Erscheinung, etwas erregt von dem Ende eines schönen Tages, beobachteten alle die Sonne, welche allmählich tiefer sank und einem ungeheuren Feuerballe ähnelte. Plötzlich entrang sich Miß Campbell ein unwillkürlicher Schrei; ihm folgte ein ängstlicher Ausruf, den weder die Brüder Melvill noch Olivier Sinclair hatten unterdrücken können.

Von dem Eilande Easdale, am Fuße der Insel Seil, stieß eben eine Schaluppe ab und schlug einen Kurs nach Westen ein. Ihr gleich einem Lichtschirm aufgespanntes Segel überragte die Linie des Horizonts. Würde es die Sonne gerade in dem Augenblick verhüllen, wo diese in den Wogen erlosch?

Das war nur eine Frage von Sekunden. Zurückzueilen, sich nach einer oder der anderen Seite zu begeben, um sich gegenüber dem letzten Berührungspunkte zu befinden, dazu hatte man keine Zeit. Die Schmalheit des Vorberges gestattete es nicht, sich unter einem hinreichenden Winkel zu entfernen, um wieder in gleiche Richtung mit der Sonne zu kommen.

Verzweifelt über diese Widerwärtigkeit lief Miß Campbell auf dem Felsen hin und her. Olivier Sinclair gab der Schaluppe möglichst deutliche Zeichen und rief sie an, das Segel einzuziehen.

Vergelbliches Bemühen! Man sah ihn dort nicht und konnte ihn unbedingt nicht hören. Die Schaluppe glitt unter leichtem Winde mit der Welle, die sie trug, immer weiter nach Westen.

In dem Augenblicke, als der obere Rand der Sonnenscheibe verschwinden sollte, strich das Segel vor derselben vorüber und verdeckte sie mit seinem undurchsichtigen Trapez.

Grausame Enttäuschung! Dieses Mal war der Grüne Strahl von der untersten Linie des dunstlosen Horizonts ausgegangen, hatte sich aber in dem Segel gefangen, ehe er den Vorberg erreichte, auf dem so viele Blicke ihn begierig erwarteten.

Ganz verblüfft und vielleicht erzürnter, als es der unglückliche Zufall verdiente, standen Miß Campbell, Olivier Sinclair und die Brüder Melvill wie versteinert auf ihrem Platze und vergaßen sogar fortzugehen, während sie nur die Schaluppe und alle, die sie trug, verwünschten.

Inzwischen stieß das Boot an einem kleinen Einschnitt der Insel Seil, am Fuße des Vorberges ans Land.

Da sprang ein Passagier ans Ufer, während die beiden Fischer, die ihn von der Insel Luing über das Meer hergebracht hatten, in dem Fahrzeuge zurückblieben: er lief um das Vorland herum und klomm die vordersten zugänglichen Felsen in die Höhe, offenbar in der Absicht, nach dem Vorberge zu gelangen.

Unzweifelhaft hatte der Pechvogel die auf dem oberen Plateau stehenden Beobachter bemerkt und erkannt, denn er grüßte dieselben mit einer gewissen Vertraulichkeit.

»Herr Ursiclos!« rief Miß Campbell.

»Er! Er ist es gewesen!« antworteten die Brüder.

»Wer mag dieser Herr sein?« fragte sich Olivier Sinclair.

In der Tat, es war Aristobulos Ursiclos in höchst eigener Person, der eben von seinem mehrtägigen Ausflug nach der Insel Luing zurückkehrte.

Wie er von denen empfangen wurde, denen er die Erfüllung ihres innigsten Wunsches vereitelt hatte, braucht wohl kaum geschildert zu werden.

Bruder Sam und Bruder Sib vergaßen, aller Regel gewöhnlicher Höflichkeit uneingedenk, sogar Olivier Sinclair und Aristobulos Ursiclos einander vorzustellen. Vor der merkbaren Unzufriedenheit Helenas senkten sie lieber die Augen, um den Prätendenten ihrer Wahl womöglich gar nicht zu sehen.

Die kleinen Hände geballt, die Arme über der Brust gekreuzt und die Augen feuersprühend, sah Miß Campbell ihn an, ohne ein Wort zu sprechen. Endlich entfuhren ihrem Munde die Worte:

»Herr Ursiclos, Sie hätten auch besser getan, nicht gerade zur rechten Zeit zu kommen, um eine Dummheit zu begehen.«

Zwölftes Kapitel

Neue Pläne

Die Rückfahrt nach Oban erfolgte unter weit weniger angenehmen Verhältnissen, als die Fahrt nach der Insel Seil. Man hatte geglaubt, einem Erfolge entgegenzugehen und kam von einem Mißerfolge zurück.

Wenn die Enttäuschung, welche Miß Campbell empfand, durch irgend etwas gelindert werden konnte, so war es dadurch, daß Aristobulos Ursiclos die Ursache derselben bildete. Sie gewann dadurch das Recht, ihm, dem großen Verbrecher, ihre Meinung zu sagen und sein Haupt mit Verwünschungen zu bedecken. Daran ließ sie es denn auch nicht fehlen. Die Brüder Melvill wären schlecht angekommen, wenn sie ihn hätten verteidigen wollen. Nein, es war fast notwendig gewesen, daß das Boot mit dem Tölpel, an den man in jenem Augenblick gar nicht dachte, gerade denjenigen Punkt am Horizonte einnehmen mußte, wo er denselben in dem Augenblick bedeckte, an dem die Sonne ihren letzten leuchtenden Strahl aussandte. Das waren Dinge, welche jede Verzeihung ausschlossen.

Es versteht sich von selbst, daß Aristobulos Ursiclos, der sich zur Entschuldigung obendrein erlaubt hatte, über die ganze Geschichte mit dem Grünen Strahl zu spötteln, nach dieser zornerfüllten Predigt wieder nach der Schaluppe entwichen war, um nach Oban zu gelangen. Er handelte darin sehr weise, denn höchstwahrscheinlich hätte man ihm doch keinen Platz in der Kalesche angeboten, nicht einmal den dahinterschwebenden Dienersitz.

Zweimal schon war der Sonnenuntergang also unter Verhältnissen vor sich gegangen, die es gestattet hätten, das ersehnte Phänomen zu beobachten, und zweimal hatte sich das begierige Auge der Miß Campbell den glühenden Liebkosungen des Gestirns ausgesetzt, von welchen sie als Nachwehen mehrere Stunden lang eine bemerkbare Störung der Sehfähigkeit davontrug. Zuerst hatte die Rettung Olivier Sinclairs und heute das Vorüberkommen Aristobulos Ursiclos' ihr die günstige Gelegenheit geraubt, welche vielleicht in langer Zeit nicht wiederkehrte. In beiden Fällen freilich waren die begleitenden Umstände nicht die nämlichen gewesen, und so sehr Miß Campbell den einen entschuldigte, eben so sehr zürnte sie dem anderen. Wer könnte sie deshalb der Parteilichkeit zeihen?

Am folgenden Morgen lustwandelte Olivier Sinclair, etwas in Gedanken versunken, am Strande.

Wer war dieser Herr Aristobulos Ursiclos? Ein Verwandter der Miß Campbell und der Brüder Melvill oder nur ein Freund von ihnen? Auf jeden Fall stand er mit der Familie auf vertrautem Fuße; das bewies schon die Art und Weise, wie Miß Campbell sich hatte gehenlassen, als sie ihm seine Ungeschicktheit vorwarf. Doch was ging ihn, Olivier Sinclair, das überhaupt an? Wollte er wissen, woran er sei, so brauchte er ja nur Bruder Sam oder Bruder Sib zu fragen; aber gerade das verbot er sich selbst und tat es auch wirklich nicht.

Die Gelegenheit dazu fehlte ihm natürlich nicht.

Jeden Tag begegnete Olivier Sinclair den Brüdern Melvill, die entweder zusammen lustwandelten – wer hätte sich überhaupt schmeicheln können, je einen derselben allein gesehen zu haben? – oder von ihrer Nichte begleitet waren, am Ufer des Meeres. Man plauderte von Tausenderlei und vorzüglich von der Witterung, was im vorliegenden Falle durchaus keine Aushilfe war, etwas zu sprechen, ohne etwas zu sagen. Würde es noch einmal einen so klaren Abend geben, wie man einen erwartete, um wieder nach der Insel Seil zu fahren? Daran konnte man vielleicht zweifeln. Seit den tadellos schönen Tagen des 2. und des 14. August zeigte der Himmel stets ein ungewisses Aussehen, mit Regenwolken, gelegentlichem Wetterleuchten und abendlichen Nebeln – mit allen Unarten, die einen jungen Astronomen zur Verzweiflung gebracht hätten, wenn dieser, am Objektivglas seines Fernrohrs sitzend, einen Bruchteil der Himmelskarte hätte durchmustern wollen.

Warum sollten wir nicht zugestehen, daß der junge Maler sich jetzt ebenso wie Miß Campbell von dem Grünen Strahl hatte einnehmen lassen? Er ritt ganz dasselbe Steckenpferd wie das junge Mädchen; er ergab sich dieser Phantasie mit nicht weniger Hitze, um nicht zu sagen, mit nicht weniger Ungeduld wie seine junge Gefährtin. Oh, er war kein Aristobulos Ursiclos, der, den Kopf in den Wolken hoher Wissenschaft verborgen, für eine einfache optische Erscheinung nichts wie Verachtung hatte. Beide verstanden sich und beide wollten nun einmal zu den wenigen Auserwählten gehören, welche der Grüne Strahl mit seinem Erscheinen beehrt hatte.

»Wir werden ihn noch sehen, Miß Campbell«, wiederholte Olivier Sinclair, »wir werden ihn sehen, und wenn ich ihn selbst anzünden sollte! Es war ja mein

Fehler, daß er Ihnen beim ersten Male entging, und ich bin ebenso schuldig, wie jener Herr Ursiclos ... Ihr Verwandter ... wenn ich nicht irre?«

»Nein, mein Bräutigam ... wie es scheint ...« antwortetet heute Miß Campbell und entfernte sich mit einiger Hast, um sich ihren Onkels anzuschließen, welche unfern von ihr gingen und sich die unvermeidliche Prise anboten.

Ihr Bräutigam! Es war eine eigentümliche Wirkung, welche diese einfache Antwort und vorzüglich der Ton, in dem sie gegeben wurde, auf Olivier Sinclair hervorbrachte. Doch, warum hätte jener junge Pedant nicht ein Bräutigam sein können? Unter dieser Voraussetzung erklärte sich wenigstens seine Anwesenheit in Oban. Daß er das Unglück haben mußte, sich zwischen die untergehende Sonne und Miß Campbell zu stellen, daraus folgte doch noch nicht ... was folgte daraus noch nicht? Olivier Sinclair wäre sehr in Verlegenheit gekommen, das zu sagen.

Nach zweitägiger Unsichtbarkeit war Aristobulos Ursiclos übrigens wieder auf der Bildfläche erschienen. Olivier Sinclair beobachtete ihn zuweilen in Gesellschaft der Brüder Melvill, die ihm unmöglich mehr zürnen konnten. Er schien mit ihnen auf bestem Fuße zu stehen. Wiederholt waren sich auch, entweder am Strande oder in dem Salon des Caledonian-Hotels, der junge Gelehrte und der junge Künstler selbst begegnet. Die beiden Onkels hatten es nun doch für angezeigt gehalten, sie einander vorzustellen.

»Herr Aristobulos Ursiclos aus Dumfries!«

»Herr Olivier Sinclair aus Edinbourgh!«

Die beiden jungen Leute begnügten sich mit einer sehr mittelmäßigen Begrüßung, einer leichten Neigung des Kopfes, woran der etwas zu steif gehaltene Körper keinen Teil nahm. Allem Anscheine nach konnte zwischen diesen zwei Charakteren niemals irgendwelche Sympathie aufkommen. Der eine durchmusterte den Himmel, um ihm bildlich seine Sterne zu rauben, der andere um deren Elemente zu berechnen; der eine, der Künstler, ließ sich nicht verleiten, auf dem Piedestal der Kunst Stellung zu nehmen; der andere machte aus seiner Wissenschaft ein Piedestal, von welchem herab er Vorstellungen gab.

Was Miß Campbell betrifft, so schmollte sie noch immer mit Aristobulos Ursiclos. Wenn er anwesend war, so schien sie ihn gar nicht zu bemerken, wenn er vorüberkam, wendete sie sich bemerkbar weg. Mit einem Worte, und wie wir bereits oben geschildert haben, sie »coupierte« ihn mit aller Schärfe des britischen Formalismus. Die Brüder Melvill hatten genug Mühe, die Stückchen von ihm zusammenzulesen. Doch wie dem auch war, alles würde sich ja, ihrer Ansicht nach, zum Besten kehren, wenn dieser launenhafte Strahl sich ein einziges Mal sehen lassen wollte.

Dann und wann betrachtete Aristobulos Ursiclos den hübschen Olivier Sinclair über seine Brille hinweg, wie es Kurzsichtige zu tun pflegen, welche etwas sehen wollen, ohne es sich merken zu lassen. Und was er da bemerkte, die unverdrossene Zuvorkommenheit des jungen Mannes gegenüber Miß Campbell, die Liebenswürdigkeit, mit der das junge Mädchen ihm bei jeder Gelegenheit entgegenkam, alles das war nicht besonders geeignet, ihm zu gefallen. Doch hielt er sich, seiner Sache gewiß, stets reserviert.

Bei dem immer so ungewissen Himmel und vor einem Barometer, dessen beweglicher Nadel es niemals einfiel, einen festeren Stand einzunehmen, fühlten übrigens alle ihre Geduld auf sehr harte Probe gestellt. In der Hoffnung, einen dunstfreien Horizont zu finden, wäre es auch nur für wenige Augenblicke zur Zeit des Sonnenuntergangs, unternahm man noch zwei bis drei Ausflüge nach der Insel Seil, an welchen Aristobulos Ursiclos nicht teilnehmen zu sollen glaubte.

Vergebliche Mühe! Der dreiundzwanzigste August kam heran, ohne daß das Phänomen sich herabgelassen hättte, zu erscheinen.

Diese Phantasie nahm allmählich die Gestalt einer fixen Idee an, welche einer anderen gar keinen Raum ließ. Das steigerte sich bis zum Zustand der Besessenheit. Man träumte davon Tag und Nacht, so daß eine neue Art Monomanie zu entstehen drohte – zu einer Zeit, wo man solche überhaupt nur noch schwer zählen kann. Unter dieser Beeinflussung des Geistes verwandelten sich alle Farben in eine einzige, der blaue Himmel erschien grün, die Landstraßen sahen grün aus, der Strand war grün, die Felsen waren grün, Wasser und Wein schimmerten grün wie Absinth! Die Brüder Melvill bildeten sich ein, in grüner Kleidung einherzugehen und hielten sich für ein paar Papageien, welche grünen Tabak aus grüner Dose schnupften. Mit einem Wort, es war eine grüne Tollheit! Alle erschienen von einer Art Daltonismus befallen, und Augenärzte hätten hier Gelegenheit gehabt, ihre ophtalmologischen Revuen mit interessanten Memoiren zu bereichern. Das konnte nicht lange dauern.

Glücklicherweise kam Olivier Sinclair ein rettender Gedanke.

»Miß Campbell«, begann er eines Tages, »und Sie, meine Herren Melvill, es scheint mir doch, alles in allem, daß wir in Oban recht schlecht daran sind, um das fragliche Phänomen zu betrachten.«

»Und wen trifft dieser Fehler?« antwortete Miß Campbell, während sie die beiden Schuldigen, welche beschämt die Köpfe senkten, scharf ansah.

»Hier gibt es keinen Meereshorizont«, fuhr der junge Künstler fort. »Wir sind deshalb genötigt, einen solchen allemal auf der Insel Seil zu suchen, und laufen Gefahr, uns gerade in dem geeigneten Augenblick nicht dort zu befinden.«

»Das liegt auf der Hand«, stimmte Miß Campbell zu. »Ich weiß in der Tat nicht, wie meine Onkels dazu gekommen sind, gerade diesen entsetzlichen Platz für unsere Beobachtungen zu wählen.«

»Liebe Helena«, antwortete Bruder Sam, ohne recht zu wissen, was er sagen sollte, »wir haben geglaubt . . .«

»Ja . . . geglaubt . . . daß dasselbe . . .«, fügte Bruder Sib hinzu, um ihm zu Hilfe zu kommen.

»Daß die Sonne es nicht unter ihrer Würde finden würde, jeden Abend an dem Horizonte von Oban unterzugehen.«

»Weil Oban doch am Meere liegt.«

»Ihr habt eben eine sehr falsche Vorstellung gehabt, liebe Onkels, eine ganz falsche, da sie, von hier gesehen, nicht ins Meer versinkt.«

»Leider«, stammelte Bruder Sam. »Wenn nur diese verwünschten Inseln nicht wären, welche uns die Aussicht auf das offene Meer rauben.«

»Ihr verlangt doch nicht etwa, daß sie in die Luft gesprengt werden sollen?« fragte Miß Campbell.

»Das wäre ganz sicher schon geschehen, wenn's überhaupt möglich wäre«, erklärte Bruder Sib in entschlossenem Tone.

»Wir können uns aber nicht auf der Insel Seil niederlassen«, bemerkte Bruder Sam.

»Und warum nicht?«

»Liebe Helena, wenn du es unbedingt willst . . .«

»Unbedingt!«

»So brechen wir dahin auf!« antworteten Bruder Sib und Bruder Sam resignierten Tones.

Und die beiden opferwilligen Wesen erklärten sich sofort bereit, Oban zu verlassen.

Da nahm Olivier Sinclair noch einmal das Wort.

»Miß Campbell«, sagte er, »gern bereit, Ihren Willen zu erfüllen, glaube ich doch, daß wir noch etwas Besseres tun könnten, als nach der Insel Seil überzusiedeln.«

»Reden Sie, Herr Sinclair, und wenn Ihr Vorschlag noch besser ist, werden meine Onkels sich nicht weigern, ihn zu befolgen.«

Die Brüder Melvill verneigten sich mit so automatischer Bewegung, daß sie sich vielleicht noch nie so ähnlich gesehen hatten, wie in diesem Augenblicke.

»Die Insel Seil«, erklärte Olivier Sinclair, »ist wirklich nicht geeignet, auf derselben längere Zeit zu wohnen, wenn das auch für wenige Tage angehen möchte. Wenn Sie gezwungen sind, Geduld zu üben, Miß Campbell, so darf das doch nicht auf Kosten Ihres Wohlbefindens geschehen. Ich habe mich auch überzeugt, daß von Seil aus der Blick nach dem Meere durch die Gestaltung der Insel sehr eingeengt ist. Wenns das Unglück wollte, daß wir über Erwarten lange warten müßten, wenn unser Aufenthalt daselbst sich vielleicht gar über einige Wochen ausdehnte, könnte es kommen, daß die Sonne, welche jetzt nach Westen zu zurückweicht, endlich hinter der Insel Colonsay, der Insel Oronsay oder gar hinter Groß-Islay verschwände, und aus Mangel an hinreichendem Rundblick jede Beobachtung unmöglich machte.«

»Wahrhaftig«, sagte Miß Campbell, »das wäre der letzte Schlag des neidischen Geschicks . . .«

»Dem wir sehr leicht entgehen können, indem wir eine mehr außerhalb des Archipels der Hebriden gelegene Station aufsuchen, vor der sich der Atlantische Ozean in voller Unendlichkeit ausbreitet.«

»Und wäre Ihnen eine solche bekannt, Herr Sinclair?« fragte Miß Campbell lebhaft.

Die Brüder Melvill hingen gespannt an den Lippen des jungen Mannes. Was würde er antworten? Wohin, zum Teufel, würde sie die Phantasie ihrer Nichte zuletzt noch verschleppen?

Die Antwort Olivier Sinclairs brachte auf sie jedoch eine beruhigende Wirkung hervor.

»Miß Campbell«, sagte er, »nicht weit von hier liegt eine Station, die mir alle günstigen Bedingungen zu vereinigen scheint. Sie befindet sich unter jenen Höhen der Insel Mull, welche den Horizont im Westen von Oban begrenzen. Es ist eine der kleinen Hebriden, die am weitesten in den Atlantischen Ozean vorgeschoben liegt, die reizende Insel Jona.«

»Jona!« rief Miß Campbell, »Jona, meine Herren Onkels, und da sind wir noch nicht?«

»Morgen werden wir da sein«, erwiderte Bruder Sib.

»Morgen noch vor Sonnenuntergang«, fügte Bruder Sam hinzu.

»So begeben wir uns dorthin«, erklärte Miß Campbell, »und wenn wir auch in Jona unerwarteterweise einen nicht hinreichend ausgebreiteten Horizont antreffen, so wißt, liebe Onkels, daß wir nach einem anderen Punkt an der Küste suchen werden, von John O'Groats am nördlichen Ende Schottlands bis nach Land's End, an der Südspitze Englands, und wenn selbst das noch nicht hinreichend sein sollte ...«

»Das ist ganz einfach«, fiel Olivier Sinclair ein, »dann fahren wir eben um die ganze Erde!«

Dreizehntes Kapitel

Die Wunder des Meeres

Wer sich ganz verzweifelt stellte, als er den Entschluß seiner Gäste erfuhr, das war der Wirt des Caledonian-Hotels. Als ob Meister Mac Fyne, wenn er es gekonnt hätte, alle die Inseln und Eilande nicht hätte sprengen lassen, welche in Oban die Aussicht auf das Meer beschränkten! Er tröstete sich übrigens, sobald sie abgereist waren, unter dem Ausdruck des größten Bedauerns, eine solchen Familie von Monomanen beherbergt zu haben.

Um acht Uhr des Morgens schifften sich die Brüder Melvill, Miß Campbell, Frau Beß und Patridge auf dem »Swift Steamer Pioneer« – so lautete es im Prospekt – ein, der die Insel Mull umsegelt, dabei in Jona und auf Staffa anlegt und gegen Abend wieder in Oban eintrifft.

Olivier Sinclair befand sich schon vor seinen Begleitern am Hafen an der Pfahlbrücke und erwartete jene auf der Kommandobrücke, welche von einem Radkasten des Dampfers zum anderen reichte.

Von Aristobulos Ursiclos war bezüglich dieser Reise nicht weiter die Rede. Die Brüder Melvill hatten inzwischen geglaubt, ihn von der plötzlichen Ortsveränderung benachrichtigen zu sollen. Die einfachste Höflichkeit verlangte diesen Schritt, und sie gehörten zu den höflichsten Leuten der Welt.

Aristobulos Ursiclos hatte die Mitteilung der beiden Onkels ziemlich kühl angehört und sich einfach begnügt, ihnen zu danken, ohne etwas von seinen eigenen Projekten zu erwähnen.

Die Brüder Melvill zogen sich darauf zurück, indem sie sich wiederholten, daß, wenn ihr Günstling sich so äußerst reserviert zeigte, und wenn Miß Campbell gegen ihn jetzt auch eine gewisse Abneigung fühlen mochte, daß alles in Folge eines einzigen schönen Herbstabends vorübergehen werde, wenn nur ein reiner Sonnenuntergang sich gefunden hatte, mit dem die Insel Jona hoffentlich nicht geizen würde.

Als alle Passagiere an Bord waren, wurden die Sorrtaue beim dritten Ertönen der Dampfpfeife losgeworfen, und der »Pioneer« glitt in der Richtung nach Süden davon, aus der Bai hinaus und nach der Meerenge von Herrera zu.

Er führte an Bord eine gewisse Anzahl jener Touristen, welche zwei- oder dreimal in jeder Woche diese reizende Rundfahrt um die Insel Mull, die nur zwölf Stunden in Anspruch nimmt, herbeilockte. Miß Campbell und ihre Gefährten sollten dieselbe jedoch schon beim ersten Landungsplatz verlassen.

Es verlangte sie wirklich, in Jona, d. h. auf ihrem neuen, offenen Beobachtungsfelde anzukommen. Das Wetter war prächtig und das Meer still wie ein Landsee. Die Überfahrt verlief höchst angenehm. Wenn auch der heutige Abend die Erfüllung ihrer Wünsche noch nicht bescheren sollte, nun so würden sie eben geduldig warten, nachdem sie sich auf der Insel eingerichtet hatten. Hier hofften sie, werde der Vorhang sich schon einmal heben, mindestens waren sie jeden Augenblick auf dem Schauplatze. Eine Verzögerung konnte nur durch schlechte Witterung bedingt sein.

Kurz vor Mittag schon wurde das Ziel der Reise erreicht. Der rasche »Pioneer« dampfte die Straße von Kerrera hinab, bog um die Südspitze der Insel herum, glitt über die weite Öffnung des Firth of Lorn hinweg, ließ zur linken Colonsay mit der alten, im vierzehnten Jahrhundert von den berühmten Lords der Inseln gestifteten Abtei, und hielt sich dann dicht an der Küste der im offenen Meere gelegenen Insel Mull, welche einer ungeheuren Krabbe ähnelt, deren eine Schere sich leicht nach Südwesten hin abneigt. Einen Moment zeigte sich auch der Ben More in einer Höhe von dreitausendfünfhundert Fuß über den entfernten, schroffen und rauhen Hügeln, deren natürlichen Schmuck nur vereinzelte Gesträuche bilden, während der Gipfel des genannten von Rinderherden belebte Weiden beherrscht, welche die Spitze von Ardananlish mit ihrer imposanten Bergmasse steil abschließt.

Das hübsche Jona erschien nun am nordwestlichen Horizonte, fast an der äußersten Schere der Insel Mull. Von dort aus erstreckte sich das ungeheure Atlantische Meer ohne Grenzen in die Weite.

»Sie lieben wohl den Ozean, Herr Sinclair?« fragte Miß Campbell ihren jungen Begleiter, der noch immer auf der Kommandobrücke des »Pioneer« sitzend das schöne Bild vor sich betrachtete.

»Ob ich ihn liebe, Miß Campbell«, antwortete er. »Oh, und ich gehöre nicht zu jenen Unwürdigen, welche das Leben desselben einförmig finden. Meinen Augen scheint nichts abwechslungsreicher als sein Anblick, aber man muß das Meer unter verschiedenen Verhältnissen beobachtet haben. In Wahrheit bietet es eine solche Fülle wunderbar miteinander vermischter Nuancen, daß es für einen Maler vielleicht schwerer ist, die scheinbar einförmige und doch verschiedene Gesamtwirkung wiederzugeben, als ein Gesicht getreu zu malen, wenn dessen Physiognomie auch eine noch so lebhafte ist.«

»Gewiß«, sagte Miß Campbell, »es verändert sich unausgesetzt, selbst ohne jeden Wind, und wechselt je nach dem Lichte, daß sich darin spiegelt, jede Stunde.«

»Betrachten Sie es zum Beispiel eben jetzt, Miß Campbell«, fuhr Olivier Sinclair fort. »Es ist vollkommen ruhig. Könnte man nicht sagen, es gliche einem schönen schlummernden Gesicht, dessen wunderbare Reinheit nichts trübt? Es hat kein Fältchen, es ist jung und schön. Ja, es bildet einen ungeheuren Spiegel, aber einen Spiegel, welcher das Bild des Himmels wiedergibt und in dem Gott sich sehen kann.«

»Ein Spiegel, der freilich unter dem Wüten des Sturmes nicht selten anläuft!« setzte Miß Campbell hinzu.

»Oh«, erwiderte Olivier Sinclair, »das bringt eben die große Verschiedenheit im Aussehen des Ozeans hervor. Sobald nur ein leichter Wind aufspringt, verändert sich das Gesicht, bekommt Furchen, seine Stirn schmückt sich mit weißen Haaren, es altert gleichsam einen Augenblick und sieht um hundert Jahre älter aus, aber es bleibt doch immer prachtvoll mit seiner wunderbaren Phosphoreszenz und den kochenden Schaumkämmen.«

»Glauben Sie, Herr Sinclair«, fragte Miß Campbell, »daß je der größte Maler im Stande wäre, alle Schönheiten des Meeres auf der Leinwand wiederzugeben?«

»Das glaub' ich nicht, Miß Campbell, und wie wäre das auch möglich? Das Meer hat keine eigentliche Farbe – es erscheint nur als ungeheure Rückstrahlung des Himmels. Ist es etwa blau? – Nein, blau kann man es nicht malen. Ist es grün? – Es läßt sich auch nicht grün darstellen. Man wird es eher treffen, wenn ich so sagen darf, während seines Wütens, wenn es düster, bleifarben und drohend aussieht, wenn es erscheint, als mischte der Himmel alle Wolken mit hinein, die er über demselben schwebend hält. Oh, Miß Campbell, je mehr ich ihn sehe, desto herrlicher finde ich ihn, diesen Ozean! Ozean! Dieses Wort sagt alles – es bedeutet das Unermeßliche! Er bedeckt mit seinen unergründlichen Tiefen grenzenlose Wiesen, denen gegenüber die unsrigen wahre Wüsteneien wären, hat Darwin behauptet. Was sind ihm gegenüber die gewaltigsten Kontinente? Einfache Inseln, umrauscht von seinen Wässern.

Er bedeckt über zwei Drittel der Erdkugel. Durch eine Art unablässigen Kreislaufs – gleich einem lebenden Geschöpf, dessen Herz in der Linie des Äquators schlüge – ernährt er sich selbst mit den Dunstmassen, die er aussendet, durch welche er die Quellen speist, die ihm als Flüsse wieder zuströmen, oder die er unmittelbar als aus seinem Busen hervorgegangenen Regen wieder aufnimmt. Ja, der Ozean, das ist die Unendlichkeit, wie der Weltraum, der sich in seinen Wellen widerspiegelt.«

»Ich liebe es, Sie mit solchem Enthusiasmus reden zu hören, Herr Sinclair«, antwortete Miß Campbell, »und ich teile diesen Enthusiasmus. Ja, ich liebe das Meer ebenso, wie Sie es nur lieben können!«

»Und Sie würden auch vor den Gefahren, die es zuweilen bietet, nicht zurückschrecken?« fragte Olivier Sinclair.

»Nein, wirklich, ich hätte keine Furcht! Kann man denn fürchten, was man bewundert?«

»Sie hätten es auch unternommen, als kühne Reisende in die Welt zu gehen?«

»Vielleicht, Herr Sinclair«, erwiderte Miß Campbell. »Jedenfalls ziehe ich unter allen Reiseberichten, die ich gelesen, diejenigen vor, deren Zweck und Ziel Entdeckungen in fernen Meeren waren. Wie oft hab' ich dieselben mit den großen Seefahrern besucht! Wie viele Male bin ich nicht mit vorgedrungen in diese unbekannten Welten, freilich nur in Gedanken; aber ich kenne doch nichts Beneidenswerteres, als die Aufgaben jener Helden, welche so Großes geleistet haben.«

»Ja, Miß Campbell, was gibt es in der Geschichte der Menschheit Erhebenderes und Schöneres als jene Entdeckungen! Zum ersten Male den Atlantischen Ozean zu durchfurchen mit Kolumbus, das Stille Meer mit Magellan, die Polarmeere mit Parry, Franklin, d'Urville und anderen – welche Träume! Ich kann kein Schiff auslaufen sehen, weder ein Kriegsschiff, noch ein Handelsfahrzeug, ja nicht einmal die kleinste Fischerschaluppe, ohne mein ganzes Sein und Wesen darauf mit einzuschiffen. Ich glaube zum Seemann geboren zu sein, und wenn diese Laufbahn nicht von Jugend auf die meinige wurde, so bedaure ich es jeden Tag!«

»Aber Sie haben doch wenigstens Seereisen ausgeführt?« fragte Miß Campbell.

»So viel ich konnte, ja«, antwortete Olivier Sinclair. »Ich habe zum Beispiel das Mittelmeer besucht von

Gibraltar bis zu den Grenzen des Morgenlandes, ein wenig den Atlantischen Ozean bis Nordamerika, dazu die nördlichen Meere Europas, und ich kenne alle die Gewässer, mit welchen die Natur England so freigebig ausgestattet hat . . .«

»Und so prächtig dazu, Herr Sinclair«

»Jawohl, Miß Campbell. Ich kenne nichts, was mit der Umgebung unserer Hebriden zu vergleichen wäre, zu denen dieser Dampfer uns hinführt. Das ist ein wirklicher Archipel, dessen Himmelsbläue vielleicht matter glänzt, als die des Orients, der dafür aber in seinen wilden Felsengebilden und dem sozusagen duftigen Horizonte mehr Poesie besitzt als jener.

Die Inselwelt Griechenlands hat eine große Gesellschaft Götter und Göttinnen geboren. Zugegeben! Sie werden dagegen leicht bemerken, daß das sehr bürgerliche Gottheiten waren, so greifbare Gestalten mit sehr materiellem Leben, welche ihre kleinen Geschäfte haben und über ihre Ausgaben Buch führen. Meiner Empfindung nach gleicht der Olymp einem mehr oder weniger gutausgestatteten Salon, in dem sich die Götter versammelten, welche etwas gar zu sehr jenen Menschen ähnelten, deren Schwachheiten sie teilten. Nicht so ist es mit unseren Hebriden! Sie sind die Wohnung übernatürlicher Wesen. Die immateriellen, ätherischen skandinavischen Gottheiten haben keine greifbare Form, keine Körper. Odin, ebenso wie Ossian und Fingal und die ganze Schar jener poetischen Phantome – alle sind sie aus Überlieferungen der Sagas hervorgegangen. Wie schön sie sind, diese Gestalten, deren Erscheinung unsere Phatansie inmitten der Nebel des Nordmeeres hervorzurufen, die sie im Schnee der hyperboreischen Regionen zu gewahren vermag! Das ist ein weit göttlicherer Olymp als der des alten Griechenlands. Diesen entstellt nichts Irdisches, und wenn man solchen Wesen würdige Wohnstätten suchen wollte, so könnte es nur das Meer der Hebriden sein. Ja, Miß Campbell, hierher trieb es mich selbst, unsere Gottheiten zu verehren, und als echtes Kind des alten Kaledonien würde ich unseren

Archipel mit seinen zweihundert Inseln, seinem bedeckten Himmel, seinen auf- und abwallenden, vom Golfstrom freundlich erwärmten Fluten, niemals gegen alle Archipele des Morgenlandes vertauschen!«

»Und der gehört uns, den Schottländern der Hochlande!« antwortete Miß Campbell, ganz entflammt von den Worten des jungen Mannes. »Uns, den Schotten aus der Grafschaft Argyle! Oh, Herr Sinclair, ich bin gleich Ihnen leidenschaftich eingenommen für unsere kaledonische Inselwelt. Sie ist so schön und ich liebe sie, wenn auch der Sturm dieselbe durchtobt.«

»Ja, sie sind göttlich, jene Inselmauern«, erklärte Olivier Sinclair. »Nichts bricht die Wut der Windstöße, welche sich nach dreitausend Meilen langem Laufe auf sie stürzen. Nur die amerikanische Küste dehnt sich gegenüber der Küste Schottlands aus. Wenn dort auf der anderen Seite des Atlantischen Meeres die furchtbaren Stürme des Ozeans aufbrausen, – hier donnern die Wogen und der Wind zuerst an das westliche Europa! – Doch was vermögen sie gegen unsere Hebriden, welche mutiger sind, als der Mann, von dem Livingstone spricht, der die Löwen nicht fürchtete, vor dem Ozean sich jedoch ängstigte, diese fest auf ihrer granitnen Unterlage aufgetürmten Inseln, welche der Wut des Orkans und des Meeres spotten . . .«

»Das Meer! . . . Eine chemische Verbindung aus Wasserstoff und Sauerstoff nebst zweieinhalb Prozent Kochsalz! Ja, es gibt nichts Schöneres als das Wüten von Kochsalz!«

Miß Campbell und Olivier Sinclair hatten sich umgedreht, als sie diese, offenbar für sie gemeinten Worte vernahmen, welche gewissermaßen als Antwort auf ihren Enthusiasmus gelten konnten. Aristobulos Ursiclos befand sich auch auf der Kommandobrücke.

Der Unglückselige hatte dem Wunsche, Oban zu gleicher Zeit mit Miß Campbell zu verlassen, nicht widerstehen können, da er ja wußte, daß Olivier Sinclair sie nach Jona begleitete. Vor ihnen schon auf dem Schiffe, hatte er sich während der ganzen Überfahrt im Salon des »Pioneer« aufgehalten und kam erst jetzt, in Sicht der Insel, von dort hervor.

Das Wüten von Kochsalz! Welcher Dolchstoß in den schönen Traum Olivier Sinclairs und der Miß Campbell!

Vierzehntes Kapitel

Das Leben auf Jona

Inzwischen tauchte Jona – mit seinem alten Namen »die Insel der Wogen« – der Abbé-Hügel in der Mitta etwa vierhundert Fuß über der Meeresfläche emporragend, mehr und mehr auf, und der Dampfer näherte sich demselben raschen Fluges.

Gegen Mittag legte der »Pioneer« an einem aus kaum behauenen Steinen errichteten Hafendamm daselbst an, den das oftmals darüber spülende Wasser im Laufe der Zeit ganz grün gefärbt hatte. Die Passagiere gingen ans Land, die einen, und zwar die Mehrzahl, um sich schon nach einer Stunde wieder einzuschiffen und durch die Meerenge von Mull nach Oban zurückzukehren, die anderen in kleinerer Zahl, wir wissen ja welche, mit der Absicht, auf Jona zu bleiben.

Die Insel besitzt keinen eigentlichen Hafen. Ein Steinwall schützt eine der kleinen Einbuchtungen gegen die heranrollenden Wellen – nichts weiter. Hierher flüchten sich während der schönen Jahreszeit einige Lustyachten und Fischerboote, welche das benachbarte Meer ausbeuten.

Miß Campbell und ihre Begleiter, welche die übrigen Touristen ihrem Programm, die Insel binnen zwei Stunden zu sehen, ruhig überließen, beschäftigten sich damit, zunächst ein geeignetes Unterkommen zu finden.

Die Bequemlichkeit und Pracht der vornehmen Badeorte des Vereinigten Königreiches durfte man hier freilich nicht erwarten.

Jona mißt nämlich nur drei Meilen in der Länge, bei einer Meile Breite und zählt kaum fünfhundert Einwohner. Der Herzog von Argyle, dem es gehört, bezieht davon eine Rente von nur wenigen hundert Pfund Sterling. Hier gibt es weder eine eigentliche Stadt, noch einen Flecken, ja nicht einmal ein wirkliches Dorf; man trifft nur wenige verstreut liegende Häuser, die meisten einfache Hütten, welche wohl malerisch zu nennen sind, aber sich oft in sehr baufälligem Zustande befinden, meist keine Fenster haben, sondern einzig und allein durch die Tür Licht empfangen, verfallene Nester ohne Rauchfang, dafür mit einer Öffnung im Dache, mit Mauern von Lehm und Stroh, umgeben von Hecken aus Rosen und Heidekraut, welche mit langen Varec-Stengeln verbunden sind.

Wer würde glauben, daß Jona zu Anfang der skandinavischen Geschichte die Wiege der Religion der Druiden gewesen ist? Wer könnte ahnen, daß später, im sechsten Jahrhundert, der heilige Kolumban – ein Irländer, dessen Namen jenes auch trägt – daselbst zum Unterrichte in der neuen Religion Christi das erste Kloster Schottlands gründete, welches Mönche aus Cluny bis zur Zeit der Reformation bewohnten? Wo hatte man jetzt die ausgedehnten Baulichkeiten zu suchen, welche gleichsam das Seminar der Bischöfe und Äbte des Vereinigten Königreichs darstellten? Wo könnte man inmitten dieser Trümmer, die an Überlieferungen aus der Vergangenheit, an Manuskripten, betreffend die romanische Geschichte, so reiche Bibliothek wiederfinden, aus deren Quellen die Gelehrten jener Zeit mit so großem Gewinn schöpften? – Gegenwärtig ist von allem nichts übrig als Ruinen, hier, von wo die Zivilisation, welche den Norden Europas so tiefgreifend umgestalten sollte, ihren Ausgang nahm. Aus dem ehemaligen Sainte-Columba ist das heutige Jona geworden, mit wenigen Hunderten ungebildeter Bauern, welche dem sandigen Boden der Insel nur mühsam ihre armselige Gerstenernte abnötigen und etwas an Kartoffeln und Korn gewinnen, nebst noch wenigeren Fischern, die ihr Leben durch den Fischfang im reichen Gewässer der Hebriden fristen.

»Miß Campbell«, sagte Aristobulos Ursiclos wegwerfend beim ersten Rundblick, »glauben Sie, daß sich das mit Oban messen kann?«

»Oh, es übertrifft dasselbe!« antwortete Miß Campbell, obgleich sie ohne Zweifel dabei dachte, daß die Insel jetzt wenigstens einen Bewohner zuviel beherberge.

In Ermanglung eines Casino oder Hotels entdeckten die Brüder Melvill wenigstens eine halbwegs annehmbare Schänke, in der die Touristen absteigen, welche sich nicht mit der beschränkten Zeit begnügen, die der Dampfer ihnen zum Besuch der druidischen und christlichen Ruinen Jonas gönnt. Sie konnten sich also noch am nämlichen Tage in dem »Panzer Duncans« einquartieren, während Olivier Sinclair und Aristobulos Ursiclos jeder wohl oder übel in einer benachbarten Fischerhütte Unterkommen fanden.

Die Gemütsstimmung der Miß Campbell war jedoch eine solche, daß sie sich in ihrem kleinen Zimmerchen vor dem nach Westen hinausschauenden offenen Fenster ebenso wohl befand, wie auf der Terrasse des Hauptturmes der Villa Helenenburg, und jedenfalls besser als im Salon des Caledonian-Hotels. Hier bot sich ihrem Blicke eine unbegrenzte Fernsicht, hier unterbrach kein Eiland die Kreislinie des Horizonts, und mit Aufgebot einiger Phantasie hätte sie hier, in dreitausend Meilen Entfernung, an der entgegengesetzten Seite des Atlantischen Meeres die amerikanische Küste sehen können. In der Tat, hier hatte die Sonne eine prächtige Bühne, um die Vorstellung eines glänzenden Untergangs zu geben.

Das gemeinsame Leben ordnete sich also leicht und einfach. Die Mahlzeiten wurden in dem unteren Saale der Schänke in Gesellschaft eingenommen. Nach alter Gewohnheit setzten sich hier Beß und Patridge mit an den Tisch ihrer Herrschaft. Aristobulos Ursiclos zeigte sich hierüber vielleicht ein wenig überrascht, Olivier Sinclair dagegen fand nichts weiter dabei. Er empfand schon eine gewisse Zuneigung zu diesen zwei Dienern, welche sie ihm reichlich vergalten.

Nun führte also die Familie das alte schottische Leben in all seiner Einfachheit. Nach den Spaziergängen auf der Insel und den sie belehrenden Unterhaltungen über alte Zeiten, in welche Aristobulos Ursiclos immer zur Unzeit seine modernen Bemerkungen einflechten mußte, kam man zum Mittagsessen, und abends acht Uhr zum Abendbrot zusammen. Den Sonnenuntergang beobachtete Miß Campbell aber bei jeder Witterung, selbst bei ganz bedecktem Himmel. Wer weiß, in der untersten Wolkenzone konnte ja doch eine Lichtung, ein Spalt, eine Öffnung entstehen, um den letzten Sonnenstrahl hindurchblitzen zu lassen.

Und welche Mahlzeiten gab es da! Die echten Vollblut-Caledonier Walter Scotts, die Gäste bei einem Mittagsmahle Fergus Mac Gregors, bei einem Abendessen Oldbucks, des Antiquars, hätten an den nach altschottischer Weise hergestellten Gerichten gewiß nichts auszusetzen gehabt. Frau Beß und Patridge fühlten sich, um ein Jahrhundert zurückversetzt, ganz überglücklich, als hätten sie zur Zeit ihrer Voreltern gelebt. Bruder Sam und Bruder Sib ließen sich mit offenbarem Vergnügen die kulinarischen Leistungen gefallen, welche sie an die früher in der Familie Melvill üblichen erinnerten.

Hier die Ausrufe, welche man in dem unteren, zum Speisesaal umgewandelten Raume hörte:

»Ein wenig von den Hafermehl-Cakes, die weit schmackhafter sind, als die weichlichen Kuchen von Glasgow.«

»Und etwas von jenem ›Sowens‹ (Hafermus), das die Bewohner der Hochlande noch immer so sehr lieben.«

»Mehr vom ›Haggis‹, den unser großer Dichter Burns für wert gehalten hat, als den ersten, den besten, den nationalsten aller schottischen Puddings zu befinden.«

»Noch etwas ›Cockylecky‹! Wenn der Hahn auch etwas hart ist, so ist der Lauch, der dazu serviert wird, desto vorzüglicher!«

»Und zum dritten Male einen Teller ›Hotchpotsch‹, eine vollendetere Suppe, als je eine in der Küche der Helenenburg bereitet wurde!«

Oh, man speiste vortrefflich im »Panzer Duncans«, wenigstens solange alle zwei Tage frischer Proviant zu haben war durch Vermittlung der Dampfer, welche den Dienst zwischen den kleineren Hebriden versahen. Und man trank daselbst auch gut.

Es hätte sie nur einer sehen sollen, die Brüder Melvill, wenn sie sich, das Glas in der Hand, ein Gütchen taten, oder sich aus Humpen gegenseitige Gesundheit zutranken, aus großen Gefäßen, welche nicht weniger als vier englische Pinten faßten, und in denen der »Usquebaugh«, das nationale Bier par excellence, schäumte, oder der bessere, speziell für Gäste eingebraute »Hummok«! Und dann der aus Gerste gewonnene Whisky, dessen Gährung sich noch im Magen des Trinkenden fortzusetzen scheint. Hätte es aber an starkem Biere gemangelt, so würden sie sich auch mit dem aus Weizen destillierten »Mum« begnügt haben, selbst mit dem sogenannten »Zweipencer«, dem ja immer noch durch ein kleines Gläschen »Gin« nachzuhelfen war. In der Tat, es kam ihnen gar nicht in den Sinn, den Sherry und Portwein aus den Kellern von Helensbourgh oder Glasgow haben zu wollen.

Wenn der an allen Komfort der Neuzeit gewöhnte Aristobulos Ursiclos nicht unterlassen konnte, sich zuweilen über Gebühr zu beklagen, so schenkte dem niemand besondere Beachtung.

Wenn ihm die Zeit auf diesem kleinen Fleckchen Erde lang wurde, so enteilte sie den anderen desto schneller, und Miß Campbell zürnte gar nicht mehr über die Dünste, welche allabendlich den Horizont verschleierten.

Gewiß ist Jona nicht groß; braucht denn aber der, welcher in freier Luft zu lustwandeln liebt, dazu so ausgedehnten Raum? Kann nicht ein kleines Gartenecken denselben Reiz ausüben wie der größte königliche Park! – Es wurden also viele Spaziergänge unternommen. Olivier Sinclair bereicherte sein Skizzenbuch mit der und jener hübschen Ansicht. Miß Campbell sah ihm zu, wenn er zeichnete, und dabei verstrich ganz unbemerkt die Zeit.

Der 26., 27., 28., und 29. August vergingen ohne eine Minute Langeweile. Dieses Wildlingsleben paßte vollständig zu der wilden Insel, an deren kahlen Felsen das Meer ohne Unterlaß brandete.

Ganz glücklich, jener neugierigen, plauderhaften, alles ausspürenden Menge der Badeorte entflohen zu sein, ging Miß Campbell hier ganz so aus, wie sie es im Park der Helenenburg getan hätte, mit dem »Roquelay«, der sie gleich einer Mantille umhüllte, als Kopfschmuck nur einen einzigen »Snod«, jenes durch das Haar geflochtene Band, das den jungen Schottinnen so vorzüglich steht. Olivier Sinclair konnte sich nicht enthalten, ihre Granzie, den Liebreiz ihrer Persönlichkeit, die Anmut, welche auf ihn – und er war sich hierüber übrigens gar nicht im unklaren – so anziehend wirkte, rückhaltlos zu bewundern. Öfters lustwandelten beide plaudernd, ausschauend und träumend bis zur äußersten Strandlinie der Insel und durchsuchten nach Muscheln den Tang, der von der letzten Flut ans Land gespült worden war. Vor ihnen flatterten in zahlreichen Völkern schottische Tauchergänse auf, jene »Tamnie-nories«, die sich auf dem Anstand auf kleine, von den Brandungswellen ans Ufer geworfene Fischchen befanden, oder endlich sogenannte »Tölpel von Bassan« mit tiefschwarzem Gefieder, nur weiß an den Flügelspitzen und gelblich am Kopfe und Halse, welche speziell die Familie der Palmipeden in der Ornithologie der Hebriden repräsentieren.

Wie gerne verbrachte dann, wenn der Abend gekommen und die Sonne wie gewöhnlich in ihr Nebelbett zur Ruhe gegangen war, Miß Campbell und die übrige Gesellschaft noch vereint die ersten Stunden der Nacht auf einsamem stillen Strande. Am Himmel stiegen die flimmernden Sterne empor, und mit ihnen erwachten alle Erinnerungen an die Lieder Ossians. Inmitten tiefen Schweigens lauschten Olivier Sinclair und Miß Campbell, wie die beiden Brüder abwechselnd Verse des alten Barden, des unglücklichen Sohnes Fingals, rezitierten.

»O Stern, der Nacht vertraulicher Genosse, dess' Haupt sich strahlend aus den Wolken hebt, der majestät'schen Schrittes auf dem Azur des Firmaments vorübergleitet – was blickst du nach der Ebene herab?«

»Des Sturmes laute Stimme schweigt, am Felsenfuß nur murmeln leis' die Wellen, Libellen mit durchsicht'gen Flügeln schwirren allein noch in der heil'gen Ruh, der Nacht.«

»Du Strahlenstern, was blickst du nach der Eb'ne? Doch seh' ich schon, wie du dich freundlich lächelnd, zum fernen Rand des Horizonts herabneigst – Leb' wohl, leb' wohl, du schweigend Himmelslicht!«

Dann schwiegen auch Bruder Sam und Bruder Sib, und alle kehrten nach ihren kleinen Stübchen in der Schänke und den Fischerhütten zurück.

So wenig die Brüder Melvill indes Hellseher waren, mußten sie doch notwendig die Bemerkung machen, daß Aristobulos Ursiclos in den Augen der Miß Campbell gerade so viel verlor, wie Olivier Sinclair gewann. Die beiden jungen Männer mieden sich so viel wie möglich. Die beiden Onkels versuchten deshalb, selbst mit einiger Mühe, diese kleine Welt unter einen Hut zu bringen und gelegentliche Annäherungen herbeizuführen, sogar auf die Gefahr hin, ihre Nichte darüber schmollen zu sehen. Sie wären ja so glücklich gewesen, wenn Ursiclos und Sinclair einander nähergetreten wären, statt sich zu fliehen, statt gegenseitig eine etwas verächtliche Zurückhaltung zu beobachten. Bildeten sie sich etwa ein, daß alle Menschen Brüder sein könnten, und gar Brüder so wie sie selbst?

Endlich manövrierten sie so geschickt, daß man am 30. August übereinkam, in Gesellschaft die im Nordosten wie im Süden des Hügels des Abbés gelegenen Ruinen der früheren Kirche, des Klosters und des zugehörigen Friedhofes zu besuchen. Diese Promenade, welche den Touristen gewöhnlich nur zwei Stunden raubt, war von den neuen Bewohnern Jonas noch unterlassen worden. Das fühlten sie jetzt als einen Mangel an Höflichkeit gegen die legendenhaften Schatten der Einsiedler-Mönche, welche ehemals ihre Hütten an der Küste hatten, als einen Mangel an Rücksicht gegen die großen Toten aus königlichem Stamme, welche aus der Zeit zwischen Fergus II. und Macbeth hier der Auferstehung entgegenschlummerten.

Fünfzehntes Kapitel

Die Ruinen von Jona

An genanntem Tage brachen also Miß Campbell, die Brüder Melvill und die beiden jungen Männer gleich nach dem Frühstück auf. Es war schönes Herbstwetter, der Himmel zwar halbbedeckt, aber häufig brach ein glänzender Lichtschein durch einen Riß der nur wenig dichten Wolken, wobei die Ruinen, welche diesen Teil der Insel krönen, die am Ufer malerisch zerstreuten Felsen, ebenso wie die einzeln über das wellige Terrain Jonas hervorragenden Häuschen und das von den Liebkosungen einer leichten Brise gestreifte Meer ihr etwas trübseliges Aussehen verjüngten und unter dem Glanze der Sonnenstrahlen aufheiterten.

Heute war kein eigentlicher Besuchstag. Am Vortage hatte der fällige Dampfer wohl fünfzig Gäste an der Insel gelandet, und ebenso viele brachte er wahrscheinlich morgen; heute aber gehörte sozusagen die Insel Jona ihren neuen Bewohnern. Die Ruinen mußten also ganz verlassen sein, wenn die kleine Gesellschaft dahin gelangte.

Auf dem Wege ging es recht heiter zu. Die gute Laune Bruder Sams und Bruder Sibs steckte die andern an. Sie plauderten, gingen hier- und dorthin und streiften zwischen niedrigen Mauern aus verwittertem Gestein über die schmalen, kieselbedeckten Fußpfade hin.

Alles gestaltete sich also ganz nach Wunsch, bis

man zuerst vor dem kleinen Kreuzhügel Mac-Leans haltmachte. Dieser schöne, vierzehn Fuß hohe Monolith aus rotem Granit, der die sogenannte Main Street beherrscht, ist der einzige Überrest von dreihundertsechzig Kreuzmonumenten, welche bis zur Zeit der Reformation, gegen Mitte des sechzehnten Jahrhunderts, die Insel bedeckten.

Olivier Sinclair wollte erklärlicherweise eine Skizze dieses Monuments zeichnen, welches, an sich eine schöne Arbeit, gerade inmitten dieser kahlen, nur mit saftgrünem Grase tapezierten Ebene eine besonders schöne Wirkung hervorbrachte.

Miß Campell, die Brüder Melvill und der junge Maler gruppierten sich also etwa fünfzig Schritte von dem Kreuzhügel entfernt, um einen bequemen Überblick über dasselbe zu haben. Olivier Sinclair saß auf einem kleinen Mauervorsprunge und begann mit flüchtigen Linien den Vordergrund des Terrains zu zeichnen, auf dem sich das Kreuz Mac-Leans erhob.

Nach wenigen Augenblicken glaubten alle eine menschliche Gestalt die ersten Stufen des Kreuzhügels erklettern zu sehen.

»Sieh da«, rief Olivier Sinclair, »was hat denn jener Eindringling dort vor? Wäre er wenigstens in Mönchskutte aufgetaucht, so würde er nicht störend erscheinen, und ich hätte ihn am Fuße des alten Kreuzes als passende Staffage angebracht.«

»Es ist gewiß nur ein Neugieriger, der Ihnen die Arbeit immerhin erschweren wird«, meinte Miß Campbell.

»'s wird doch nicht Aristobulos Ursiclos sein, der uns überholt hat?« sagte Bruder Sam.

»Ja wirklich, der ist es!« erklärte Bruder Sib.

In der Tat ritt dort Aristobulos Ursiclos auf einem schmäleren Absatze des Kreuzhügels, auf den er mit einem Hammer losschlug.

Ärgerlich über diese Pietätlosigkeit des Mineralogen eilte Miß Campbell auf ihn zu.

»Was beginnen Sie denn hier, mein Herr?« fragte sie.

»Wie Sie sehen, Miß Campbell«, antwortete Aristobulos Ursiclos, »bemühe ich mich, ein Stück dieses Granits abzusprengen.«

»Wozu aber diese Manie? Ich glaubte, die Zeit der Bilderstürmer sei vorüber.«

»Ich bin kein Bilderstürmer«, verwahrte sich Aristobulos Ursiclos, »wohl aber Geologe und als solcher begierig, die Natur dieser Gesteinsart festzustellen.«

Ein heftiger Hammerschlag vollendete die Denkmalsschändung – ein Stein des Fundaments kollerte polternd zur Erde.

Aristobulos Ursiclos hob ihn auf und näherte ihn, die optische Leistungsfähigkeit seiner Brille durch eine dicke Naturforscherlupe verdoppelnd, seinen stechenden Augen.

»Ja, ja, ganz wie ich dachte«, sagte er befriedigt. »Sie sehen hier einen roten Granit von sehr dichtem, widerstandsfähigem Korn, der auf der Nonneninsel gebrochen sein muß, ganz ähnlich der Art, welcher die Baumeister des zwölften Jahrhunderts sich bei Errichtung der Kathedrale von Jona bedient haben.«

Aristobulos Ursiclos ließ sich natürlich eine so herrliche Gelegenheit nicht entgehen, einen archäologischen Vortrag vom Stapel zu lassen, den die inzwischen hinzugekommenen Brüder Melvill anhören zu müssen glaubten.

Miß Campbell war, ohne viele Umstände zu machen, zu Olivier Sinclair zurückgekehrt, und nach Vollendung der Skizze fanden sich alle im Vorhofe der Kathedrale wieder zusammen.

Dieses Denkmal der Vorzeit stellt ein ziemlich verwickeltes, eigentlich aus zwei Kirchen bestehendes Bauwerk dar, dessen festungsartig dicke Mauern und massive felsenfeste Pfeiler seit dreizehn Jahrhunderten den Angriffen der Witterung getrotzt haben.

Kurze Zeit durchwanderten die Besucher die erste Kirche, welche sich durch die Gestalt ihrer Wölbungen und die Bogenform ihrer Arkaden als romanische kennzeichnet; darauf die zweite, ein gotisches Bauwerk aus dem 12. Jahrhundert, welches das Schiff und die Transepte der ersteren bildet. So schritten sie durch diese Ruinen hin, gleichsam aus einer Epoche in die andere, über die großen Steinplatten weg, durch deren Fugen da und dort der Erdboden sichtbar war. Hier waren es gewaltige Deckelplatten über Grabhöhlen, da in den Winkeln noch aufrechtstehende Leichensteine mit erhaben ausgearbeiteten Figuren, welche den Vorübergehenden um ein Almosen anzusprechen schienen.

Alles zusammen atmete in seiner Massigkeit, seinem Ernst und Schweigen den Hauch der Poesie vergangener Zeiten.

Miß Campbell, Olivier Sinclair und die Brüder Melvill gelangten, ohne darauf zu achten, daß ihr gelehrter Begleiter zurückgeblieben war, unter die hochragende Wölbung des viereckigen Turmes – eine Wölbung, welche dereinst zum Hauptportal der ersten Kirche gehört und sich später am Durchschnittspunkte beider Bauwerke erhoben hatte.

Einige Augenblicke später ließen sich gleichmäßige Tritte auf dem hohl widerhallenden Fußboden vernehmen. Man hätte glauben können, daß eine von Geisterhauch belebte Steinfigur, gleich dem Kommandanten im Salon Don Juans schwerfällig dahinschritte.

Es war Aristobulos Ursiclos, der mit abgemessener Bewegung der Beine die Dimensionen der Kathedrale ausmaß.

»Hundertsechzig Fuß von Osten nach Westen«, verkündete er, diese Zahl in sein Notizbuch eintragend, als er nach der zweiten Kirche übertrat.

»Ah, Sie sind es, Herr Ursiclos!« sagte ironisch Miß Campbell. »Der Mineraloge hat sich zum Geometer verwandelt?«

»Und siebzig Fuß allein an der Kreuzung der Transepte«, fuhr Aristobulos Ursiclos unbeirrt fort.

»Und wie viel Zoll?« fragte Olivier Sinclair.

Aristobulos Ursiclos sah Olivier Sinclair an wie einer, der nicht weiß, ob er bös sein soll oder nicht. Zur rechten Zeit traten jedoch die Brüder Melvill dazwischen und führten Miß Campbell und die beiden jungen Männer nach dem Kloster.

Dieses Gebäude bietet freilich nur noch schwer erkennbare Überreste, obgleich es die Zerstörungen des Reformationsalters überlebte. Nach dieser Zeit diente es als Wohnung für einige fromme Kanonissinnen vom heiligen Augustin, denen der Staat hier ein Asyl gewährte. Jetzt findet sich hier nichts als traurige Ruinen alter, von Stürmen und dem Zahne der Zeit zerstörter Klosterherrlichkeit, eines Bauwerks, das weder wetterfeste Gewölbe, noch romanische Pfeiler hatte, um straflos den Unbilden eines nördlichen Klimas trotzen zu können.

Nachdem die Besucher in Augenschein genommen, was von dem einst so blühenden Kloster übrig war, konnten sie noch die besser erhaltene Kapelle bewundern, deren innere Größenverhältnisse Aristobulos Ursiclos nicht feststellen zu müssen glaubte. Dieser entweder minder alten oder solider als die Refektorien und Zellen des Klosters erbauten Kapelle fehlte nichts als das Dach; der hohe Chor dagegen, der noch unversehrt vorhanden ist, bildet ein von Altertumskennern sehr geschätztes Meisterwerk der Architektur.

Im westlichen Teile der Kapelle erhebt sich das Grab derjenigen, welche als letzte Äbtissin der Schwesterngemeinschaft vorstand. Auf dessen Marmorplatte erkennt man eine Gestalt der heiligen Jungfrau zwischen zwei Engeln, und darüber eine Madonna mit dem Christuskinde in den Armen.

»So wie die heilige Jungfrau mit dem Stuhle und die Sixtinische Madonna, die einzigen Muttergottesbilder Rafaels, welche die Augenlider nicht gesenkt haben, so blickt auch diese offen hinaus, und es sieht aus, als ob ihre Augen lächelten!«

Diese Bemerkung der Miß Campbell traf sozusagen den Nagel auf den Kopf, hatte aber doch kein anderes Resultat, als auf den Lippen Aristoblulos Ursiclos' ein ziemlich spöttisches Zucken hervorzurufen.

»Wo haben Sie, Miß Campbell, gelernt«, sagte er, »daß Augen jemals lächeln könnten?«

Vielleicht hatte Miß Campbell nicht übel Lust, zu antworten, daß man bei Betrachtung der seinigen diese Beobachtung wohl niemals werde machen können, sie schwieg jedoch still.

»Es ist ein allgemein verbreiteter Fehler«, fuhr Aristobulos Ursiclos fort, als dozierte er hier ex cathedra, »vom Lächeln der Augen zu sprechen. Die Organe des Gesichtssinnes entbehren vollständig der Ausdrucksfähigkeit, wie die Okulistik lehrt. Beweis: Bedecken Sie ein Gesicht mit einer Larve, betrachten Sie durch dieselbe die Augen, und ich gehe jede Wette ein, daß Sie unmöglich werden unterscheiden können, ob dasselbe heiter, traurig oder wütend aussieht.«

»Ah, wirklich?« antwortete Bruder Sam, der sich für diese beiläufige Aufklärung zu interessieren schien.

»Ich wußte das auch nicht«, setzte Bruder Sib hinzu.

»Es ist jedoch so«, versicherte Aristobulos Ursiclos, »und wenn ich eine Larve zur Hand hätte . . .«

Der bewundernswerte junge Mann hatte indes keine Larve, und das Experiment zur Beseitigung jedes etwaigen Zweifels mußte leider unterbleiben.

Überdies hatten Miß Campbell und Olivier Sinclair das Kloster schon verlassen und sich nach der Gräberstätte Jonas begeben.

Diese Örtlichkeit trägt den Namen »Reliquarium von Oban«, zur Erinnerung an jenen Genossen des heiligen Kolumban, dem man die Errichtung der Kapelle verdankt, deren Ruinen sich mitten in diesem Totenfelde erheben.

Es ist eine merkwürdige Stelle, dieses von Leichensteinen bedeckte Terrain, auf, oder vielmehr in dem achtundvierzig schottische Könige, acht Vizekönige der Hebriden, vier Vizekönige von Irland und ein französischer König ruhen, dessen Name ebenso in Vergessenheit geraten ist, wie der eines vorhistorischen Herrschers. Umrahmt von langem Eisengeländer, bedeckt mit dicht nebeneinander liegenden Steinplatten, könnte man hier leicht glauben, eine Art Feld von Karnac vor sich zu haben, dessen Steine Gräber und nicht Druidenfelsen wären.

Unter ihnen, mitten in magerem Grün, zeichnet sich der Granitblock eines Königs von Schottland aus, jenes Duncan, der durch die düstere Tragödie Macbeth so weit bekannt werden sollte. Von diesen Steinen zeigen einige nur Ornamente in geometrischen Linien, andere roh bearbeitete verschiedene wilde Keltenkönige, welche mit aller Steifheit eines Kadavers vor dem Beschauer liegen.

Wie viele Erinnerungen schweben über dieser Totenstadt Jonas! Wie lebhaft wird die Phantasie erregt, wenn man dieses Saint-Denis der Hebriden durchstreift!

Wie könnte jemand dabei die Strophe Ossians vergessen, zu der er sich offenbar an Ort und Stelle selbst begeistern ließ?

»Fremdling, Du irrest hier auf heldenbesäetem Boden! Singe zuweilen den Preis, den Ruhm der berühmtesten Toten, daß die flüchtigen Schatten derselben freundlich sich sammeln im Kreise um Dich!«

Miß Campbell und ihre Gefährten waren in schweigende Betrachtung versunken. Sie brauchten sich nicht über einen beeidigten Führer zu ärgern, der, wenn er Touristen begleitet, den Schleier so fern zurückliegender Geschichte mit plumpen Händen zerreißt. Ihrem geistigen Auge erschienen sie alle wieder, die Nachkommen des Lords der Insel, Angus Oy, des Gefährten Robert Bruces, des Waffenbruders dieses Helden, der so mannhaft für die Unabhängigkeit seines Landes kämpfte.

»Ich würde hierher lieber bei einbrechender Dunkelheit zurückkehren«, sagte Miß Campbell. »Diese Stunde scheint mir geeigneter, alte Erinnerungen zu wecken. Ich sähe da den Leichnam des unglücklichen Duncan bringen und hörte die Bemerkungen der Totengräber, wenn sie ihn zu seinen Ahnen in die geweihte Erde betten. Nicht wahr, Herr Sinclair, das wäre doch die günstigste Zeit, die Geister zu rufen, welche den Friedhof der Könige bewachen?«

»Gewiß, Miß Campbell, und ich denke, sie würden nicht verweigern, auf den Ruf Ihrer Stimme zu erscheinen.«

»Wie, Miß Campbell, Sie glauben an Gespenster?« rief Aristobulos Ursiclos.

»Ich glaube daran, mein Herr, glaube als echte Schottin daran«, erwiderte Miß Campbell.

»Sie wissen aber sicherlich, daß das alles nur Sache der Einbildung ist, daß nichts Unwesenhaftes existiert!«

»Wenn es mir dennoch gefällt, daran zu glauben!« antwortete Miß Campbell, etwas gereizt durch diesen unzeitgemäßen Widerspruch. »Wenn es mir Vergnügen macht, an die häuslichen Brownies zu glauben, welche das Mobiliar des Hauses behüten, an Hexen, welche man erscheinen lassen kann, wenn man Runenverse deklamiert; an Walküren, diese Schicksalsjungfrauen der skandinavischen Mythologie, welche mit den in der Schlacht gefallenen Kriegern durch die Lüfte davonschweben; an alle die gütigen Feen, die unser Dichter Burns in Liedern besang, welche kein echter Sohn der Hochlande je vergessen kann:

Es tanzen heute nacht die Feen auf Cassilis Dawnans, sie flüchten dann scheu zurück bei bleichem Mondschein nach Galzean, um durch die Goven hurtig, inmitten Fels und Bach, den Reihen zu schlingen.«

»Oh, Miß Campbell«, nahm der halsstarrige Querkopf wieder das Wort, »meinen Sie denn, daß die Dichter solcher Schöpfungen ihrer Phantasie selbst Glauben beimessen?«

»Ganz gewiß, Herr Aristobulos Ursiclos«, antwortete Olivier Sinclair, »sonst würde ihre Poesie den falschen Klang haben, wie jedes Werk, das nicht aus tiefer Überzeugung entsteht.«

»Sie auch, mein Herr?« versetzte Aristobulos Ursiclos, »ich hielt Sie für einen Maler, nicht für einen Dichter.«

»Das ist ganz dasselbe«, erklärte Miß Campbell, »die Kunst ist immer ein und dieselbe, nur unter verschiedenen Formen.«

»Nein, nein, das kann ich nicht zugeben!... Sie glauben nicht an die Götterlehre der alten Barden, deren erregtes Gehirn eingebildete Gottheiten erschuf!«

»Ah, Herr Ursiclos«, mischte sich da Miß Campbell fast verletzt ein, erniedrigen Sie nicht in solcher Weise diejenigen unserer Vorfahren, welche unser altes Schottland besungen haben!«

»Nein, lauschen Sie ihren Worten«, fuhr Bruder Sib fort, dem die schönen Zitate aus seinen Lieblingsdichtern wieder auf der Zunge lagen. »Ich liebe die Gesänge der Barden; ich höre gern den Erzählungen aus vergangenen Zeiten zu; sie sind für mich wie die Ruhe des Morgens, wie die Frische des Taues, der die Hügel erquickt...«

»Wenn dann die Sonn' auf ihre Lehnen, nur noch die langen Strahlen schickt, wenn in des Tales kühlem Grunde der blaue See so friedlich ruht!« setzte Bruder Sam hinzu.

Ohne Zweifel hätten die beiden Onkels fortgefahren, sich immer mehr an ihren Ossianischen Gesängen zu berauschen, wenn Aristobulos Ursiclos sie nicht rauh unterbrochen hätte, indem er sagte:

»Meine Herren, haben Sie jemals einen einzigen dieser vermuteten Genien gesehen, von denen Sie mit solchem Enthusiasmus sprechen? Nein! Und kann man sie überhaupt sehen? Auch nicht, nicht wahr?«

»Darin liegt eben Ihr Irrtum, mein Herr, und ich beklage Sie, dieselben niemals wahrgenommen zu haben«, entgegnete Miß Campbell, die ihrem Widersacher nicht um die Breite eines Geisterhaares nachgegeben hätte. »Man sieht sie überall erscheinen in den Hochlanden Schottlands, wenn sie durch die langen öden Talgründe schweben, sich aus dem Grunde der Schluchten erheben, über die Oberfläche der Seen gleiten, in dem friedlichen Gewässer unserer Hebriden sich tummeln, und noch scherzen inmitten der Stürme, die der nordische Winter entfesselt. Und warum könnte beispielsweise jener Grüne Strahl, den ich mit aller Ausdauer verfolge, nicht vielleicht die Schärpe einer Walküre sein, deren flatterndes Ende sie durch das Wasser am Horizonte schleift?«

»O nein«, rief Aristobulos Ursiclos, »davon kann keine Rede sein. Ich will Ihnen besser sagen, welche Bewandnis es mit Ihrem Grünen Strahl hat.«

»Sprechen Sie es nicht aus, mein Herr«, bat Miß Campbell, »ich mag es nicht wissen.«

»Und doch«, widersprach ihr Aristobulos Ursiclos, den der kleine Streit in die Hitze gebracht hatte.

»So verbiete ich es Ihnen ...«

»Und ich werd' es dennoch sagen, Miß Campbell. Der letzte Strahl, den die Sonne in dem Augenblicke aussendet, wo der obere Rand ihrer Scheibe den Horizont gerade berührt, erscheint, wenn er überhaupt noch grün ist, wahrscheinlich nur deshalb in dieser Farbe, weil er dieselbe erhält, wenn er die dünne Wasserschicht durchdringt ...«

»Schweigen Sie, Herr Ursiclos! ...«

»Im Fall dieses nicht ganz natürlicherweise dem glühenden Rot der plötzlich versunkenen Sonnenscheibe folgt, dessen Eindruck unser Auge noch bewahrt hat, weil nach der Lehre der Optik Grün dessen Komplementärfarbe ist.«

»Ach, mein Herr, Ihre physikalischen Anschauungen ...«

»Meine Anschauungen, Miß Campbell, stimmen mit den Tatsachen überein«, antwortete Aristobulos Ursiclos, »und ich behalte mir vor, über diesen Gegenstand eine Abhandlung zu veröffentlichen.«

»Wir wollen aufbrechen, liebe Onkels«, rief Miß Campbell wirklich ärgerlich, »Herr Ursiclos würde mir mit seinen Erklärungen zuletzt meinen Grünen Strahl gründlich verderben!«

Da kam ihr Olivier Sinclair zu Hilfe.

»Mein Herr«, sagte er, »ich glaube gern, daß Ihre Abhandlung über den Grünen Strahl ganz bemerkenswert ausfallen wird, aber gestatten Sie mir ein anderes, vielleicht noch interessanteres Thema vorzuschlagen.«

»Und welches, mein Herr«, fragte Aristobulos Ursiclos, sich in die Brust werfend.

»Es ist Ihnen jedenfalls nicht unbekannt, daß einige Gelehrte höchst wissenschaftlich die brennende Frage behandelt haben: ›Über den Einfluß der Schwänze der Fische auf die Wellenbildung im Weltmeere?‹«

»Mein Herr...«

»Ich kann Ihren tiefsinnigen Studien auch noch einen anderen würdigen Gegenstand bezeichnen: ›Über den Einfluß der Blasinstrumente auf das Entstehen der Stürme‹.«

Sechzehntes Kapitel

Zwei Flintenschüsse

Am folgenden und während der ersten Tage des September sah man Aristobulos Ursiclos nicht wieder. Hatte er Jona mit dem Touristen-Dampfer verlassen, nachdem er sich überzeugt, daß er an der Seite der Miß Campbell nur seine Zeit verliere?

Niemand hätte es sagen können. Jedenfalls tat er wohl daran, sich nicht wieder zu zeigen. Er erweckte in dem jungen Mädchen jetzt nicht mehr das Gefühl der Gleichgültigkeit, sondern mehr das des wirklichen Abscheus. Wie konnte er auch deren Strahl seiner poetischen Natur entkleiden, deren Träumereien zu materialisieren, die flatternde Walkürenschärpe in ein ganz gewöhnliches optisches Phänomen zu verwandeln wagen! Vielleicht hätte sie ihm alles verziehen, nur das allein gewiß nicht.

Die Brüder Melvill erhielten nicht einmal Erlaubnis, Nachforschungen anzustellen, was aus Aristobulos Ursiclos geworden war.

Wozu auch? Was hätten sie ihm sagen können, was konnten sie noch hoffen? Vermochten sie trotz alledem noch an die geplante Verbindung zwischen zwei so antipathischen Wesen zu denken, welche der Abgrund trennt, der zwischen gemeiner Prosa und hochfliegender Poesie gähnt, der eine mit seiner Manie, alles auf trockene wissenschaftliche Formeln zurückzuführen, die andere mit ihrem Ideal lebend, das die Ursache verachtet und sich mit den Eindrücken begnügt?

Inzwischen hatte Patridge, den Frau Beß dazu drängte, in Erfahrung gebracht, daß der »junge alte Gelehrte«, wie er ihn bezeichnete, keineswegs abgereist sei, sondern noch immer die Fischerhütte bewohne, in der er auch seine Mahlzeiten einsam verzehre.

Das Wichtigste blieb es immerhin, daß man Aristobulos Ursiclos nicht mehr zu sehen bekam. In Wahrheit streifte er, wenn er sich nicht auf sein Zimmerchen beschränkte, in dem ihn gewiß ein hohes wissenschaftliches Problem beschäftigte, mit der Flinte auf dem Rücken am flachen Strand des Ufers und machte da seiner üblen Laune durch eine wirkliche Schlächterei unter den schwarzen Trauerenten und Möwen Luft, welche hier ja zu nichts da wären. Bewahrte er noch einige Hoffnung? Tröstete er sich damit, daß Miß Campbell nach Befriedigung ihrer Sehnsucht nach dem Grünen Strahl wieder mildere Saiten gegen ihn aufziehen werde? Seinem ganzen Charakter nach war das wenigstens möglich.

Da erlebte er aber eines Tages ein recht unangenehmes Abenteuer, welches für ihn ohne das edelmütige und unerwartete Dazwischentreten seines Rivalen recht schlimm hätte auslaufen können.

Es war am Nachmittag des 2. September. Aristobulos Ursiclos hatte sich aufgemacht, die Felsen zu untersuchen, welche die äußerste Südspitze von Jona bilden. Eine dieser Granitmassen, ein sogenannter »Stack«, erregte seine Aufmerksamkeit so sehr, daß er dessen Gipfel zu erklettern beschloß. Es war das übrigens ein ziemlich unkluges Unterfangen, denn der Felsen zeigte nur sehr abhängige, wohl gar etwas schlüpfrige Oberflächen, auf denen der Fuß keinen festen Halt finden konnte.

Aristobulos Ursiclos ließ sich freilich von solchen Zufälligkeiten nicht abschrecken. Er begann also an den Wänden hinaufzuklimmen, indem er sich an einzelnen da und dort verstreuten Pflanzen anhielt, und erreichte auch wirklich, zwar mit vieler Mühe, den Gipfel des Stack.

Dort angelangt, überließ er sich sogleich seinen gewohnten mineralogischen Liebhabereien; aber als er wieder hinunterklettern wollte, gestaltete sich das wesentlich schwieriger. Nachdem er sorgfältig gerpüft, an welcher Seite der Wand er noch am besten hinabgleiten könne, wagte er wirklich das kühne Unternehmen. Da glitt ihm auch schon der Fuß aus, er rutschte hinunter, ohne sich erhalten zu können, und wäre ohne Gnade in die heftige Brandung gestürzt, wenn ihn nicht mitten im Fallen ein abgebrochener Baumstamm aufgehalten hätte. Aristobulos befand sich hiermit in einer ebenso gefährlichen, wie lächerlichen Lage. Er konnte weder aufwärtsklettern, noch weiter hinunter gelangen.

So verging eine Stunde, und wer weiß was noch geschehen wäre, wenn Olivier Sinclair nicht zufällig, mit seiner Malertasche auf dem Rücken, nach dieser Stelle gekommen wäre.

Er hörte Hilferufe und blieb stehen. Unwillkürlich mußte er lachen, Aristobulos Ursiclos dreißig Fuß hoch in der Luft schweben und hin und her schwanken zu sehen, wie die geflochtenen Puppen vor den Schänken; natürlich aber zögerte er keinen Augenblick, ihn mit eigener Gefahr aus dieser peinlichen Lage zu befreien.

Das ging freilich nicht ohne Mühe. Olivier Sinclair sah sich genötigt, selbst den Gipfel des Stack zu erklimmen, um den Gehenkten da hinaufzulotsen und ihn nachher beim Abstieg auf der anderen Seite zu unterstützen.

»Herr Sinclair«, so lauteten des gelehrten Toren erste Worte, »ich habe den Neigungswinkel, den diese Wand mit der Senkrechten macht, falsch berechnet; deshalb mußte ich ausgleiten und dann hängenbleiben . . .«

»Herr Ursiclos«, sagte Olivier Sinclair, »ich schätze

mich glücklich, daß der Zufall mir gestattete, Ihnen zu Hilfe zu kommen.«

»So empfangen Sie wenigstens meinen Dank . . .«

»O gar nicht nötig, mein Herr! Sie würden gewiß das nämliche für mich getan haben.«

»Nun also, auf Gegenseitigkeit!«

Damit trennten sich die beiden jungen Leute.

Olivier Sinclair glaubte nicht von diesem Vorfalle sprechen zu sollen, der ihm auch von zu geringer Wichtigkeit erschien. Aristobulos Ursiclos erwähnte desselben natürlich erst recht gegen niemand; im Grunde aber hielt er gar viele Stücke auf seine heile Haut und wußte es seinem Rivalen Dank, ihn aus der Klemme gezogen zu haben.

Und der berühmte Strahl? Wir müssen gestehen, daß er sich gewaltig bitten ließ. Doch war nicht mehr viel Zeit zu verlieren. Die Herbstzeit mußte den Himmel nun bald mit ihrem Nebelschleier bedecken; dann gab es aber jedenfalls keine klaren Abende mehr, mit denen der September in so hohen Breiten überhaupt ziemlich geizt; keinen reinen Horizont mehr, dessen Linie eher von dem Zirkel eines Geometers, als von dem Pinsel eines Malers gezogen scheint. Sollte man also zuletzt darauf verzichten müssen, die seltene Erscheinung zu sehen, welche die Gesellschaft von einem Orte zum andern getrieben hatte? Sollte man genötigt werden, die Beobachtung der Erscheinung auf das nächste Jahr zu verschieben, oder sie halsstarrig noch unter anderen Himmelsstrichen verfolgen?

In der Tat fühlten sich Miß Campbell und Olivier Sinclair recht enttäuscht, und die Brüder wurden unwillig, den Horizont der Hebriden unausgesetzt von den Nebeln des hohen Meeres verdunkelt zu sehen.

So gestaltete es sich wenigstens die ersten Tage des oft trüben Monats September.

Jeden Abend fanden sich Miß Campbell, Olivier Sinclair, Bruder Sam, Bruder Sib, Frau Beß und Partridge auf irgendeinem Felsen, den die sanften Wellen der Flut bespülten, zusammen, um aufmerksam dem Untergange der Sonne zu folgen, welche jetzt in weit glänzenderem Scheine leuchtete, als das bei vollkommener Reinheit des Himmels hätte der Fall sein können.

Ein Künstler hätte vor Freude in die Hände geklatscht bei dieser prächtigen Verklärung des Himmelsgewölbes, wenn der Tag Abschied nahm, bei diesem entzückenden Farbenspiel, das, von Wolke zu Wolke überspringend, vom Violett des Zenits bis zum Rotgold des Horizontes wechselte; vor dieser glitzernden Kaskade der auf den Luftfelsen umherhüpfenden Feuerfunken; hier bestanden die Felsen freilich aus Wolken, und diese Wolken, welche die Sonnenscheibe überzogen, raubten mit deren letzten Strahlen auch den, welchen das Auge der Beobachter so beharrlich suchte.

Nach dem Verschwinden des Gestirns erhoben sich dann alle verstimmt, wie die Zuschauer einer Feerie, deren Schlußeffekt durch den Fehler eines Maschinisten verunglückt ist, und kehrten meist auf langem Umwege nach der Herberge »Zum Panzer Duncans« zurück.

»Also morgen«, sagte dann Miß Campbell.

»Ja, morgen«, antworteten die beiden Onkels. »Wir haben so eine Art Vorgefühl, daß morgen . . .«

Dieses Vorgefühl empfanden die Brüder Melvill freilich alle Abende, und unabänderlich endete es mit einem Fiasko.

Der Morgen des 5. September dagegen ließ sich überraschend schön an. Die Dünste im Osten verschwanden schon unter den ersten Sonnenstrahlen.

Das Barometer, dessen Nadel sich seit einigen Tagen nach »schön Wetter« zu bewegte, stieg noch immer und blieb auf diesem Punkte stehen. Jetzt wurde es nicht mehr so warm, daß die Luft jenes Zittern von scheinbaren Stäubchen gezeigt hätte, das man an heißen Sommertagen nicht selten bemerkt. Man empfand die Trockenheit der Luft am Niveau des Meeres ebenso, wie in der verdünnten Luft auf einem Berge, von einigen tausend Fuß Höhe.

Es wäre unmöglich zu sagen, mit welch' ängstlicher

Spannung alle den weiteren Verlauf des Tages beobachteten; ja, wir müssen darauf verzichten, zu schildern, mit welchem Herzklopfen sie danach auslugten, ob sich ein Wölkchen am Himmel bilden wolle, und es wäre maßlose Kühnheit, die Angst auszumalen, mit der sie dem bei ihrem täglichen Laufe beschriebenen Bogen der Sonne folgten.

Glücklicherweise wehte eine leichte, aber anhaltende Brise von der Landseite her. Bei ihrem Wege über die Bergländer im Osten und über die ausgedehnten Wiesenstrecken hinter diesen konnte sie sich nicht mit jenen feuchten Molekülen beladen, welche von großen Wasserflächen aufsteigen und die der Wind von der Seeseite des Abends herantreibt.

Aber wie unendlich lang wurde dieser Tag! Miß Campbell konnte sich gar nicht mehr an einem Platze halten. Trotz der lästigen Hitze lief sie einmal hier- und einmal dorthin, während Olivier Sinclair sich nach den höher gelegenen Punkten der Insel begab, um einen erweiterten Ausblick zu haben. Die beiden Onkels leerten heute jeder zur Hälfte eine ganze Tabaksdose, und Patridge, als wenn er auch dazu gehört hätte, spielte sozusagen den Feldhüter, der zur Überwachung der Himmelsgefilde ausgestellt war.

Es war verabredet worden, an diesem Tage schon um fünf Uhr zu speisen, um schon vorher auf dem Beobachtungsplatze einzutreffen. Die Sonne konnte erst um sechs Uhr neunundvierzig Minuten untergehen, und man hatte demnach Zeit, ihr ein großes Stück zu folgen.

»Ich glaube, dieses Mal haben wir ihn«, rief Bruder Sam, sich die Hände reibend.

»Ich glaub' es auch!« erwiderte Bruder Sib, dieselbe Bewegung vornehmend.

Gegen drei Uhr nachmittags gab es jedoch Lärm. Eine große Wolkenflocke, der Versuch einer Kumulusbildung, erhob sich im Osten und glitt, getrieben vom Landwinde, dem Ozean zu.

Miß Campbell hatte sie zuerst bemerkt. Sie konnte einen Ausruf der Entmutigung nicht unterdrücken.

»Oh, sie ist ja allein, diese Wolke«, sagte einer der Onkels, »sie wird sich in nicht ferner Zeit auflösen . . .«

»Oder sie bewegt sich schneller als die Sonne«, meinte Olivier Sinclair, »und verschwindet vor ihr unter dem Horizont.«

»Doch ist diese Wolke nicht der Vorbote einer Nebelbank?« fragte Miß Campbell.

»Das wird sich zeigen.«

In vollem Laufe begab sich Olivier Sinclair nach den Ruinen des Klosters. Dort konnte sein Blick, über die Berge von Mull hinweg, weit nach Osten schweifen.

Jene Berge strebten in voller Klarheit empor; der Kamm glich einer mit Bleistift auf ganz weißem Grund gezogenen Wellenlinie.

Am weiten freien Himmelsraume fand sich keine andere Dunstbildung, und der deutlich sichtbare Ben More trug trotz seiner Höhe von dreitausend Fuß über dem Meere keine Nebelkappe.

Nach Verlauf einer halben Stunde kehrte Olivier Sinclair mit den tröstlichsten Versicherungen wieder zurück. Die gesehene Wolke war nichts als ein verlassenes Kind im Raume; sie konnte in der ausgetrockneten Atmosphäre keine Nahrung finden und mußte unterwegs schon an Hunger zu Grunde gehen.

Inzwischen stieg die weiße Wolke weiter nach dem Zenit auf. Zum großen Mißvergnügen aller folgte sie dem Wege der Sonne und näherte sich dieser unter dem Drucke der Brise. Im Dahingleiten änderte sie infolge der wirbelnden Bewegung der Luft ihre Gestalt; erst dem Kopfe eines Hundes ähnlich, verwandelte sie sich später mehr in einen Fischkopf, gleich dem eines riesigen Rochens; dann rollte sie sich zu einer im Mittelpunkt dunklen, an den Rändern glänzenden Kugel zusammen und berührte in diesem Augenblick die Sonnenscheibe.

Ein Schrei entfuhr Miß Campbell, deren beide Arme sich gen Himmel emporstreckten.

Das hinter diesem Nebelschirm verborgene strahlende Gestirn sandte nicht mehr einen einzigen seiner Lichtblitze nach der Insel Jona, und letztere, welche jetzt außerhalb der Zone der direkten Irradiation lag, hüllte sich in düstere Schatten.

Bald aber wechselte der ungeheure Schatten seine Stelle und die Sonne erschien wieder in vollem Glanze. Die Wolke senkte sich zum Horizont herab – sie sollte ihn nicht einmal erreichen, denn eine halbe Stunde später verschwand sie gänzlich, als wenn am Himmel eine Öffnung entstanden wäre.

»Endlich ist sie zerstreut«, rief das junge Mädchen, »nun gebe Gott, daß ihr keine andere folgt.«

»Nein, seien Sie darüber ruhig, Miß Campbell«, sagte Olivier Sinclair. »Wenn diese Wolke so schnell auf diese Weise verschwand, ist es ein Zeichen, daß sie in der Atmosphäre keine anderen Dünste antraf, weil der ganze Himmelsraum nach Westen zu von vollkommener Reinheit ist.«

Um sechs Uhr abends nahmen die Beobachter auf einem nach allen Seiten offenen Terrain ihren Posten ein.

Dieser befand sich am Nordende der Insel, auf einem den Hügel der Abtei überragenden Bergkamme. Von diesem Gipfel aus konnte der Blick frei ringsum schweifen, im Osten über die ganze höher liegende Landschaft der Insel Mull; im Norden erhob sich das Eiland von Staffa gleich der riesenhaften Schale einer Schildkröte, die in den Gewässern der Hebriden gestrandet wäre; darüber hinaus lösten sich Elva und Gometra von dem weit hinausschießenden Ufer der Insel ab; gegen Westen, Süd- und Nordwesten breitete sich nur das grenzenlose Meer vor ihnen aus.

Die Sonne sank in schräger Linie schnell tiefer. Der Rand des Horizontes erschien gleich einem schwarzen, mit chinesischer Tusche gezogenen Striche. Nach rückwärts dagegen glühten alle Fenster der Häuser von Jona, wie im Widerscheine einer Feuersbrunst, deren Flammen von schmelzendem Golde gewesen wären.

Miß Campbell, Olivier Sinclair, die Brüder Melvill,

Frau Beß und Patridge verhielten sich, ergriffen von diesem erhabenen Schauspiel, ganz still. Sie betrachteten, halb die Augenlider schließend, die Scheibe, welche allmählich ihre Gestalt veränderte, sich parallel der Wasserlinie aufblähte und die Form einer ungeheuren Montgolfière annahm. Im Weltraum war nicht der feinste Dunst zu bemerken.

»Ich glaube, dieses Mal haben wir ihn wirklich«, fing Bruder Sam wieder an.

»Ich glaub' es auch«, stimmte Bruder Sib bei.

»Bitte, schweigt still, liebe Onkels!...« rief Miß Campbell.

Sie schwiegen, sie hielten den Atem an, als fürchteten sie, derselbe möchte sich zu einer leichten Wolke verdichten, die ihnen die Sonnenscheibe verhüllen könnte.

Endlich berührte der untere Rand des Gestirns den Horizont. Es verbreiterte sich, verbreiterte sich immer mehr, als wäre es im Inneren mit leichtem Fluidum angefüllt.

Alle sogen mit den Augen die letzten Strahlen ein.

So gespannt wartete Arago, als er sich in der Wüstenei von Palma befand, auf das Signalfeuer, das auf dem höchsten Punkt der Insel Iviça aufleuchten und ihm Gelegenheit geben sollte, das letzte Dreieck seines Meridians zu schließen.

Endlich überragte die Wasserlinie nur noch ein schmales Segment des oberen Bogenstückes. Nach fünfzehn Sekunden mußte der letzte Strahl über die Erde hinblitzen und in den Augen der Beobachter, welche sich schon vorbereiteten, ihn aufzufangen, den Eindruck eines paradiesischen Grüns hervorrufen!...

Plötzlich krachten zwei Flintenschüsse zwischen den Uferfelsen unterhalb des Berges. Ein leichter Rauch stieg empor, und zwischen dessen Einzelwolken flatterte ein ganzer Schwarm von Vögeln, von Seeschwalben, Möwen und anderen, welche der heftige Flintenknall aufgeschreckt hatte.

Diese Wolke stieg gerade empor, schob sich wie ein Lichtschirm zwischen den Horizont und die Insel, und zog an dem versinkenden Gestirn vorüber, gerade als dieses seinen allerletzten Lichtschein über die Wasserfläche sandte.

Da gewahrte man auf einem Felsblock des Ufers, die rauchende Flinte in der Hand und den Vogelschwarm mit den Blicken verfolgend, Aristobulos Ursiclos!

»Ach, dieses Mal ist es genug!« rief Bruder Sam.

»Nein, etwas zu viel!« fügte Bruder Sib hinzu.

»Ich hätte besser getan, ihn am Felsen hängen zu lassen«, sagte Olivier Sinclair für sich – »wenigstens wäre er dann noch dort!«

Die Lippen geschlossen und die Augen starr hinabgerichtet, sprach Miß Campbell nicht ein Wort.

Noch einmal und wiederum durch die Schuld dieses Aristobulos Ursiclos war sie um ihren Grünen Strahl gekommen!

Siebzehntes Kapitel

An Bord der »Clorinda«

Am folgenden Morgen gegen sechs Uhr verließ ein reizender Yawl von fünfundvierzig bis fünfzig Tonnen, die »Clorinda«, den kleinen Hafen von Jona, und segelte bei leichter nordöstlicher Brise mit Steuerbordhalsen dicht am Wind auf das hohe Meer hinaus.

Die »Clorinda« entführte Miß Campbell, Olivier Sinclair, Bruder Sam, Bruder Sib, Frau Beß und Partridge.

Es versteht sich von selbst, daß der unglückselige Aristobulos Ursiclos nicht mit an Bord war.

Nach dem Abenteuer des Vortages hatte man nämlich folgendes beschlossen und unverzüglich ins Werk gesetzt:

Beim Niedersteigen vom Hügel der Abtei und bei der Rückkehr nach der Herberge hatte Miß Campbell in kurzem Tone gesagt:

»Meine Onkels, da Herr Aristobulos Ursiclos sich in den Kopf gesetzt zu haben scheint, noch länger auf Jona zu bleiben, so wollen wir Jona diesem Herrn Aristobulos Ursiclos überlassen. Zum ersten Male in Oban, zum zweiten Male hier hat er unsere Beobachtungen zunichte gemacht. Wir werden nicht einen Tag länger hier bleiben, wo dieser Unselige offenbar ein Vorrecht genießt, Dummheiten zu begehen!«

Auf diese ebenso kurze wie bündige Erklärung konnten die Brüder Melvill keine Erwiderung finden. Übrigens teilten auch sie die allgemeine Mißstimmung und verwünschten Aristobulos Ursiclos, so kräftig ihre Natur das zuließ. Entschieden war die Situation ihres Prätendenten für immer erschüttert. Nichts konnte ihn wieder zu Miß Campbell zurückführen; sie mußten schon, wohl oder übel, auf die Erfüllung eines unmöglich gewordenen Projektes verzichten.

»Nun, glücklicherweise«, flüsterte Bruder Sam Bruder Sib, den er etwas auf die Seite genommen, zu, »sind übereilt gegebene Versprechen keine eisernen Handschellen!«

Das bedeutete mit anderen Worten, daß man unter wesentlich veränderten Umständen unmöglich an ein unter anderen Voraussetzungen gegebenes Wort gebunden sein kann, und mit deutlicher Geste hatte Bruder Sib auch seine Zustimmung gegeben, daß hier jenes schottische Sprichwort volle Anwendung fände.

Eben als man sich im unteren Saale des »Panzers Duncans« verabschieden wollte, erklärte Miß Campbell:

»Wir reisen morgen ab, ich bleibe keinen Tag mehr hier!«

»Ganz einverstanden, meine liebe Helena«, antwortete Bruder Sam, »doch wohin werden wir gehen?«

»Dahin, wo wir sicher sind, diesen Herrn Ursiclos nicht wieder anzutreffen. Es ist also von Wesenheit, niemand erfahren zu lassen, sowohl daß wir von Jona weg, noch auch wohin wir gehen.«

»Ganz recht«, meinte Bruder Sib; »aber, liebe Tochter, wie sollen wir abreisen und wohin uns wenden?«

»O«, rief Miß Campbell, »wir sollten nicht mit Tagesanbruch ein Mittel finden, diese Insel zu verlassen! Das Ufer Schottlands böte uns keinen unbewohnten, noch lieber unbewohnbaren Punkt, wo wir unserer Beobachtung in Frieden nachgehen könnten?«

Die beiden Brüder wenigstens hätten auf diese doppelte, übrigens in einem Tone gestellte Frage, der keine Ausflucht gestattete, nicht zu antworten vermocht. Zu ihrem Glück war Olivier Sinclair noch bei der Hand.

»Miß Campbell«, sagte er, »das läßt sich alles arrangieren und zwar wie folgt: nicht weit von hier bietet sich eine für unsere Beobachtung höchst geeignete Insel, eigentlich nur ein Eiland, und da wird kein Störenfried uns nahen.«

»Welche meinen Sie?«

»Nun Staffa, das Sie höchstens zwei Meilen im Norden von Jona wahrnehmen können.«

»Ist es möglich, dort zu leben und dahin zu gelangen?« fragte Miß Campbell.

»Gewiß«, versicherte Olivier Sinclair, »und noch dazu ganz leicht. Im Hafen von Jona hab' ich eine jener Yachten gesehen, welche immer bereit sind, in See zu gehen, eine Yacht, wie man deren während der schönen Jahreszeit ja in allen englischen Häfen findet. Der Kapitän derselben wie die Mannschaft stehen dem ersten besten Touristen zur Verfügung, der ihre Dienste in Anspruch nimmt, um nach dem Kanal, nach der Nordsee oder nach Irland zu gehen. Nun, wer hindert uns, diese Yacht zu heuern, auf derselben, da Staffa selbst keine Hilfsquellen bietet, für vierzehn Tage Proviant einzuschiffen und morgen mit dem ersten Tagesgrauen davonzusegeln?«

»Herr Sinclair«, antwortete Miß Campbell, »wir werden morgen heimlich diese Insel verlassen haben, und seien Sie überzeugt, daß ich mich Ihnen zu großem Danke verpflichtet fühlen werde.«

»Morgen, im Laufe des Vormittags, vorausgesetzt daß sich nur eine leichte Morgenbrise erhebt, werden wir schon auf Staffa sein«, versicherte Olivier Sinclair, »und abgesehen von dem gewöhnlichen Besuche der Touristen, der zweimal in der Woche etwa eine Stunde dauert, werden wir daselbst von keiner lebenden Seele gestört sein.«

Nach gewöhnlicher Sitte erklangen sofort wieder alle Rufnamen der Frau Beß.

»Bet!«

»Beth!«

»Beß!«

»Betsey!«

»Betty!«

Frau Beß erschien auf der Stelle.

»Wir reisen morgen ab«, sagte Bruder Sam.

»Morgen ganz früh!« setzte Bruder Sib hinzu.

Ohne sich darüber eine weitere Frage vorzulegen, beschäftigten sich Frau Beß und Patridge gleich darauf mit den Vorbereitungen zum Aufbruch.

Inzwischen begab Olivier Sinclair sich nach dem Hafen und verhandelte daselbst mit John Olduck.

John Olduck war der Kapitän der »Clorinda«, ein richtiger Seemann, bekleidet mit der traditionellen Mütze mit Goldborte, einer Art Jacke mit Metallknöpfen und mit Beinkleidern aus blauem Tuch. Nach Abschluß des Vertrags ging dieser sofort daran, mit seinen sechs Leuten alles zum Auslaufen klarzumachen. Diese sechs Matrosen waren eigentlich Fischer, versahen aber während des Sommers den Dienst auf diesen Yachten so vortrefflich, daß sie allen Seeleuten der Welt als Muster gelten können.

Um sechs Uhr morgens schifften sich die neuen Passagiere der »Clorinda« ein, ohne jemand ein Wort über die Bestimmung der Yacht gesagt zu haben. Lebensmittel, frisches Fleisch wie Konserven und die unentbehrlichen Getränke, waren in Eile reichlich herbeigeschafft worden. Übrigens konnte der Koch der »Clorinda« sich noch nebenbei von dem Dampfer, welcher den regelmäßigen Dienst zwischen Oban und Staffa versieht, mit verschiedenem anderen versorgen.

Mit Tagesanbruch hatte Miß Campbell von einem

reizenden koketten Zimmerchen Besitz genommen, das im Hinterteil der Yacht lag. Die beiden Brüder nahmen jenseits des Salons die Lagerstätten der »Main-Cabin« ein, die sich in dem breitesten Teile des Schiffes befand. Olivier Sinclair begnügte sich mit einer kleinen, hinter der nach dem Salon führenden Treppe gelegenen Kabine. Zu beiden Seiten des durch den Schaft des Großmastes durchbrochenen Speisesaals hatten Frau Beß und Patridge, der eine rechts, die andere links, ihre Matratzen-Lager, gleich hinter der Küche und hinter der Koje des Kapitäns. Die Küche, in welcher der Koch gleich wohnte, lag also etwas weiter nach vorne; noch weiter das sogenannte Volkslogis mit den Hängematten für die sechs Matrosen. Nichts fehlte dem hübschen, von Ratsey in Cowes erbauten Yawl. Bei günstigem Wasser und guter Brise hatte derselbe bei allen Regattas des »Royal Thames yacht Club« eine ehrenvolle Stelle behauptet.

Es gewährte allen eine wirkliche Freude, als die »Clorinda« ihren Anker gelichtet, und nun mit dem Großsegel, dem Gaffelsegel, dem Focksegel und dem Klüverjäger den Wind abfing. Sie neigte sich zierlich zur Seite, ohne daß ihr mit Kanada-Fichte gedieltes Deck nur von einem Tropfen Wasser benetzt worden wäre, so scharf durchschnitt der senkrecht konstruierte Vordersteven die leichten, gegen ihn anlaufenden Wellen.

Die Entfernung, welche diese zwei kleinen Hebriden, Jona und Staffa, trennt, ist nur eine sehr kurze. Bei ganz günstiger Windrichtung hätten wohl zwanzig bis fünfundzwanzig Minuten hingereicht, sie zu durchmessen, mindestens mit einer Yacht, welche, wie die »Clorinda«, ihre acht Seemeilen in der Stunde zurücklegen konnte. Heute hatte man aber den Wind, wenn auch nur in Form einer leichten Brise, fast genau von vorn; dabei war das Meer im Fallen, und so wurde es nötig, die immerhin merkbare Strömung durch wiederholtes Lavieren zu überwinden, ehe die »Clorinda« auf die Höhe von Staffa gelangen konnte.

Miß Campbell legte darauf keinen besonderen

Wert; ihr war es genug, daß die »Clorinda« mit ihnen dahinsegelte. Eine Stunde später verschwamm Jona im Morgennebel, und mit der Insel das Bild jenes Störenfrieds, den Helena am liebsten bis auf den Namen vergessen hätte.

So sagte sie auch freimütig zu ihren Onkels:

»Nun, hab' ich nicht recht, Papa Sam?«

»Ganz recht, meine liebe Helena.«

»Und stimmt Mama nicht auch damit überein?«

»Vollkommen!«

»Nun also«, fuhr sie fort, die Arme um beide Männer schlingend, »so vereinigen wir uns alle in der Erkenntnis, daß zwei herzliebe Onkels, welche mir einen solchen Ehemann aufhängen wollten, eine besonders glückliche Idee nicht gehabt haben!«

Beide Männer verneigten sich zustimmend.

Die überaus angenehme Seefahrt hatte nur den einen Fehler, zu kurz zu sein. Was hinderte aber, sie auszudehnen, den »Yawl« dem Grünen Strahl entgegensegeln zu lassen, und diesen mitten im Atlantischen Ozean aufzusuchen? Doch nein! Laut Übereinkunft begab man sich nach Staffa, und John Olduck traf seine Maßregeln, dieses berühmteste Eiland der kleinen Hebriden mit dem Wiederansteigen der Flut zu erreichen.

Gegen acht Uhr wurde im Speisesaale der »Clorinda« das erste, aus Tee, Butter und Sandwichs bestehende Frühstück aufgetragen.

In rosigster Laune taten alle Tischgenossen ihm volle Ehre an, und vergaßen dabei schon ganz die einladende Tafel der Herberge in Jona. Diese Undankbaren!

Als Miß Campbell nach dem Deck zurückkam, hatte die Yacht die Fahrtrichtung gewechselt. Sie näherte sich jetzt dem schönen, auf den Riffen von Skerryvore errichteten Leuchtturm, dessen Feuer erster Ordnung hundertfünfzig Fuß über dem Meeresniveau glüht. Und doch »schnitt sie die Feder ab«, um die schottische Bezeichnung für die Schnelligkeit ihrer Fahrt zu gebrauchen.

Halb ausgestreckt lag Miß Campbell auf dem Hinterteile der Yacht auf einem jener großen Kissen aus starker Leinwand, wie man solche auf allen englischen Lustyachten antrifft. Sie ergötzte sich über die schnelle Fortbewegung, ohne das Stoßen beim Fahren auf einem Landwagen oder das Zittern und Schütteln eines Eisenbahnzugs – diese Schnelligkeit eines Schlittschuhläufers, der über einen hartgefrorenen See dahinfliegt. Man konnte kaum etwas Graziöseres sehen als diese elegante, auf den leicht schäumenden Wogen mäßig geneigt liegende »Clorinda«, wie sie sich mit den Wellen hob und senkte. Wahrlich, sie schien mehr Luft zu durchschneiden, gleich einem ungeheuren Vogel, den seine mächtigen Flügel tragen.

Dieser im Norden und im Süden durch die großen Hebriden gedeckte, im Osten durch eine Küste geschützte Meeresteil glich fast einem Binnensee, dessen Gewässer der Wind noch nicht hatte aufregen können.

Die Yacht segelte in schräger Richtung auf Staffa zu, auf diesen großen, seitwärts der Insel Mull vereinzelt aufragenden Felsen, der sich kaum hundert Fuß über das Hochwasser erhebt. Man hätte glauben können, daß dieser es war, welcher unaufhörlich seinen Ort wechselte, da er einmal das hohe steile Ufer im Westen, dann wieder die wild aufeinandergetürmten Steinmassen seiner Ostseite zeigte. Infolge einer erklärlichen Gesichtstäuschung schien sich die ganze Masse auf einem Zapfen zu drehen, je nach den Winkeln, welche die Fahrtrichtung der »Clorinda« mit den einzelnen Teilen des Eilandes bildete.

Trotz der Strömung und des Gegenwindes kam die Yacht doch allmählich vorwärts. Wenn sie nach Westen, über die äußerste Spitze von Mull hinaussegelte, schüttelte sie das Meer ziemlich kräftig, obwohl sie eigentlich nur lustiger auf den aus der offenen See sich hinwälzenden Wogen tanzte; bei der nächstfolgenden Wendung – oder bei dem nächsten »Schlage«, wie man die beim Lavieren im Zickzack zurückgelegten Einzelstrecken nennt – kam sie wieder in stilles Wasser, das sie sanft wie eine Kinderwiege schaukelte.

Gegen elf Uhr war die »Clorinda« weit genug nördlich hinaufgekommen, um nun geraden Wegs auf Staffa zuzuhalten. Die Schoten wurden also gelöst, der Klüverjäger sank herab, und der Kapitän traf Vorbereitung, vor Anker zu gehen.

Einen Hafen besitzt zwar Staffa nicht, es ist jedoch bei jeder Windrichtung nicht schwierig, längs der Ostseite, innerhalb der, durch frühere geologische Vorgänge launenhaft daneben verstreuten Felsen – einem wirklichen Scherengürtel – an das Eiland zu gelangen. Bei ganz schwerem Wetter könnte hier freilich ein Schiff von einigermaßen großem Tonnengehalt kaum zu bleiben wagen.

Die »Clorinda« wand sich also zwischen diesem Gürtel von schwarzem Basalt hin; sie folgte gehorsam der geschickten Führung des Kapitäns und ließ auf der einen Seite den Felsen von Bouchaillie liegen, von dem das jetzt noch immer niedrige Meer die unteren, zu Bündeln vereinigten Schäfte bloßgelegt hatte, und auf der andern Seite, zur Linken, den Weg, der längs des Ufers hinläuft. Hier ist der beste Ankerplatz des Eilandes, und hier nahmen auch die Dampfer, welche Touristen nach Staffa brachten, diese nach Vollendung ihres Spazierganges nach den Sehenswürdigkeiten der Insel wieder auf.

Die »Clorinda« lief in eine ganz kleine Bucht, fast am Eingang der Grotte von Clam-Shell ein. Das Obersegel wurde herabgelassen, das Großsegel völlig gelöst, und der Anker sank rasselnd in den Grund.

Eine Minute später landeten Miß Campbell und ihre Gefährten an den ersten Basaltstufen zur Linken der berühmten Grotte. Hier befand sich eine mit Geländer versehene Holztreppe, welche vom Ufer bis zum abgerundeten Rücken der Insel hinaufführt.

Alle begaben sich auf derselben nach dem oberen Plateau.

Sie waren endlich in Staffa, so abgeschieden von der bewohnten Welt, als ob ein Sturm sie auf die ödeste Insel des Stillen Ozeans verschlagen hätte.

Achtzehntes Kapitel

Staffa

Wenn Staffa nichts weiter ist, als ein Eiland, so hat es die Natur wenigstens zum merkwürdigsten im ganzen Archipel der Hebriden gestaltet. Dieser große Felsblock von länglich runder Gestalt, einer Meile Länge und einer halben Meile Breite, verbirgt im Innern höchst wunderbare Grotten basaltischen Ursprungs. Hier strömen ebenso Geologen wie Touristen mit gleichlebendigem Interesse zusammen. Eigentlich zufällig hatten weder Miß Campbell, noch die Brüder Melvill Staffa bisher noch nicht besucht; nur Olivier Sinclair kannte dessen Wunder. Es verstand sich also von selbst, daß ihm das Amt als Führer der Gesellschaft zufiel auf der Insel, welche allen für wenige Tage als Aufenthaltsort dienen sollte.

Dieser Felsen verdankt seine Entstehung ausschließlich der Kristallisation einer ungeheuren Basaltmasse, die in der ersten Bildungszeit der Erdkruste hier erstarrte. Dieser Zeitpunkt aber liegt sehr weit zurück. Nach den Untersuchungen von Helmholtz – ganz übereinstimmend mit den Beobachtungen Bischofs, über die Erkaltung des Basalts, welcher nur bei einer Temperatur von 2000 Grad schmelzen konnte – hat es zu dessen vollständiger Erkaltung eines Zeitraums von mindestens dreihundertfünfzig Millionen Jahren bedurft. Damit wäre die Konsolidierung unserer Erdkugel, nachdem dieselbe einen gasförmigen und dann einen feurigflüssigen Zustand gleichsam durchgemacht hatte, in eine fabelhaft entlegene Epoche zurückgeführt.

Wenn Aristobulos Ursiclos hier gewesen wäre, hätte er reichliche Veranlassung gefunden zu so mancher schönen Abhandlung über die Erscheinungen der geologischen Geschichte. Doch er hielt sich fern; Miß Campbell dachte kaum an ihn, und es geschah, wie Bruder Sam zu Bruder Sib gesagt:

»Lassen wir die Fliege auf dem Zucker ruhig sitzen!«

Ein schottisches Sprichwort, mit dem übrigens ziemlich durchsichtigen Sinne: »Wecken wir die Katze nicht, wenn sie schläft«, wie die Franzosen sagen.

Jetzt sahen sich alle an und in der Nachbarschaft um.

»Zuerst«, begann Olivier Sinclair, »empfiehlt es sich wohl, von unserem neuen Gebiete förmlich Besitz zu nehmen.«

»Ohne zu vergessen, aus welchem Grunde wir überhaupt hierher gekommen sind«, bemerkte Miß Campbell lächelnd.

»Sicherlich, ohne das zu vergessen!« erwiderte Olivier Sinclair. »Wir wollen also einen geeigneten Beobachtungspunkt aufsuchen und nachsehen, welcher Meereshorizont die Westseite unserer Insel begrenzt.«

»Ich stimme Ihnen bei«, antwortete Miß Campbell, »nur ist die Witterung heute etwas dunstig, und ich glaube nicht, daß das Versinken der Sonne unter günstigen Umständen stattfinden wird.«

»So werden wir warten, Miß Campbell, wenns not tut, warten bis zur schlechten Witterung der Tagundnachtgleiche.«

»Ja, ja, wir warten«, bestätigten die Brüder Melvill . . . »so lange bis Helena bestimmen wird, wieder abzureisen.«

»Ei, uns drängt ja nichts, liebe Onkels«, antwortete das junge Mädchen, das sich seit der Abfahrt von Jona ganz glücklich fühlte, »nein, es drängt uns nichts, und ich finde dieses Inselchen ganz entzückend. Eine Villa, welche man mitten in dieses, ihre Oberfläche gleich einem feinen Teppich verhüllende Wiesenland hinein erbaute, würde ganz begaglich zu bewohnen sein, selbst wenn die Stürme, die uns Amerika mit so freigebigen Händen schickt, sich an Staffas Grundfelsen brechen!«

»Hm!« meinte Onkel Sib, »hier an dieser äußersten, nach dem Ozean zu liegenden Grenze müssen sie doch furchtbar wüten!«

»Das ist auch der Fall«, erklärte Olivier Sinclair. »Staffa liegt allen aus der offenen See kommenden Winden preisgegeben und bietet nur am östlichen Gestade, dort wo unsere ›Clorinda‹ vor Anker gegangen ist, einigen Schutz. Die schlechte Jahreszeit dauert übrigens in dieser Gegend des Atlantischen Meeres volle neun Monate an.«

»Nun, da erklärt es sich ja gleich«, meinte Onkel Sam, »warum man hier keinen einzigen Baum sieht. Auf der Hochfläche muß offenbar jedes Erzeugnis der Pflanzenwelt, wenn es den Erdboden nur um wenige Fuß überragt, unbedingt zugrunde gehen.«

»Schön, aber zwei bis drei Sommermonate auf diesem Eilande zuzubringen, das lohnte sich wohl nicht der Mühe?« rief Miß Campbell. »Ihr müßtet Staffa unbedingt erwerben, liebe Onkels, wenn Staffa überhaupt käuflich wäre.«

Bruder Sam und Bruder Sib bewegten schon die Hand nach der Tasche, als wollten sie das Kaufobjekt bezahlen – diese beiden Onkels ohnegleichen, welche selbst der tollsten Laune ihrer Nichte nachgegeben hätten.

»Wem gehört denn eigentlich Staffa?« fragte Bruder Sib.

»Der Familie der Mac-Donald«, antwortete Olivier Sinclair. »Sie verpachteten dasselbe für zwölf Pfund Sterling (120 Gulden Oe. W. = 240 Mark) jährlich, aber ich glaube nicht, daß es ihnen um irgendeinen Preis feil wäre.«

»Das ist schade!« sagte Miß Campbell, welche, schon von Natur leicht zu enthusiasmieren, sich jetzt in dazu besonders neigender Gemütsverfassung befand.

So plaudernd, wanderten die neuen Gäste Staffas über die unebene Oberfläche der Insel, auf der da und dort kleinere grüne Erhebungen emporragten. Am heutigen Tage traf kein Schiff der Dampfergesellschaft von Oban zum Besuche der kleinen Hebriden ein; Miß Campbell und ihre Gefährten hatten also keine Störung durch lärmende Touristen zu befürchten. Sie waren allein auf dem öden, weltverlassenen Felsen. Einige Pferde von kleinem Schlage und einzelne schwarze Kühe weideten auf der mageren Grasnarbe des Plateaus, dessen dünne Humusdecke an verschiedenen Stellen von lavaähnlichen Massen durchbrochen war. Einen Schäfer zu deren Bewachung gab es nicht, und wenn die vierfüßige Inselherde überhaupt überwacht wurde, so konnte das nur aus der Ferne, vielleicht von Jona, wenn nicht gar von der fünfzehn Meilen weiter östlich gelegenen Küste von Mull aus der Fall sein.

Eine Wohnstätte zeigte sich nirgends; nur die Reste einer Hütte, welche die, zu den Zeiten der Tagundnachtgleichen im März und September wütenden Stürme zerstört hatten. In der Tat erscheinen zwölf Pfund Sterling als recht anständige Pacht für einige Acres Wiesen, deren Gras wie bis auf die Kettenfäden abgenützter Samt abgenagt ist.

Die Besichtigung der Inseloberfläche war also bald beendigt, und man beschäftigte sich nun ausschließlich mit Beobachtung des Horizonts.

Es war deutlich genug zu erkennen, daß man an diesem Abend vom Untergange der Sonne nichts erwarten durfte. Infolge der Veränderlichkeit, welche die Septembertage kennzeichnet, hatte sich der am Vorabende ganz reine Himmel heute wieder mit Dünsten bedeckt. Gegen sechs Uhr abends zogen einige rötliche Wolken, wie sie nahe bevorstehenden Störungen der Atmosphäre vorherzugehen pflegen, über den Gesichtskreis im Westen. Die Brüder Melvill machten auch zu ihrem großen Leidwesen die Beobachtung, daß das Aneroidbarometer der »Clorinda« nach »Veränderlich« zurückging und unter diesen Stand gar noch hinausgehen zu wollen schien.

Nachdem die Sonne hinter einer, durch den Wellenschlag auf hoher See gezackten Linie versunken war, kehrten alle an Bord zurück. Ruhig verstrich die Nacht in der kleinen, durch die Ausläufer der Clam-Shell-Grotte gebildeten Ausbuchtung.

Am folgenden Morgen, dem 7. September, beschloß

man, das Eiland erst sorgfältiger in Augenschein zu nehmen. Nach Besichtigung des oberen Teiles galt es nun den unterirdischen Teil desselben zu untersuchen. Sollte man die Zeit nicht bestens ausnützen, da ein wirkliches – Aristobulos Ursiclos nicht zur Last zu legendes – Mißgeschick bisher jede Beobachtung des ersehnten Phänomens vereitelt hatte? Übrigens hat niemand Ursache, einen Besuch der Höhlen zu bereuen, welche dieses verlorene Eiland des Archipels der Hebriden berühmt gemacht haben.

Der heutige Tag wurde dazu verwendet, den »Keller« von Clam Shell zu untersuchen, vor dem die Yacht verankert lag. Der Koch traf, auf Veranlassung Olivier Sinclairs, sogar Vorbereitungen, das zweite Frühstück in demselben zu servieren. Hier konnten sich die Tischgäste fast in den unteren Raum eines Schiffes versetzt wähnen. Wirklich ähneln die vierzig bis fünfzig Fuß langen Prismen, welche die Rippen der Wölbung bilden, ungemein dem inneren Bau eines Fahrzeuges.

Diese gegen dreißig Fuß hohe, etwa fünfzehn breite und hundert Fuß tiefe Höhle, bietet einen sehr leichten Zugang. Offen nur nach Osten, dadurch geschützt gegen die schlimmsten Winde, wird sie auch nicht von den fürchterlichen Wogen heimgesucht, welche bei stürmischem Wetter in die anderen Höhlen der Insel gewälzt werden. Dafür erklärt man sie auch für die minder sehenswerte Grotte Staffas.

Immerhin erregt die Anordnung ihrer Basaltbögen, welche mehr auf die Hand des Menschen, als auf ein Werk der Natur hinweist, die ungeteilte Bewunderung des Beschauers.

Miß Campbell war ganz entzückt von diesem Besuche. Olivier Sinclair erklärte ihr liebenswürdig die Schönheiten von Clam Shell, ohne Zweifel mit weniger wissenschaftlichem Bombast als Aristobulos Ursiclos, gewiß aber mit mehr künstlerischem Feingefühl.

»Ich möchte wohl ein Andenken an unseren Besuch von Clam Shell besitzen«, sagte Miß Campbell.

»Nichts leichter als das!« antwortete Olivier Sinclair.

Mit wenigen, sicheren Bleistiftstrichen entwarf er eine Skizze dieser Grotte, gesehen von dem Felsen aus, welcher am Ende der großen Basalttreppe emporragt. Die Vorderöffnung der Grotte, gleichsam das Bild eines riesenhaften Seesäugetieres, dessen Skelett ihre Wände darstellen, die leichte nach dem Gipfel des Eilands hinaufführende Treppe, das so ruhige und überraschend klare Wasser am Eingange, unter dem man den gewaltigen Basaltunterbau schimmern sieht, alles entstand mit vieler Kunstfertigkeit sehr schnell auf einer Seite von Helenas Album.

Darunter setzte der Maler die Worte:
»Miß Campbell gewidmet von Olivier Sinclair.
Staffa, 7. September 1881.«

Nach eingenommenem Frühstück ließ Kapitän John Olduck das größte der beiden Boote der »Clorinda« klarmachen; seine Passagiere nahmen darin Platz und begaben sich, rund um die pittoreske Insel, nach der »Grotte des Schiffes«, so genannt, weil das Meer den Grund derselben im Innern ganz bedeckt und man dieselbe trockenen Fußes überhaupt nicht besuchen kann.

Diese Grotte liegt im südwestlichen Teile des Eilandes. Bei einigermaßen starkem Seegange wäre es höchst unklug, in dieselbe einzudringen, denn der Wogenschlag darin ist gar so heftig; an jenem Tage jedoch hatte, trotz des ziemlich bedrohlichen Aussehens des Himmels, der Wind noch nicht aufgefrischt, und ein Besuch der Höhle war mit keinerlei Gefahr verknüpft.

In dem Augenblicke, wo das Boot der »Clorinda« vor der Mündung der tiefen Höhle still hielt, ging der von Touristen besetzte Dampfer von Oban an der Insel vor Anker. Glücklicherweise brachte dieser Zeitraum von zwei Stunden, während welcher Staffa sozusagen den Fahrgästen des »Pioneer« gehört, für Miß Campbell und die anderen keinerlei Belästigung mit sich. Sie blieben in der Grotte des Schiffes unbemerkt, während die Fremdlinge ihre reglementmäßige Promenade, die sich nur nach der Fingalshöhle und nach der Oberfläche des Eilands erstreckt, ausführten. Sie hatten also keine Gelegenheit, mit diesem etwas geräuschvoll auftretenden Häuflein in Berührung zu kommen – ein Umstand, über den sie sich aus mehrfachen Gründen beglückwünschten. Warum sollte z. B. Aristobulos Ursiclos nach dem plötzlichen Verschwinden der kleinen Gesellschaft, als deren Mitglied er sich doch betrachtete, nicht den Jona regelmäßig anlaufenden Dampfer benützt haben, um nach Oban zurückzukehren? – Ein Zusammentreffen mit ihm wünschte man aber auf jeden Fall zu vermeiden.

Doch wie dem auch sein mochte, ob der ausgestoßene Prätendent sich unter den Touristen des 7. September befand oder nicht, jedenfalls war nach der Wiederabfahrt des Schiffes niemand hier zurückgeblieben. Als Miß Campbell, die Brüder Melvill und Olivier Sinclair wieder herauskamen aus dem langen Schlauche, aus dem ausgangslosen Tunnel, der fast künstlich in eine Basaltschicht getrieben zu sein scheint, fanden sie wieder die Ruhe vor, welche auf Staffa, diesem an der Grenze des Atlantischen Ozeans verlorenen Eilande, gewöhnlich herrscht.

Man kennt eine gewisse Anzahl berühmter unterirdischer Höhlen an sehr verschiedenen Stellen der Erde, aber meist innerhalb der Gebiete vulkanischer Tätigkeit, alle unterscheiden sich durch ihren Ursprung, der entweder neptunischer oder plutonischer Art ist.

Von diesen Aushöhlungen sind nämlich die einen entstanden durch unterirdische Wässer, welche im Laufe der Jahrtausende sogar harte Granitmassen annagen, auflösen und wegführen, bis an deren Stelle oft gewaltige leere Räume getreten sind; dahin gehören die Grotten von Crozen in der Bretagne, die von Bonifacio auf Korsika, von Morghatten in Norwegen, von Saint Michel in Gibraltar, von Saratchell am Ufer der Insel Wight, von Tourane in dem steil abfallenden

Marmorgestade von Cochinchina.

Die anderen, von ganz abweichendem Ursprunge, verdanken ihre Bildung dem durch Erkaltung früher feurig-flüssiger Gesteinsmassen bedingten Zurückweichen von Granit- oder Basaltwänden, und diese bieten in ihrer Gliederung alle Spuren gewaltsamer Vorgänge, welche den Grotten neptunischen Ursprungs völlig fehlen.

Treu ihren Prinzipien, hat die Natur bei den einen die Wirkungen der Kraft, bei den anderen die der Zeit benützt.

Zu den Aushöhlungen, deren Baumaterial einst durch das Urfeuer geologischer Epochen geschmolzen erhalten wurde, gehört die berühmte Fingalshöhle – »Fingals Keller«, wie die höchst prosaische englische Bezeichnung derselben lautet.

Der näheren Untersuchung dieses Wunders der Erdkugel sollte der nächste Tag gewidmet werden.

Neunzehntes Kapitel

Die Fingalshöhle

Wenn der Kapitän der »Clorinda« sich im Laufe der letzten vierundzwanzig Stunden in einem der Häfen des Vereinigten Königreichs befunden hätte, würde er Kenntnis von einem meteorologischen Bulletin gehabt haben, das für die auf der Fahrt über den Atlantischen Ozean befindlichen Schiffe nicht besonders günstig lautete.

Durch den Draht war nämlich von New York aus ein heftiger Sturm angezeigt worden. Nachdem er den Ozean von Westen nach Nordosten durchflogen, drohte derselbe mit voller Gewalt über das Gestade Irlands und Schottlands hereinzubrausen, um sich nachher jenseits der Küsten Norwegens zu verlieren.

Doch auch ohne dieses Telegramm verriet schon das Barometer der Yacht eine nahe bevorstehende atmosphärische Störung, mit welcher ein vorsichtiger Seemann wohl rechnen mußte.

Am Morgen des 8. September begab sich deshalb John Olduck etwas beunruhigt nach dem Felsenstrande, der Staffa nach Westen begrenzt, um den Zustand des Himmels und des Meeres besser überblikken zu können.

Wolken von ziemlich unbestimmter Gestalt, mehr Dunstfetzen als eigentliche Wolken, jagten da schon mit großer Schelligkeit dahin. Der Wind gewann immer mehr an Stärke, und mußte bald in wirklichen Sturm umschlagen. Das schäumende Meer hatte draußen ein ganz weißes Aussehen, und donnernd brachen sich die Wogen an den Basaltpfeilern, welche als Basis der Insel emporstarren.

John Olduck kam die Sache gar nicht heiter vor. Obgleich die »Clorinda« vor der Clam-Shell-Grotte ziemlich geschützt lag, war das doch kein wirklich sicherer Ankerplatz, nicht einmal für ein Schiff von so geringen Dimensionen. Die Gewalt des Wassers, welche sich zwischen dem Wege auf dem Lande und den vorgelagerten Felsen ganz besonders bemerkbar machen mußte, veranlaßte hier gewiß eine furchtbare Brandung, welche die Situation der Yacht nicht wenig gefährdete. Es galt also einen Entschluß zu fassen, und zwar eher, als die schmalen Fahrstraßen geradezu unpassierbar wurden.

Als der Kapitän an Bord zurückkam, fand er daselbst seine Passagiere, denen er seine Befürchtungen kundgab und die Notwendigkeit auseinandersetzte, so schnell als möglich von hier unter Segel zu gehen. Bei einer Verzögerung von nur wenig Stunden lief man Gefahr, das Wasser in der fünfzehn Meilen breiten Meerenge, welche Staffa von der Insel Mull trennt, in höchst aufgeregtem Zustande anzutreffen. Hinter letzterer Insel aber mußte man Zuflucht suchen, und speziell in dem kleinen Hafen von Achnagraig, wo die »Glorinda« von den Seewinden nichts zu fürchten hatte.

»Wir sollen Staffa verlassen?« rief Miß Campbell,

»einen so vorzüglich freien Horizont verlieren?«

»Ich glaube, daß es sehr gefährlich werden dürfte, vor Clam Shell liegenzubleiben«, antwortete John Olduck.

»Wenns einmal sein muß, liebe Helena«, sagte Bruder Sam.

»Ja, wenns denn sein muß!« setzte Bruder Sib hinzu.

Da mischte sich Olivier Sinclair, der das Mißbehagen bemerkte, das diese urplötzliche Abreise Miß Campbell bereitete, ein mit der Frage:

»Wie lange, meinen Sie, Kapitän Olduck, daß dieser Sturm wohl andauern könnte?«

»In dieser Jahreszeit höchstens zwei oder drei Tage«, erklärte der Kapitän.

»Und Sie meinen, daß es notwendig ist, von hier fortzusegeln?«

»Notwendig und ebenso dringend.«

»Was wäre also Ihre Absicht?«

»Noch diesen Morgen die Anker zu lichten. Mit dem frischen Winde könnten wir noch vor dem Abend in Achnagraig landen, und würden erst, nachdem das Wetter vorübergegangen ist, nach Staffa zurückkehren.«

»Warum wollen Sie nicht nach Jona zurücksegeln, wo die »Clorinda« binnen einer Stunde sein könnte«, fragte Bruder Sam.

»Nein . . . nein . . . nicht nach Jona!« rief Miß Campbell, vor der schon der Schatten Aristobulos Ursiclos' aufstieg.

»Im Hafen von Jona wären wir kaum mehr in Sicherheit als hier vor Staffa«, wandte John Olduck dagegen ein.

»Nun wohl, Kapitän«, sagte Olivier Sinclair, »so segeln Sie ab, segeln Sie unverzüglich nach Achnagraig und lassen Sie uns auf Staffa zurück.«

»Auf Staffa?« wiederholte John Olduck verwundert, »wo Sie nicht einmal eine Hütte hätten, sich zu schützen?«

»Kann die Grotte von Clam Shell nicht für einige

Tage genügen?« erwiderte Olivier Sinclair. »Was soll uns da fehlen? – Nichts! Wir besitzen an Bord hinreichenden Proviant, Wäsche für unsere Schlafstätten, Kleider zum Wechseln, was man alles schnell ausschiffen kann, und der Koch wird jedenfalls gern bei uns aushalten.«

»Ja ... ja ...«, antwortete Miß Campbell, in die Hände klatschend, »reisen Sie ab, Kapitän, segeln Sie unverzüglich mit Ihrer Yacht nach Achnagraig und lassen Sie uns auf Staffa. Wir werden und hier wie Ausgesetzte auf wüster Insel befinden; wir führen hier das Leben freiwilliger Schiffbrüchiger. Wir erwarten dann die Rückkehr der ›Clorinda‹ mit der Erregung, der ängstlichen Spannung jener Robinsons, welche ein Schiff in der Nähe ihrer Insel erblicken. Zu welchem Zwecke sind wir hierher gekommen? Einen Roman zu spielen, nicht wahr, Herr Sinclair, und was kann es romantischeres geben, als diese unsere Lage, liebe Onkels? Und mein ganzes Leben lang würde ich mir Vorwürfe machen, ein so erhabenes Schauspiel verfehlt zu haben, wenn ich nicht einen Sturm, einen rasenden, über dieses Eiland fliegenden Wind, den Zorn eines nördlichen Meeres, die ossianhaften Kämpfe der entfesselten Elemente beobachtet hätte. Segeln Sie weg, Kapitän Olduck! Wir bleiben hier, bis Sie wiederkommen!«

»Indes ...«, stammelten die Brüder Melvill, denen dieses Wort der Besorgnis gleichzeitig entschlüpfte.

»Mir scheint, meine Onkels hätten etwas eingewendet«, schnitt ihnen Miß Campbell die Rede ab, »doch ich glaube ein Mittel zu besitzen, um sie zu meiner Ansicht zu bekehren.«

Damit gab sie jedem den gewohnten Morgenkuß.

»So, das ist für dich, Onkel Sam, und für dich, Onkel Sib. Ich wette nun, daß ihr nichts mehr zu sagen habt.«

Sie dachten gar nicht daran, eine Einwendung zu erheben.

Seit es ihrer Nichte beliebte, in Staffa bleiben zu wollen, warum sollten sie da nicht hier aushalten, und warum kamen sie überhaupt nicht von Anfang an auf diesen einfachen, so natürlichen Gedanken, der aller Interessen Rechnung trug?

Der Vorschlag rührte indessen von Olivier Sinclair her, und Miß Campbell glaubte ihm dafür ganz speziell danken zu müssen.

Nachdem also dieser Beschluß feststand, schifften die Matrosen die für einen mehrtägigen Aufenthalt notwendigen Bedürfnisse aus. Clam Shell wurde unter dem Namen Melvill-House zur einstweiligen Wohnung umgestaltet, in der man mindestens ebenso gut untergebracht zu sein meinte, wie in der Herberge von Jona. Der Koch ging sofort daran, eine für seine Obliegenheiten passende Stelle auszuwählen, die er nahe dem Eingang der Höhle in einer scheinbar zu solchen Zwecken geschaffenen Nische der Felsenwand entdeckte.

Dann verließen Miß Campbell und Olivier Sinclair, die Brüder Melvill, Frau Beß und Patridge die »Clorinda« und übernahmen das ihnen von John Olduck überlassenen kleine Boot der Yacht, welches zu gelegentlichem Übersetzen von einem Felsen zum anderen von großem Vorteil sein mußte.

Eine Stunde später lichtete die »Clorinda« mit doppelt gerefften Segeln und eingezogenem Klüverjäger die Anker, und wandte sich nach der Nordseite der Insel Mull, um durch die schmale Wasserstraße zwischen der Insel und dem Festlande nach Achnagraig zu gelangen. Ihre Passagiere folgten ihr von der Höhe Staffas aus mit den Blicken, solange sie das schmucke Schiff sehen konnten. Sich unter dem Wind neigend, gleich einer Möwe, die mit den Flügeln dicht über das Wasser streicht, war dasselbe nach kaum einer halben Stunde hinter dem Eilande Geometra verschwunden.

Wenn die Witterung auch bedrohlich schien, blieb der Himmel vorläufig doch noch ziemlich klar, so daß die Sonne sehr häufig durch die Wolkenöffnungen blickte, welche der Wind im Zenit aufriß. Man konnte auf der Insel lustwandeln und rings um dieselbe dem Fuße des Basaltufers folgen. Miß Campbells und der

Brüder Melvill erstes Verlangen war denn auch, sich unter Führung Olivier Sinclairs nach der berühmten Fingalshöhle zu begeben.

Die Lustreisenden, welche von Oban kommen, pflegen diese Höhle mittels der Boote des Obaner Dampfers zu besuchen; man kann jedoch bis nach ihrem entlegensten Hintergrunde auch dadurch gelangen, daß man an den Felsen der rechten Seite landet, wo sich eine Art gangbarer Quai vorfindet.

Auf diese Weise wollte Olivier Sinclair seine Touristen führen, ohne das Kanut der »Clorinda« zu benützen.

Alle verließen also Clam Shell und begaben sich nach der Straße, welche an der Ostseite der Insel verläuft. Das obere Ende der senkrecht eingelassenen Säulenschäfte, welche fast auf den Gedanken führten, daß ein Architekt sie in dieser Weise versenkt hätte, bot einen festen und trockenen Fußboden. Der nur wenige Minuten beanspruchende Weg wurde plaudernd zurückgelegt, während alle die Schönheit der Eilande bewunderten, an denen die Brandung tobte und über die hinaus das lichtgrüne Wasser bis auf den Grund der Felsen zu blicken gestattete. Man konnte sich unmöglich einen schöneren Weg nach jener Grotte denken, welche an sich würdig erscheint, von einem Helden aus tausendundeiner Nacht bewohnt zu werden.

An der südöstlichen Ecke der Insel angelangt, ließ Olivier Sinclair seine Begleiter einige natürliche Stufen emporsteigen, welche sich mit der Treppe jedes Palastes hätten messen können. An dieser Treppenecke erhoben sich die äußersten Säulen, welche längs der Wand der Höhle stehen, wie die des kleinen Tempels der Vesta in Rom, nur näher nebeneinander, wie um die unbearbeitete Wand zu verhüllen. Auf ihre Kapitäle stützt sich die gewaltige Steinmasse, welche diesen Teil des Eilandes bildet. Die schräg verlaufenden Spalten dieser Felsen, welche nach dem Muster eines inneren Bogengewölbes angeordnet scheinen, kontrastieren eigentümlich mit der lotrechten Stellung der

Säulen, welche sie tragen.

Am Fuße jener Stufen hob und senkte sich das Wasser, als ob es tief atmete, schon ein wenig stärker unter der Rückwirkung der hohen Wellen des offenen Meeres. Hier spiegelte sich der ganze Grund der Steinmasse wider, deren schwärzlicher Schatten auf den Wogen schwankte.

Am oberen Treppenabsatze angekommen, wendete sich Olivier Sinclair zur Linken und zeigte Miß Campbell eine Art schmalen Quai, oder vielmehr natürlichen Absatz, der sich längs der Wand bis tief in die Höhle hineinzog. Ein dünneres Geländer von Eisenstangen, die im Basalt befestigt waren, diente als Handleitung zwischen der Wand und der scharfen Kante des Quais.

»Oh«, sagte Miß Campbell, »dieses Geländer verleidet mir ein wenig den Palast Fingals.«

»Sie haben recht«, meinte Olivier Sinclair, »dieses Eingreifen der Menschenhand in das Werk der Natur stört einigermaßen.«

»Doch wenn es von Nutzen ist, muß man sich desselben bedienen«, bemerkte Bruder Sam.

»Ich werde es tun!« setzte Bruder Sib hinzu.

Beim Eintritt in die Fingalshöhle blieben die Besucher auf den Rat ihres Führers stehen.

Vor ihnen öffnete sich eine Art hohes und tiefes Kirchenschiff voll geheimnisvollen Halbschattens. Im Meeresniveau maß der Raum zwischen beiden Wänden etwa vierunddreißig Fuß. Rechts und links verbargen Basaltpfeiler, welche dicht nebeneinander standen, wie in gewissen Kathedralen der letzten gotischen Periode, die Masse der Grundmauern. Auf die Kapitäle dieser Pfeiler stützte sich der Anlauf einer ungeheuren gerippten Wölbung, die sich unter den Schlußsteinen fünfzig Fuß über den mittleren Wasserstand erhob.

Trotz ihrer staunenden Bewunderung bei diesem ersten Anblick mußten sich Miß Campbell und ihre Begleiter doch endlich von der Betrachtung desselben losreißen und dem nach innen führenden Absatz der einen Wand folgen.

Hier streben in vollkommener Ordnung, aber in wechselnder Größe Hunderte prismatischer Säulen empor, gleich Erzeugnissen einer gigantischen Kristallisation. Ihre feinen Kanten heben sich so rein voneinander ab, als hätte der Meißel eines Bildhauers diese Linien ausgearbeitet. An die nach rückwärts liegenden Winkel der einen schließen sich die nach vorn sehenden der anderen genau an. Die einen derselben zeigen drei Flächen, die anderen vier, fünf bis sieben und acht solche, was bei der allgemeinen Gleichförmigkeit des Stils eine angenehme Abwechslung hervorbringt, welche für den feinen Sinn des Künstlers der Natur ein schönes Zeugnis ablegt.

Das von außen eindringende Licht spielt auf allen facettierten Winkeln. Auf das Wasser unten treffend und wie von einem Spiegel zurückgestrahlt, schimmert es auf den submarinen Steinen, auf den grünen, dunkelroten oder hellgelben Wasserpflanzen, und entzündet mit tausend Blitzen die Vorsprünge des Basaltes, der in unregelmäßigen Abteilungen die Wölbung dieses Hypogäums, das in der Welt seinesgleichen nicht findet, reizvoll abschließt.

Darunter herrschte ein tönendes Schweigen – wenn man diese Worte in Verbindung setzen darf – das eigenartige Schweigen aller tiefen Aushöhlungen der Erde, welches die Besucher auch hier nicht zu unterbrechen wagten. Nur der Wind allein strich hindurch in langgezogenen Akkorden, welche eine melancholische Reihenfolge einmal anschwellender und dann halb ersterbender Septimen, wie die Saiten einer Äolsharfe, erklingen lassen. Ist es nicht dieser wunderbare Effekt, von dem der Name »An-Na-Vine«, das ist die harmonische Grotte, hergeleitet ist, wie diese Höhle in der Sprache der alten Kelten genannt wurde.?

»Und welcher Name könnte wohl passender erscheinen«, sagte Olivier Sinclair, »da Fingal der Vater Ossias war, dessen Genius es gelang, Poesie und Musik in einer Kunst zu verschmelzen?«

»Ohne Zweifel«, stimmte ihm Bruder Sam bei;

»doch wie Ossian selbst sang: »Wann wird mein Ohr der Barden Lied vernehmen? Wann klopft mein Herz laut bei der Schilderung der Taten meiner Väter? Ach, in den Wäldern von Sebora weckt des Echos Stimme keine Harfe mehr!«

»Ja«, setzte Bruder Sib hinzu, »nun steht er öd', der schimmernnde Palast, kein Widerhall tönt mehr vom Gange früh'rer Zeiten!«

Die ganze Tiefe der Höhle wird auf ungefähr hundertfünfzig Fuß geschätzt. Im Hintergrunde des Kirchenschiffes erscheint eine Art Orgelchor, auf dem sich eine gewisse Anzahl Säulen von geringerem Durchmesser als am Eingang, dafür aber in tadelloser Reinheit der Linien erheben.

Hier konnten Olivier Sinclair, Miß Campbell und deren beiden Onkels einen Augenblick verweilen.

Von diesem Punkte aus bot sich eine bezaubernde, nach dem freien Himmel offene Perspektive, das vom Licht durchdrungene Wasser ließ die Anordnung des unterseeischen Grundes erkennen, der aus Querschnitten von vier- bis siebenseitigen Säulenschäften bestand, welche gleich einem Mosaikpflaster dicht aneinander liegen. An den seitlichen Wänden wechselte ein wunderbares Spiel von Licht und Schatten. Alles erlosch, wenn eine Wolke, wie ein Gazevorhang auf der Bühne, vor der Mündung der Grotte vorüberzog. Alles glänzte dagegen und schmückte sich mit allen sieben Farben des Regenbogens, wenn ein vom Kristall des Grundes zurückgeworfener Sonnenstrahl sich in langen leuchtenden Streifen bis zur Decke der Wölbung erhob.

Weiterhin brandete das Meer an den ersten Pfeilern des ungeheuren Eingangsbogens. Dieser Rahmen, der sich so schwarz abhob, als ob er aus Ebenholz geschnitzt wäre, ließ alle Herrlichkeiten hinter sich desto voller zur Geltung kommen. Noch weiter draußen erschienen Himmel und Wasser in blendendem Glanze, und in weiter Ferne Jona, dessen weiße Klosterruinen deutlich hervorschimmerten.

Wirklich bezaubert durch diese feenhafte Pracht,

vermochte niemand seinen Empfindungen Worte zu verleihen.

»Welcher Zauberpalast!« rief endlich Miß Campbell, »und welch' prosaischer Geist müßte es sein, der nicht glauben könnte, Gott habe denselben für die Sylphen und Nixen geschaffen! Für wen sollten beim Atmen des Windes die Töne dieser großen Äolsharfe erklingen? Ist das nicht jene überirdische Musik, welche Waverley in seinen Träumen hörte, jene Stimme Selmas, deren Akkorde unser Romandichter aufgezeichnet hat, um damit seine Helden einzuschläfern?«

»Sie haben recht, Miß Campbell«, sagte Olivier Sinclair; »sicherlich dachte Walter Scott, wenn er seine Bilder in der poetischen Vergangenheit der Hochlande suchte, an den Palast Fingals.«

»Oh, hier möcht' ich den Schatten Ossians anrufen!« fuhr das schwärmerische junge Mädchen fort. »Warum sollte der unsichtbare Barde nicht nach fünfzehnhundertjährigem Schlummer auf meine Stimme erscheinen! Ich stelle mir so gern vor, daß der Unglückliche, ebenso blind wie Homer und ebenso Dichter wie dieser, wenn er die großen Waffentaten seiner Zeit besang, sich oftmals in diesen Palast geflüchtet hat, der noch heute den Namen seines Vaters trägt. Hier haben gewiß die Echos Fingals häufig genug die epischen und lyrischen Eingebungen seines Geistes im reinsten gälischen Idiom widergeklungen. Glauben Sie nicht, Herr Sinclair, daß der alte Ossian auf demselben Platze gesessen haben könne, auf dem wir uns jetzt befinden, und daß die Töne seiner Harfe sich hier mit Selmas Stimme vermischten?«

»Wie sollte ich nicht glauben, Miß Campbell«, erwiderte Olivier Sinclair, »was Sie mit so ausdrucksvoller Überzeugung aussprechen?«

»Wenn ich ihn nun riefe?« murmelte Miß Campbell.

Und mit ihrer frischen Stimme ließ sie wiederholt den Namen des alten Barden durch das Zittern des Windes erschallen.

Doch trotz des sehnlichsten Verlangens der Miß

Campbell, obwohl sie ihn dreimal gerufen, antwortete ihr doch nur das Echo. Der Schatten Ossians erschien nicht im väterlichen Palaste.

Inzwischen war die Sonne hinter dichten Nebeln versunken. Die Grotte füllte sich mit düsteren Schatten und draußen wurde das Meer immer unruhiger; seine langen Wellen begannen sich schon an den letzten Basaltsäulen zu brechen.

Die Besucher begaben sich also nach der schmalen, schon halb von Wasserschaum bedeckten Galerie zurück; sie gingen raschen Schrittes um die vom Winde heftig getroffene Ecke der Insel, gegen welche der Sturm von der Seeseite her andonnerte; weiterhin befanden sie sich vorläufig geschützt auf dem an der anderen Seite verlaufenden Uferdamm.

Die schlechte Witterung hatte sich seit zwei Stunden noch merkbar verschlimmert; der rasende Wind stieß sich schon an der hohen Küste Schottlands und drohte, zum vollen Orkan anzuwachsen.

Durch die Basaltwand des Strandes gedeckt, konnte Miß Campbell mit ihren Begleitern jedoch Clam Shell bequem erreichen.

Am folgenden Tage entfesselte sich der Wind unter erneutem Sinken der Barometersäule mit furchtbarem Ungestüm; noch dichtere blaugraue Wolken erfüllten den Himmel und jagten ziemlich niedrig über die Erde hin. Noch regnete es zwar nicht, aber auch die Sonne blieb unsichtbar; höchstens schien sie einmal in langen Zwischenräumen.

Miß Campbell schien von diesem widrigen Wetter weniger verstimmt zu werden, als man es hätte glauben sollen.

Dieses Leben auf einem vom Sturm gepeitschten Eilande entsprach ganz ihrer feurigen Natur. Gleich einer Heroine Walter Scotts gefiel sie sich darin, zwischen den Felsen von Staffa, in ganz eigenartig neue Gedanken versunken und meist allein umherzuirren, wobei denn auch niemand sich ihr zur Begleitung aufdrängte.

Wiederholt kehrte sie auch nach der Fingalshöhle

zurück, deren poetische Eigentümlichkeit sie lebhaft anzog. Hier verträumte sie ganze Stunden, ohne je der erhaltenen Warnung zu gedenken, sich nicht unachtsam in diesen unterirdischen Palast zu begeben.

Am nächsten Tage, dem 9. September, hatte sich das Maximum der Depression nach den Küsten Schottlands verschoben. Im Mittelpunkte dieses Wirbels bewegten sich die Luftströme mit unglaublicher Schnelligkeit – das war ein wirklicher Orkan. Es wäre unmöglich gewesen, ihm auf dem Oberlande der Insel standzuhalten.

Gegen sieben Uhr abends, eben als das Diner sie erwartete, bemächtigte sich Olivier Sinclair und der Brüder Melvill eine namenlose Angst.

Miß Campbell, die seit drei Stunden, ohne zu sagen wohin, weggegangen war, hatte sich noch nicht wieder blicken lassen.

Vorher warteten alle mit steigender Ungeduld bis um sechs Uhr . . . Miß Campbell erschien nicht.

Mehrmals stieg Olivier Sinclair nach dem Plateuau der Insel hinauf . . . er sah keine Seele.

Der Sturm wütete jetzt mit einer Gewalt ohnegleichen, und das sich zu furchtbaren Wogenbergen auftürmende Meer donnerte ohne Unterlaß an die nach Südwesten gelegene Küste der Insel.

»Unglückliche Miß Campbell!« rief plötzlich Olivier Sinclair, »wenn sie sich jetzt noch in der Fingalshöhle befindet, muß ihr Hilfe werden, sonst ist sie rettungslos verloren.«

Zwanzigstes Kapitel

Für Miß Campbell

Einige Augenblicke später war Olivier Sinclair schon längs des Uferdammes hingeeilt und hatte, da wo die Basalttreppe in die Höhe führt, den Eingang der Grotte erreicht.

Die Brüder Melvill und Patridge folgten ihm auf dem Fuße nach.

Frau Beß war in unaussprechlicher Angst in Clam Shell zurückgeblieben, bereitete aber alles vor, um Helena bei ihrer Rückkehr zu empfangen.

Das Meer stieg jetzt schon so hoch, daß es den oberen Treppenabsatz bespülte; ja, es schäumte sogar über das Eisengeländer hinweg und machte jedes Vordringen auf der inneren Seitengalerie unmöglich.

Aus der Unmöglichkeit, zu Fuß in die Grotte einzudringen, ergab sich auch die Unmöglichkeit, aus derselben zu entkommen. Wenn Miß Campbell sich darin befand, war sie eine Gefangene. Aber wie es wissen, wie zu ihr gelangen?

»Helena! Helena!«

Konnte dieser in das Toben der Wellen hineingerufene Name wohl vernommen werden? Es klang ringsum wie unaufhörliches Donnern von Wind und Wogen, das sich in der Grotte fing. Weder die Stimme, noch der Blick wären imstande gewesen hindurchzudringen.

»Vielleicht ist Miß Campbell überhaupt gar nicht hier«, sagte Bruder Sam, der sich zur Selbstberuhigung an diese Hoffnung klammerte.

»Wo sollte sie denn sein?« fragte Bruder Sib.

»Ja, wo sollte sie denn sein?« rief Olivier Sinclair. »Hab' ich sie nicht vergebens auf dem Plateau der Insel, unter den Felsen des Ufers und überall gesucht? Würde sie nicht zu uns zurückgekehrt sein, wenn ihr das möglich wäre! – Sie ist hier – kann nur hier sein!«

Man erinnerte sich jetzt auch des wiederholt ausgesprochenen, enthusiatischen und von Unerschrockenheit zeugenden Wunsches des jungen Mädchens, in der Fingalshöhle einem Sturme beizuwohnen. Hatte sie also vergessen, daß das Meer diese unter solchen Verhältnissen oft bis zur Decke anfüllt und zu einem Gefängnisse umwandelt?

Was blieb jetzt zu versuchen übrig, um zu ihr zu gelangen und sie zu retten?

Unter der Gewalt des Orkans, der diesen Teil des Eilandes mit mächtiger Geißel traf, erhoben sich die Wogen zuweilen schon bis zum Gipfel der Wölbung. Daselbst brachen sie sich mit betäubendem Krachen. Die von dem Hindernisse gestauten Wassermassen stürzten dann, wie die Katarakte eines Niagara, in schäumenden Wirbeln hernieder; der von der hohlen See draußen bewegte untere Teil der Wellen aber stürmte in dem Innenraume weiter mit dem Brausen eines Bergstromes, dessen Wehr plötzlich seiner Wucht nachgab. Erst ganz im Hintergrunde der Grotte brach sich das Meer als siedender Strudel an der Felsenwand.

An welcher Stelle hätte Miß Campbell nun eine Zuflucht finden können, die nicht von den Wellen erreicht worden wäre? Das Kopfende der Grotte gerade war ihrem Anstürmen direkt ausgesetzt, und beim Hinwogen ebenso wie beim Rückfließen mußte das Wasser die Galerie in einer Weise überfluten, daß niemand sich darauf hätte halten können.

Und doch versuchte man wieder sich gegen den Glauben zu wehren, daß das unerschrockene junge Mädchen überhaupt hier sei. Wie hätte sie in dieser Sackgasse dem Wogenschwall des wütenden Meeres widerstehen können? Mußte nicht ihr verstümmelter, zerrissener Körper, vom Strudel gepackt, schon wieder nach außen geschleudert worden sein? Könnte sie nicht die Strömung bei der jetzt steigenden Flut schon längs des Uferdammes und an den Riffen bei Clam Shell vorbeigeschwemmt haben?

»Helena! Helena!«

Immer und immer wieder riefen sie diesen Namen durch das tolle Getöse von Wind und Wellen.

Kein Ruf antwortete ihnen und konnte ihnen antworten.

»Nein, nein, sie ist nicht in dieser Höhle!« wiederholten die Brüder Melvill in ihrer Verzweiflung.

»Sie ist doch darin!« versicherte Olivier Sinclair.

Wie zur Bekräftigung seiner Worte wies er da auf ein Stück Stoff, welches eben eine rückstauende Woge auf eine der Basaltstufen warf.

Olivier Sinclair stürzte darauf zu.

Es war der »Snod«, das schottische Band, welches Miß Campbell stets in den Haaren zu tragen pflegte.

Konnte es nun noch einen Zweifel geben?

Und doch, wenn dieses Band ihr entrissen werden konnte, war es dann möglich, daß Miß Campbell bei demselben furchtbaren Wellenschlage doch nicht gleichzeitig an die Felsenwand gedrückt und schwer verletzt worden wäre?

»Ich werde bald Gewißheit haben!« rief Olivier Sinclair.

Unter Benützung eines Moments, wo das rückfließende Wasser die Galerie halb frei ließ, ergriff er die erste lange Eisenstange des Geländers; da stürmte aber schon eine neue, riesenhafte Woge auf dieselbe Stelle ein und drückte ihn auf den Treppenabsatz nieder.

Wenn Patridge sich nicht mit eigener Lebensgefahr auf ihn geworfen und den jungen Mann zurückhalten hätte, so wäre Olivier Sinclair unbedingt bis zur letzten Stufe hinabgeglitten und das Meer hätte ihn mit fortgerissen, ohne daß es möglich gewesen wäre, ihm Hilfe zu bringen.

Olivier Sinclair hatte sich erhoben, sein Entschluß, in die Grotte einzudringen, war keineswegs erschüttert.

»Miß Campbell ist da drinnen!« – wiederholte er, »da ihr Körper nicht ebenso herausgetragen worden ist, wie dieses Stückchen Band. Es ist also möglich, daß sie in irgendwelcher Wandvertiefung Schutz gefunden hat. Ihre Kräfte aber werden sie verlassen; sie wird nicht ausdauern können, bis wieder Ebbe eintritt.

Wir müssen also zu ihr zu gelangen suchen!«

»Ich werde gehen!« rief Patridge.

»Nein! . . . Ich!« antwortete Olivier Sinclair.

Er wollte ein äußerstes Mittel versuchen, zu Miß Campbell vorzudringen, und wenn dieses Mittel ihm auch nur sehr geringe Aussicht auf günstigen Erfolg versprach.

»Warten Sie hier, meine Herren«, sagte er zu den Brüdern Melvill. »In fünf Minuten sind wir wieder zurück. Kommen Sie, Patridge!«

Die beiden Onkels blieben unter dem Schutze des hohen Ufers, nahe dem äußersten vorspringenden Winkel der Insel, an einer Stelle, welche das Meer nicht erreichen konnte, während Olivier Sinclair und Patridge raschen Schrittes nach Clam Shell zurückeilten.

Es war jetzt um achteinhalb Uhr. Fünf Minuten später erschienen der junge Mann und der alte Diener wieder und schleppten längs des Uferrandes das kleine Boot der »Clorinda«, welches ihnen der Kapitän John Olduck zurückgelassen hatte.

Wollte Olivier Sinclair sich wirklich auf dem Wasserwege in diese Höhle wagen, da der Landweg ihm verschlossen war?

Ja, er wollte es versuchen. Wohl setzte er sein Leben dabei aufs Spiel. Er wußte es, aber er zögerte deshalb nicht.

Das Boot wurde, geschützt vor der Brandung, an den Fuß der Treppe, hinter eine der Basaltstufen geschafft.

»Ich gehe mit Ihnen«, erklärte Patridge.

»Nein, Patridge«, erwiderte Olivier Sinclair, »nein! Wir dürfen dieses schwache Fahrzeug nicht unnützerweise überlasten. Wenn Miß Campbell noch am Leben ist, genügt es, wenn ich auch allein komme.«

»Olivier!« riefen die beiden Onkels, welche ihr Schluchzen nicht zurückzuhalten vermochten. »Olivier, retten Sie unsere Tochter!«

Der junge Mann drückte ihnen die Hand, dann sprang er in das Boot, setzte sich auf die Mittelbank desselben, ergriff die Riemen und gelangte mit zwei Ruderschlägen geschickt in die Mitte des Wirbels, wo er den Rückfluß einer ungeheuren Woge erwartete, die ihn gerade vor dem Eingange der Fingalshöhle traf.

Hier wurde das Boot hoch emporgeschleudert, doch gelang es dem mutigen jungen Mann, dasselbe durch gewandtes Manövrieren in gerader Linie zu erhalten; hätte es sich zur Seite gewendet, so mußte es rettungslos kentern.

Jetzt warf das zürnende Meer das gebrechliche Fahrzeug fast bis zur Höhe der Wölbung, man hätte glauben können, daß diese Nußschale an der Felsenwand zerschellen müsse, als die Woge aber zurücksank, trug sie es mit unwiderstehlicher Gewalt wieder nach der Außenseite der Höhle hinaus.

Dreimal uwrde das Boot so hin und her geschleudert, einmal hinein- und dann wieder hinausgeworfen, ohne noch durch die vor dem Eingange sich stauenden Wassermassen gelangen zu können. Mit voller Kaltblütigkeit hielt sich Olivier Sinclair mittels seiner Riemen.

Endlich faßte ein noch höherer Wellenkamm das Kanu; es schwankte einen Augenblick auf dem Rükken des flüssigen Ungeheuers, fast in gleicher Höhe mit dem Plateau der Insel; dann gähnte plötzlich ein tiefer Abgrund auf und Olivier Sinclair wurde in schräger Richtung, wie auf der herabstürzenden Wand eines Wasserfalles, hinuntergeschleudert.

Ein Schreckensschrei entrang sich den Zuschauern dieser Szene. Es schien, als ob das Fahrzeug unwiderstehlich an den linken Eingangspfeilern zerschmettert werden müßte.

Der unerschrockene junge Mann wendete jedoch sein Boot durch einen kräftigen Ruderschlag und verschwand, nachdem er einmal den Eingang erreicht, noch ehe das Wasser sich wieder zu riesenhaftem Schwall erhoben, mit der Schnelligkeit eines Pfeiles im Inneren der Höhle.

Eine Sekunde später donnerten die Wogen wieder

hinein und schäumten bis zum oberen Rande des Eilandes auf.

Würde das Boot nun im Hintergrunde der Grotte zerschellen, und sollte man zwei Opfer statt eines zu zählen haben? Glücklicherweise nein. Olivier Sinclair war schnell und ohne anzustoßen unter der ungleichen Deckenwölbung hinweggeglitten.

Indem er sich platt in das Boot warf, entging er dem sonst unvermeidlichen Anstoßen an hervorstehende Säulenenden. Während des Zeitraumes einer Sekunde flog er wieder gegen die anderen Seitenwände und fürchtete nur, wieder hinausgeworfen zu werden, ehe es ihm gelang, irgendeinen hervorragenden Haltepunkt im Hintergrunde zu gewinnen. Da stieß das Boot, in Folge der in sich selbst verlaufenden Wellenbewegung, nur schwach an die Pfeiler jener Orgelempore, die sich im Schiffe der Fingalshöhle erhebt; dennoch barst es mitten entzwei; Olivier Sinclair vermochte jedoch ein Basaltstück zu packen, sich daran mit allen Kräften festzuklammern und dann über das Wasser emporzuringen.

Nur einen Augenblick später erfaßte eine rückströmende Woge die Trümmer des Bootes, welche hinausgeschleudert wurden, und mit dem Gedanken, daß der kühne Retter seinen Untergang gefunden habe, sahen die Brüder Melvill und Patridge dieselben hinausgetragen werden.

Einundzwanzigstes Kapitel

Ein voller Sturm in einer Höhle

Olivier Sinclair war heil und gesund und für den Augenblick auch in Sicherheit. Die hier herrschende Dunkelheit verhinderte ihn zuerst, irgend etwas zu erkennen. Der matte Schein der Abenddämmerung drang nur in der Zeit zwischen zwei Wogen ein, wenn das Wasser den Eingang zur Grotte nur zur Hälfte anfüllte.

Olivier Sinclair suchte zu entdecken, wo Miß Campbell eine Zuflucht gefunden habe ... vergeblich.

Er rief laut:

»Miß Campbell! Miß Campbell!«

Wie könnten wir beschreiben, was in ihm vorging, als er eine Stimme antworten hörte:

»Herr Olivier! Herr Olivier!«

Miß Campbell lebte noch.

Aber wohin hatte sie sich vor den andrängenden Wogen flüchten können?

Auf der Galerie hinkriechend, durchsuchte Olivier Sinclair den hinteren Teil der Fingalshöhle.

Da in der linken Wand hatte das Zurückweichen des Basaltes einen Schlupfwinkel gleich einer Nische gebildet. Die Felsenpfeiler traten hier mehr auseinander. Am Anfang noch ziemlich weit offen, verengerte sich diese Vertiefung so weit, daß nur eine Person darin Platz finden konnte. Die Sage gab diesem Loche den Namen »Fingals Armstuhl«.

In diese Nische hatte sich die von dem steigenden Meere erschreckte Miß Campbell geflüchtet.

Einige Stunden vorher war der Zugang zur Grotte bei der Ebbe ganz unbehindert gewesen und sie hatte arglos hier ihren gewöhnlichen Besuch machen wollen. Versunken in ihre Träume, hatte sie an die Gefahr gar nicht gedacht, welche die Flut mit sich bringen mußte, und wie groß war ihr Entsetzen, als sie wieder hinausgehen wollte und sich überzeugte, daß ihr das eindringende Wasser jeden Weg versperrte!

Miß Campbell verlor indes nicht den Kopf; sie suchte sich Deckung, so gut es anging, und nach mehreren vergeblichen Bemühungen, noch nach außen zu gelangen, erreichte sie wenigstens, freilich unter der Gefahr, zwanzigmal vom Wasser fortgerissen zu werden, den Armstuhl Fingals.

Dort fand sie Olivier Sinclair eingeklemmt, aber doch außerhalb der Tragweite der Wogen.

»Oh, Miß Campbell!« rief er, »wie konnten Sie auch so unvorsichtig sein, sich bei Beginn des Sturmes in solche Gefahr zu begeben? Wir hielten Sie schon für verloren.«

»Und Sie sind doch gekommen, mich zu retten, Herr Olivier?« antwortete Miß Campbell, mehr gerührt von den Gefahren, die ihr noch drohen konnten.

»Ich bin gekommen, Sie aus schlimmer Lage zu befreien, Miß Campbell, und mit Gottes Hilfe wird es mir gelingen. Sie haben doch keine Furcht?«

»Ich habe keine Furcht, gewiß nicht! . . . Da Sie bei mir sind, fürchte ich nichts mehr . . . Und kann man übrigens eine andere Empfindung, als die maßloser Bewunderung haben gegenüber einem so erhabenen Schauspiel? . . . Sehen Sie selbst.« Miß Campbell hatte sich ganz bis in den Hintergrund der kleinen Aushöhlung zurückgedrängt. Dicht vor ihr stehend, suchte Olivier Sinclair, sie bestmöglich zu schützen, wenn eine sich wütender aufbäumende Welle sie zu erreichen drohte.

Beide schwiegen still. Mußte Olivier Sinclair denn sprechen, um sich verständlich zu machen? Und wozu hätte es der Worte bedurft, um alles das auszudrükken, was Miß Campbell jetzt empfand?

Der junge Mann sah indes mit unsäglicher Angst, nicht um seinet-, wohl aber um Miß Campbells willen, die zunehmende Gefahr ihrer Lage. Wenn er das Heulen des Windes, das Tosen des Meeres hörte, verriet ihm das nicht, daß der Sturm sich mit noch wachsender Wut entfesselte? Sah er nicht, wie das Wasser unter der Mitwirkung der Flut noch immer mehr anstieg und die Höhle noch weiter anfüllte? Wenn jetzt hier keine absolute Finsternis herrschte, kam das daher, daß die Wogenkämme gleichsam von außen eingesaugtes Licht mitbrachten. Breite phosphoreszierende Flächen leuchteten dabei wie durch eine Art elektrischer Ausstrahlung, die sich an den Winkeln des Basaltes brach, die Kanten der Prismen erhellte und einen ungewissen Dämmerschein zurückließ.

Bei dem kurz andauernden Aufleuchten dieser Lichtblitze wandte sich Olivier Sinclair gegen Miß Campbell um. Er schaute ihr mit einer Erregung ins

Gesicht, welche nicht allein durch die Gefahr hervorgerufen wurde.

Miß Campbell lächelte freudig bei der Erhabenheit des Schauspiels – bei dem Sturm in dieser Höhle.

Da brandete eine unermeßliche Woge bis zur Vertiefung des Armstuhles Fingals hinauf. Olivier Sinclair glaubte, daß er und sie davon aus ihrem Schlupfwinkel herausgerissen werden könnten.

Er umschlang das junge Mädchen mit den Armen, gleich einer Beute, welche das Meer ihm entreißen wollte.

»Olivier! Olivier!« ... rief Miß Campbell voller Schrecken, den sie nicht bemeistern konnte.

»Fürchten Sie nichts, Helena«, antwortete Olivier Sinclair. »Ich werde Sie schützen, Helena ... ich ...« Er sagte es, er wollte sie verteidigen und schützen! Doch wie? Wie konnte er sie der Wut der Wellen entziehen, wenn diese noch mehr zunahmen, wenn das Wasser noch immer höher anstieg, wenn auch dieser letzte Zufluchtsort unhaltbar wurde? Wo würde er eine Stelle finden, die nicht von dem wütend erregten Meer erreicht wurde? Alle diese Möglichkeiten drängten sich ihm in all' ihrer Schrecklichkeit vor Augen.

Vor allen Dingen kaltes Blut! Olivier Sinclair gelobte sich, wenigstens seiner selbst Herr zu bleiben.

Er mußte das um so mehr, da dem jungen Mädchen, wenn auch nicht die moralische, doch die physische Kraft bald genug ausgehen konnte. Erschöpft von zu langem Kampfe, mußte jeden Augenblick die notwendige Reaktion in ihr eintreten. Olivier Sinclair fühlte, wie sie schon allmählich schwächer wurde. Er wollte sie beruhigen, obgleich ihm selbst jede Hoffnung mehr und mehr schwand.

»Helena ... meine liebe Helena!« flüsterte er, »bei meiner Rückkehr nach Oban ... hab' ich es gehört ... daß Sie ... daß ich Ihnen meine Rettung aus dem Strudel des Corryvrekan zu danken habe.«

»Olivier! ... Sie wüßten es! ...« antwortete Miß Campbell mit fast erstickter Stimme.

»Ja ... und heute werde ich es Ihnen entgelten können ... ich rette Sie aus der Fingalshöhle.«

Wie konnte Olivier Sinclair von Heil und Rettung zu sprechen wagen, jetzt wo sich schon die Wassermasse am Fuße ihres Zufluchtsortes brach! Es gelang ihm nur sehr mangelhaft, das junge Mädchen vor ihrem Ungestüm zu bewahren. Zwei- oder dreimal wäre er fast mit weggezerrt worden ... und wenn er noch Widerstand leistete, so geschah das mit wirklich übermenschlicher Anstrengung, weil er Miß Campbells Arme wie um seine Taille geknüpft fühlte und begriff, daß das Meer sie mit ihm fortspülen werde.

Es mochte gegen neuneinhalb Uhr abends sein. Der Sturm hatte zu dieser Zeit seine höchste Intensität erreicht. Das steigende Wasser stürzte sich mit der Wut einer Sintflut in die Fingalshöhle. Sein Anprall an den Hintergrund und die Seitenwände erzeugte ein betäubendes Krachen, und die Gewalt desselben war so groß, daß von den Wänden losgerissene Basaltstücke herabstürzten und dunkle Löcher in den phosphoreszierenden Schaum schlugen.

Würden unter diesem Angriffe nicht gar die Basaltpfeiler Stein für Stein in den Abgrund versinken?

Olivier Sinclair konnte alles befürchten. Auch er fühlte sich schon von einer unüberwindlichen Empfindungslosigkeit befallen, gegen welche er vergeblich ankämpfte. Das kam wohl mit davon her, daß es hier manchmal an Luft fehlte, und wenn diese mit den Wogen in vollen Strömen eindrang, so schien das Wasser sie doch aufzufangen, wenn der Rückstrom sie wieder mit nach außen führte.

Völlig erschöpft und kraftlos, war Miß Campbell einer Ohnmacht nahe.

»Olivier! ... Olivier!« ... murmelte sie und sank in seinen Armen zusammen.

Olivier Sinclair hatte sich mit dem jungen Mädchen so tief als möglich in den Hintergrund der kleinen Steinhöhle gedrängt. Er fühlte, daß sie kalt, scheinbar leblos war. Er wollte sie erwärmen, wollte ihr alle Lebenskraft einflößen, die ihm noch übriggeblieben war. Schon rollten ihm aber die Wellen bis zu halber Körperhöhe empor, und wenn er jetzt das Bewußtsein verlor, war es um beide geschehen.

Der unerschrockene junge Mann hatte jedoch die Kraft, mehrere Stunden lang so auszuhalten. Er hielt Miß Campbell, deckte sie gegen den wilden Wogenschlag, kämpfte, indem er sich nur mit den Ellenbogen an die Basaltvorsprünge stemmte, und das mitten in einer Finsternis, welche das Verlöschen der Phosphoreszenzerscheinungen ganz tief erscheinen ließ, mitten unter diesem unaufhörlichen Donner des anprallenden, gurgelnden Wassers und des heulenden Sturmes. Das war jetzt nicht mehr die Stimme Selmas, die im Fingals-Palaste widerhallte. Es war das betäubende Gebell der Hunde von Kamtschatka, welche, sagt Michelet, »in großen, zu Tausenden zählenden Banden während der langen Nächte den heulenden Wogen antworten und mit der Wut eines nördlichen Ozeans wetteifern!«

Endlich machte sich die eintretende Ebbe bemerkbar. Olivier Sinclair überzeugte sich, daß auch die hohle See sich mit dem fallenden Wasser ein wenig beruhigte. Jetzt war es in der Höhle so vollkommen finster, daß es draußen noch verhältnismäßig tageshell zu sein schien. In diesem Halbschatten zeichnete sich die Öffnung der Grotte, welche nicht mehr von dem aufwallenden Meere verschlossen wurde, in geisterhaften Umrissen ab. Bald spritzten nur noch Schaumflocken bis zum Fuße des Armstuhls Fingals hinauf. Jetzt bildeten die Wellen nicht mehr einen Lasso, der sein Opfer umschlingt und mit sich fortreißt. In Olivier Sinclairs Herz zog allmählich die Hoffnung wieder ein.

Mittels Abschätzung nach dem Stande des Meeres konnte man annehmen, daß Mitternacht vorüber sei. Noch zwei Stunden, dann spülten die Wellen voraussichtlich nicht mehr über die Galerie hinweg, und diese mußte wieder gangbar werden. Olivier hatte freilich Mühe, bei der herrschenden Finsternis überhaupt etwas zu sehen, überzeugte sich aber schließlich doch, daß der ersehnte Zeitpunkt, die Grotte zu verlassen, endlich gekommen sei.

Miß Campbell hatte auch jetzt die Besinnung nicht wiedererlangt. Olivier Sinclair hielt ihren gänzlich leblosen Körper in den Armen; vorsichtig schlich er aus dem Armstuhle Fingals hervor und begann dem schmalen Steige zu folgen, dessen Eisengeländer von den wütenden Wellen verbogen, zum Teil sogar losgerissen war.

Wenn ein Wasserberg ihn noch zu erreichen drohte, blieb er still stehen oder wich einen Schritt zurück.

Noch zuletzt, als Olivier Sinclair dem Ausgange der Höhle ganz nahe war, stürzte noch einmal eine Wassermasse völlig über ihn hinweg ... Er fürchtete mit Miß Campbell an die Wand gedrückt und dann in den Abgrund gerissen zu werden, der sich unter seinen Füßen öffnen mußte ...

Mit dem letzten Aufgebot aller Kräfte leistete er Widerstand, und als das Wasser zurückströmte, benützte er den günstigen Augenblick, schnell aus der Grotte zu entkommen.

Nach wenigen Augenblicken hatte er den scharfen Winkel des Ufers erreicht, wo ihn die Brüder Melvill, Patridge und Frau Beß, welche auch herzugeeilt war, schon die ganze Nacht erwarteten.

Er und sie waren gerettet.

Jetzt verließ aber auch Olivier Sinclair die geistige und leibliche Energie, die er zuletzt fast künstlich aufrechterhalten hatte, und nachdem er noch Miß Campbell in die Arme der Frau Beß gelegt, sank er bewegungslos am Fuße der Felsen zusammen.

Ohne seinen Mut und seine Opferwilligkeit wäre Miß Campbell nicht lebend aus der Fingalshöhle herausgekommen.

Zweiundzwanzigstes Kapitel

Der Grüne Strahl

Unter dem Einflusse der frischen Luft schlug Miß Campbell einige Minuten später in der Clam-Shell-Grotte die Augen wieder auf, als erwache sie aus einem Traum, den das Bild Olivier Sinclairs in allen seinen Phasen belebt und erfüllt hatte. Der Gefahren, denen sie infolge ihrer Unklugheit ausgesetzt gewesen war, erinnerte sie sich kaum mehr.

Sprechen konnte sie noch nicht; beim Anblick Olivier Sinclairs aber traten ihr die Tränen der Dankbarkeit in die Augen und sie streckte ihrem Retter die Hände entgegen.

Bruder Sam und Bruder Sib preßten, keines Wortes mächtig, den jungen Mann gleich alle beide in die Arme. Frau Beß machte ihm eine tiefe Verbeugung nach der anderen, und Patridge schien nicht übel Lust zu haben, ihn ans Herz zu drücken.

Dann übermannte jedoch alle die Müdigkeit, und nachdem sie noch die durch das Meer wie durch den Himmel durchnäßten Kleider gewechselt, schliefen sie ein und der letzte Teil der Nacht verlief in ungestörtem Frieden.

Der Eindruck freilich, den die Beteiligten, wie die Zeugen jener Szene, welche sich in der Fingalshöhle abspielte, empfangen hatten, sollte ihnen niemals mehr aus dem Gedächtnis entschwinden.

Während Miß Campbell am folgenden Tage noch auf dem für sie reservierten Lager im Hintergrunde der Clam-Shell-Grotte ruhte, gingen die Brüder Melvill Arm in Arm auf dem benachbarten Teile des Uferdammes hin und her. Sie sprachen zwar nicht, hatten aber eigentlich auch gar nicht das Bedürfnis, ihre ganz gleichen Gedanken in Worte zu übersetzen. Beide bewegten in genau demselben Augenblicke den Kopf von oben nach unten, wenn sie etwas bestätigen, und von links nach rechts, wenn sie etwas verneinen wollten. Und was konnten sie zu bestätigen haben, außer der Tatsache, daß Olivier Sinclair sein Leben daran gewagt hatte, das unvorsichtige, junge Mädchen zu retten? Und was verneinten sie? Daß ihre früheren Pläne jetzt noch erfüllbar seien. Bei dieser stummen Unterhaltung sagten sie sich auch mancherlei, was Bruder Sam und Bruder Sib in der nächsten Zeit würden eintreffen sehen. In ihren Augen war Olivier nicht mehr Olivier. Er war jetzt kein Geringerer als Arnim, der hervorragendste Held der gälischen Heldensage.

Olivier Sinclair seinerseits war jetzt eine Beute sehr natürlicher Überreizung. Ein gewisses Zartgefühl drängte ihn, sich von den anderen fernzuhalten. Er fühlte sich beklommen gegenüber den Brüdern Melvill, als ob er durch seine Gegenwart andeutete, daß er auf Belohnung für seine Opferwilligkeit warte.

So verließ er schon frühzeitig die Clam-Shell-Grotte und lustwandelte allein auf dem Plateau der Insel.

Seine Gedanken eilten dabei freilich ganz von selbst zu Miß Campbell. An die Gefahren, denen er Trotz geboten und die er mit ihr geteilt hatte, dachte er gewiß nicht mehr; in seiner Erinnerung schwebten aus dieser fürchterlichen Nacht nur noch die glücklichen Stunden, die er an der Seite Helenas verbracht, als er sie in jener dunklen Nische mit den Armen umschlugen, um sie vor dem Anrpall der Wogen zu schützen. Er sah noch bei dem phosphoreszierenden Scheine die Gestalt des schönen jungen Mädchens, die mehr aus Erschöpfung als aus Furcht erbleicht war, wie sie sich gleich einem Genius des Sturmes angesichts des wütenden Meeres erhob. Er hörte sie noch mit zitternder Stimme sagen: »Wie, Sie wüßten es . . .?« als er sagte: »Ich weiß, was Sie für mich getan haben, als ich nahe daran war, im Strudel des Corryvrekan umzukommen!«

Er glaubte sich wieder im Grunde jener kleinen Aushöhlung, jener Nische, welche eher für die Aufstellung eines Steinbildes geschaffen schien, in der zwei junge, liebende Wesen so lange schreckliche Stunden gelitten und eines an der Seite des anderen gekämpft hatten. Da waren sie nicht mehr Sinclair und Miß Campbell; sie hatten sich Olivier und Helena genannt, als wollten sie in dem Augenblicke, wo der Tod sie bedrohte, ein neues Leben miteinander beginnen.

So durchwirbelten Gedanken aller Art das Gehirn des jungen Mannes, als er auf dem Plateau von Staffa umherging. Wie groß auch sein Verlangen war, an Miß Campbells Seite zurückzukehren, immer hielt ihn eine unbezwingliche Kraft gegen seinen Willen zurück, weil er in ihrer Gegenwart vielleicht gesprochen hätte und doch schweigen wollte.

Inzwischen hatte sich, wie das nach plötzlichen gewaltsamen Störungen der Atmosphäre nicht selten vorkommt, die Witterung ganz überraschend schön gestaltet und lächelte der Himmel in wunderbarer Klarheit. Sehr häufig hinterlassen ja hier die heftigsten Südweststürme keine Spuren, verleihen vielmehr der Luft eine Durchsichtigkeit ohnegleichen. Die Sonne hatte schon ihren höchsten Stand überschritten, ohne daß sich der Horizont auch nur mit dem geringsten Dunste verschleierte.

Olivier Sinclair wandelte mit siedend heißem Kopfe unter den intensiven Lichtstrahlen, welche das Plateau der Insel widerspiegelte, dahin. Er badete gleichsam in den warmen Effluvien, atmete die wohltuende Seebrise und stärkte sich in der blendenden Atmosphäre.

Plötzlich kam ihm ein Gedanke – ein Gedanke, den er vor den anderen, die ihn jetzt bestürmten, fast ganz vergessen hätte – als er den herrlichen reinen Horizont erblickte.

»Ach, der Grüne Strahl!« rief er. »Wenn der Himmel jemals unsere Beobachtung begünstigt, so ist es heute der Fall! Keine Wolke, kein Dunstflöckchen! Es ist auch sehr unwahrscheinlich, daß die eine oder das andere erscheinen könne, da der gestrige gewaltige Sturm sie weit nach Osten hin vertrieben haben muß. Und Miß Campbell denkt gewiß nicht daran, daß der heutige Tag ihr einen glänzenden Sonnenuntergang bescheren dürfte. Ich muß . . . ja . . . ich muß sie benachrichtigen!«

Glücklich, einen so natürlichen Grund, sich zu Helena zu begeben, gefunden zu haben, kehrte Olivier Sinclair nach der Clam-Shell-Grotte zurück.

Wenige Augenblicke später stand er Miß Campbell und den beiden Onkels gegenüber, welche jenen liebevoll betrachteten, während Frau Beß deren Hand hielt.

»Miß Campbell«, sagte er, »es geht Ihnen besser? . . . Ich seh' es . . . sind Sie wieder bei Kräften?«

»Ja, Herr Olivier«, antwortete Miß Campbell, beim Erblicken des jungen Mannes leise erzitternd.

»Ich glaube, es würde Ihnen guttun«, fuhr Olivier Sinclair fort, »wenn Sie sich nach dem Plateau begeben und die durch den Sturm gereinigte Luft genießen wollten. Die Sonne ist herrlich und wird Sie wieder erwärmen.«

»Herr Sinclair hat recht«, sagte Bruder Sam.

»Ja, völlig recht«, setzte Bruder Sib hinzu.

»Und wenn ich Ihnen alles verraten darf, wenn meine Ahnung mich nicht trügt«, nahm Olivier Sinclair das Wort, »glaube ich, daß Sie binnen wenigen Stunden den teuersten Ihrer Wünsche werden in Erfüllung gehen sehen.«

»Den teuersten meiner Wünsche?« murmelte Miß Campbell, als wenn sie nur mit sich selbst gesprochen hätte.

»Ja . . . der Himmel ist von wunderbarer Reinheit und allem Anscheine nach zu erwarten, daß die Sonne bei ganz wolkenlosem Horizonte untergehen werde.«

»Wär's möglich!« rief Bruder Sam.

»Wär's möglich!« wiederholte Bruder Sib.

»Ich habe alle Ursache zu glauben«, setzte Olivier Sinclair hinzu, »daß Sie am heutigen Abend den Grünen Strahl werden beobachten können.«

»Den Grünen Strahl! . . .« antwortete Miß Campbell.

Es schien, als ob sie in ihrem etwas verwirrten Gedächtnis erst nachsuchen müsse, was es mit diesem Strahle für eine Bewandtnis habe.

»Ah, ganz recht!...« sagte sie nach kurzer Pause. »Wir sind ja eigentlich hergekommen, um den Grünen Strahl zu sehen!«

»Nun denn, vorwärts!« sagte Bruder Sam, entzückt über die sich bietende Gelegenheit, das junge Mädchen ihrem Stumpfsinne zu entreißen, der sie zu erstarren drohte, »begeben wir uns nach der anderen Seite der Insel!«

»Und wir speisen erst nach der Rückkehr«, setzte Bruder Sib heiter hinzu.

Es war jetzt um fünf Uhr nachmittags.

Unter Führung Olivier Sinclairs verließ die ganze Familie, Frau Beß und Patridge inbegriffen, die Clam-Shell-Grotte, stieg die Holztreppe hinauf und gelangte damit nach dem Rande des oberen Plateaus.

Da hätte man die Freude der beiden Onkels sehen müssen, als sie den wundervollen Himmel überblickten, an dem die Sonne langsam herabsank. Vielleicht übertrieben sie heute – aber niemals, nein niemals zeigten sie so viel Enthusiasmus für die erwartete Erscheinng. Es hatte das Ansehen, als wenn um ihrer selbst, nicht um Miß Campbells willen alle diese Ortsveränderungen mit den unausbleiblichen Mißhelligkeiten unternommen worden wären, von der Abreise aus Helensbourgh auf dem Wege über Oban und Jona bis nach Staffa.

In der Tat versprach aber auch der heutige Sonnenuntergang ein so herrlicher zu werden, daß der unempfindlichste, der nüchternste und prosaischste aller Kaufleute der City von London oder aller Großhändler der Canongate das Meerespanorama, wie es sich hier vor aller Augen ausbreitete, hätte bewundern müssen.

Miß Campbell fühlte sich bald wie neugeboren in dieser mit den Salzausdünstungen, welche der leichte Wind mit sich führte, geschwängerten Atmosphäre. Weit öffneten sich ihre schönen Augen, wenn sie auf die ersten Wasserflächen des Atlantischen Ozeans hinausblickte. Auf ihre durch Erschöpfung erbleichten Wangen kehrte die rosige Färbung ihres schottischen Teints zurück. Wie schön war sie doch! Welch' ein anziehender Reiz schmückte ihre Gestalt! Olivier Sinclair ging etwas hinter ihr und betrachtete sie schweigend, und er, der sie sonst ohne beklemmendes Gefühl auf ihren langen Spaziergängen begleitete, wagte in seiner jetzigen Gemütsstimmung mit peinigender Angst im Herzen kaum, sie anzusehen.

Die beiden Brüder Melvill erschienen buchstäblich so strahlend wie die Sonne selbst. Sie sprachen auf dieselbe mit einer Art Begeisterung, luden sie ein, hinter dem klaren dunstlosen Horizont unterzugehen, und baten sie, ihnen am Ende dieses herrlichen Tages ihren letzten Strahl zuzusenden.

Gleichzeitig erinnerten sie sich wieder der schönen ossianischen Dichtungen und tauschten einige Verse aus.

»Du, die Du hinrollst über unsere Häupter, so rund wie einstmals unserer Ahnen Schild, sag' uns, woher entsprießen Deine Strahlen, wo kommt es her, Dein ewig schönes Licht?«

»Du schwebst dahin in majestät'scher Schöne! Die Sterne fliehen aus dem Firmament, der bleiche kalte Mond versteckt sich ängstlich im Westen, Du nur, Sonne, bleibst zurück!«

»Wer könnte Dich auf Deinem Lauf begleiten? Der Mond verliert sich scheu am Himmel, Du, nur Du bist stets die gleiche, immer lächelnd durchfliegst Du glanzvoll Deine weite Bahn.«

»Und wenn der Donner grollt, die blauen Blitze auftauchen aus der Wolken Kampfgetöse, trittst Du hervor in immer gleicher Schönheit, und unverwandelt lachst Du ob des Sturms!«

In eigentümlich gehobener Stimmung wanderten alle so jenem Ende Staffas zu, das nach dem freien Meere hinausliegt. Dort setzten sie sich auf die äußersten Felsblöcke, vor sich einen Horizont, dessen von der Berührungsstelle zwischen Himmel und Wasser gezogene Grenzlinie nichts trüben zu können schien.

Diesmal konnte auch der unselige Aristobulos Ursiclos das Segelwerk eines Fahrzeugs oder einen aufgejagten Schwarm von Seevögeln zwischen das Eiland von Staffa und die Stelle des Sonnenunterganges nicht einschieben.

Der Wind legte sich gegen Abend gänzlich, die letzten Wellen erstarben in der sich sanft wiegenden Brandung am Fuße der Felsen. Weiter draußen lag das Meer glatt wie ein Spiegel und zeigte jene fast ölartige Oberfläche, auf der man die geringste darüber huschende Streifenbildung leicht hätte wahrnehmen können.

Alle Umstände vereinigten sich also, die Beobachtung des Phänomens zu begünstigen.

Eine halbe Stunde später streckte aber Patridge plötzlich die Hand gegen Süden hin aus und rief:

»Ein Segel!«

Ein Segel! Sollte das heute wieder vor der Sonnenscheibe gerade in dem Augenblicke vorüberziehen, wo diese unter dem Wasser verschwand? Das wäre doch eine boshafte Tücke des Schicksals gewesen!

Das betreffende Fahrzeug kam aus der engen Straße, welche die Insel Jona von der gegenüberliegenden Spitze von Mull trennt. Es glitt mehr durch die Wirkung der ansteigenden Flut, als durch die der Seebrise hin, deren letzter Hauch kaum hingereicht haben würde, seine Segel zu schwellen.

»Oh, das ist die ›Clorinda‹«, rief Olivier Sinclair, »und da diese unzweifelhaft auf den Osten von Staffa zuhält, wird sie hinter uns vorbeikommen und unsere Beobachtung nicht zu stören im Stande sein.«

In der Tat war es die »Clorinda«, welche nach Umseglung der Südseite von Mull jetzt wieder in der Bucht von Clam Shell vor Anker gehen wollte.

Alle Blicke richteten sich wieder nach dem westlichen Horizonte.

Die Sonne sank jetzt schon mit jener Schnelligkeit, welche sie bei Annäherung an das Meer zu beleben scheint. Auf der Wasserfläche zitterte ein weiter Silberstreifen, der von der glänzenden Scheibe ausging, deren Ausstrahlung das Auge noch nicht ertragen konnte. Bald ging jene aus der Altgoldfarbe, die sie im

Niedersinken annahm, in glühendes Rotgold über. Schloß man die Lider fest über den Augen, so sah man vor denselben rote verschobene Vierecke und gelbliche Kreuze flimmern, welche sich wie die flüchtigen Bilder des Kaleidoskops durchkreuzten. Ganz leichte, feine Wellenstreifen verzierten noch diese Art Kometenschweif, den die Widerspiegelung auf die Oberfläche des Wassers zeichnete. Es glich einem Flockengewirbel von Silberflittern, deren Glanz mit der Annäherung an das Ufer abnahm.

Im ganzen Umkreise des Horizontes war von einer Wolke, von einer, wenn auch noch so zarten Dunstmasse, nicht die Spur zu bemerken. Nichts trübte die Reinheit dieser Kreislinie, die man mit einem Zirkel nicht hätte feiner auf einen weißen Bogen Papier zeichnen können.

Alle betrachteten regungslos, und doch erregter als man glauben möchte, die leuchtende Kugel, die auf ihrem schrägen Wege nach dem Horizonte noch hinunterstieg und, wie gefesselt über einem Abgrunde, einen Augenblick stillzustehen schien. Dann machte sich allmählich – eine Folge der Strahlenbrechung – eine Formveränderung der Kugel bemerkbar; sie verbreiterte sich auf Unkosten ihres lotrechten Durchmessers und erinnerte an die Form einer etrurischen Vase mit ausgebauchten Seiten, deren Fuß ins Wasser tauchte.

Daß die Erscheinung heute zu Stande kommen mußte, unterlag gar keinem Zweifel. Nichts trübte den wunderbar schönen Niedergang des strahlenden Gestirns! »Nichts konnte seine letzten Strahlen aufhalten.«

Bald verschwand die Sonne zur Hälfte unter der Linie des Horizonts. Einzelne Lichtbündel, gleich abgeschossenen goldenen Pfeilen, trafen die ersten Felsen von Staffa.

Weiter rückwärts färbten sich das steile Ufer von Mull und der Gipfel des Ben More mit glühendem Purpur.

Endlich überragte nur noch ein ganz schmaler

Kreisabschnitt des oberen Bogens die Wasserlinie.

»Der Grüne Strahl! Der Grüne Strahl!« riefen wie aus einem Munde die Brüder Melvill, Frau Beß und Patridge, deren Augen eine Viertelsekunde lang den unvergleichlich schönen Eindruck der Farbe flüssigen Nephrits empfangen hatten.

Nur Olivier und Helena hatten nichts wahrgenommen von der Erscheinung, welche sich endlich, nach so vielen fruchtlosen Beobachtungen zeigte.

In dem Augenblicke, wo die Sonne ihren letzten Strahl auf das hier sichtbare Erdenrund entsendete, kreuzten sich die Blicke der jungen Leute, und beide vergaßen sich, gewiß versunken in die nämliche Betrachtung.

Helena hatte ja den dunklen Strahl gesehen, der aus den Augen des jungen Mannes blitzte; Olivier den blauen, der jenem aus den Augen des jungen Mädchen entgegenkam.

Die Sonne war nun völlig verschwunden – weder Olivier noch Helena hatten den Grünen Strahl gesehen!

Dreiundzwanzigstes Kapitel

Schluß

Am folgenden Tage, dem 12. September, lichtete die »Clorinda« bei ziemlich ruhigem Meere und günstiger Brise die Anker und segelte vom Archipel der Hebriden nach Südwesten. Bald verschwanden Staffa, Jona und die Spitze von Mull hinter der hochsteigenden Küste der großen Insel.

Nach glücklicher Überfahrt landeten die Passagiere der Yacht in dem kleinen Hafen von Oban, dann kehrten sie mittels Eisenbahn von Oban nach Dalmaly und von hier nach Glasgow fahrend durch den reizvollsten Teil des schottischen Hochlandes nach dem Cottage bei Helensbourgh zurück.

Achtzehn Tage später fand in der St.-Georgskirche zu Glasgow eine feierliche Zeremonie statt, doch wir brauchen wohl kaum zu bemerken, daß dieselbe nicht die Trauung Aristobulos Ursiclos' mit Miß Campbell betraf. Aber obgleich jetzt Olivier Sinclair die Rolle des glücklichen Bräutigams einnahm, erschienen Bruder Sam und Bruder Sib darum nicht minder befriedigt als ihre Nichte.

Es ist überflüssig, dabei zu verweilen, daß die unter so außerordentlichen Umständen geschlossene Verbindung alle Bedingungen dauernden Glückes erfüllte. Das Landhaus bei Helensbourgh, das Hotel in der West-George-Street in Glasgow, ja, die ganze Welt hätte kaum hingereicht, das Glück zu umfassen, welches in der Fingalshöhle zur Blüte gekommen war.

Den letzten auf dem Plateau von Staffa verbrachten Abend wagte Olivier Sinclair, obwohl er das so beharrlich gesuchte Phänomen nicht selbst beobachtete, doch in dauernder Weise zu fixieren. So stellte er eines Tages einen »Sonnenuntergang« voll eigenartiger Wirkung aus, an welchem jedermann besonders einen merkwürdig intensiven grünen Strahl bewunderte, der mit flüssigem Smaragd gemalt zu sein schien.

Dieses Bild erweckte neben der Anerkennung auch lebhafte Verhandlungen. Die einen behaupteten, es zeige einen prachtvoll wiedergegebenen natürlichen Effekt, während die andern meinten, daß die Natur selbst einen solchen Effekt niemals hervorbringe.

Die beiden Onkels, welche diesen Strahl aus eigener Anschauung kannten und dem jungen Maler natürlich recht gaben, gerieten darüber nicht wenig in Entrüstung.

»Ja, es ist sogar viel angenehmer«, erklärte Bruder Sam, »den Grünen Strahl gemalt ...«

»Als in der Natur zu sehen«, fuhr Bruder Sib fort, »denn man zieht sich durch Betrachtung aller einzelnen, beim Sonnenuntergang auftretenden Farben nur die abscheulichsten Augenschmerzen zu.«

Und sie hatten damit recht, die wackeren Brüder Melvill.

Zwei Monate später lustwandelten die jungen Ehegatten und ihre Onkels vor dem Parke des Landhauses am Ufer des Clyde, als sie ganz unerwartet Aristobulos Ursiclos begegneten.

Der junge Gelehrte, der mit Interesse die inzwischen begonnenen Arbeiten am Flusse verfolgte, begab sich eben nach dem Helensbourgher Bahnhofe, als er die frühere Gesellschaft aus Oban wahrnahm.

Es wäre zu viel behauptet, wenn man gesagt hätte, daß Aristobulos Ursiclos durch den Verlust Miß Campbells besonders schmerzlich berührt worden wäre. Ebensowenig setzte es ihn in Verlegenheit, jetzt der Mistreß Sinclair gegenüberzustehen.

Man begrüßte sich gegenseitig und Aristobulos Ursiclos beglückwünschte die jungen Ehegatten in höflichster Weise.

Die Brüder Melvill konnten, angesichts dieses friedlichen Ausgangs, nicht verhehlen, wie glücklich sie jene Verbindung mache.

»So glücklich«, äußerte Bruder Sam, »daß ich mich zuweilen, wenn ich allein bin, beim Lächeln . . .«

»Und ich mich beim Weinen ertappe«, sagte Bruder Sib.

»Nun, meine Herren«, bemerkte Aristobulos Ursiclos, »das liefert zum ersten Male ein Beispiel mangelnder Übereinstimmung zwischen Ihnen; der eine weint, er andre lacht . . .«

»Oh, Herr Ursiclos«, meinte Olivier Sinclair, »im Grunde kommt das doch auf eins hinaus.«

»Vollständig«, versicherte die junge Frau und reichte ihren beiden Onkels die Hände.

»Wie, auf eines hinaus?« rief Aristobulos Ursiclos in dem ihm so wohl anstehenden Tone der Überlegenheit, »nein – keineswegs! Was ist das Lächeln? Eine freiwillige und eigentümliche Aktion der Gesichtsmuskeln, der die Atmungsvorgänge nahezu ganz fremd sind, während die Tränen . . .«

»Nun, die Tränen? . . .« fragte Mistreß Sinclair gespannt.

»Nichts sind als eine zur Schlüpfrigerhaltung des

Augapfels dienende Flüssigkeit, einer Mischung von Chlornatrium, phosphorsaurem Kalk und chlorsaurem Natron!«

»Vom chemischen Standpunkte betrachtet, haben Sie recht, mein Herr«, erwiderte Olivier Sinclair, »aber auch nur von diesem.«

»Ich verstehe einen drartigen Unterschied nicht«, antwortete Aristobulos Ursiclos empfindlich.

Mit der Steifheit eines Geometers grüßend, nahm er gemessenen Schrittes den Weg zum Bahnhof wieder auf.

»Nun seh' einer den Herrn Ursiclos«, rief Mistreß Sinclair, »der sich Angelegenheiten des Herzens ebenso zu erklären unterfängt, wie er den Grünen Strahl erklärt hat.«

»Im Grunde, meine teuere Helena«, antwortete Olivier Sinclair, »haben wir diesen Strahl, nach dem wir so beharrlich suchten, nicht einmal zu sehen bekommen.«

»Dafür haben wir etwas Besseres gesehen«, flüsterte die junge Frau. »Wir sahen das Glück selbst – welches die Sage mit der Beobachtung dieser seltenen Erscheinung in Verbindung bringt . . . Und da wir das gefunden haben, lieber Olivier, so wollen wir uns damit begnügen und die Aufsuchung und Beobachtung des Grünen Strahles denen überlassen, die ihn noch nicht kennen, aber danach verlangen, ihn kennenzulernen!«

Zehn Stunden auf der Jagd

Nur eine Plauderei

Erstes Kapitel

Es gibt Leute, welche die Jäger nicht lieben, und vielleicht haben sie damit nicht völlig unrecht.

Sollte es daher kommen, daß diese Herren keinen Abscheu davor empfinden, das Wild eigenhändig zu töten, bevor sie es verzehren?

Oder rührt es nicht vielmehr daher, daß die genannten Jäger gar zu gern bei jeder passenden und unpassenden Gelegenheit ihre erstaunlichen Heldentaten zu erzählen lieben?

Ich neige mehr zu letzterer Ansicht.

Vor nun fünfundzwanzig Jahren hab' ich mich freilich der ersten jener Missetaten selbst schuldig gemacht. Ich bin zur Jagd gewesen! Ja, ich habe gejagt! ... Um mich dafür zu strafen, stehe ich hier im Begriffe, auch die zweite auf mich zu laden, indem ich Ihnen haarklein alle Abenteuer jener Jagd berichte.

Möge diese aufrichtige und wahrheitsgetreue Schilderung meinen Mitmenschen – der nicht so blutgierigen Sorte – für immer die Lust benehmen, der Spur eines Hundes nachächzend, die Jagdtasche auf dem Rücken, die Patronentasche am Gurt und die Flinte im Arme über die Felder zu streifen.

Doch ich gesteh es, ich rechne darauf blutwenig, fange indes auf jede Gefahr hin hiermit an.

Zweites Kapitel

Ein phantasiebegabter Philosoph hat einmal irgendwo den Ausspruch getan: »Wünscht Euch niemals im Besitz eines Landhauses, eines Wagens oder feuriger Pferde oder auch – eines Jagdgrundes! Immer finden sich dann gute Freunde, die das Eurige für sich zu benützen verstehen!«

Gemäß der Anwendung dieses Axioms wurde auch ich eingeladen, meine ersten Waffentaten auf reservierten Terrains des Departements der Somme – also ohne Eigentümer derselben zu sein – zu verüben.

Es war gegen Ende August 1859, wenn ich nicht irre. Eine amtliche Bekanntmachung hatte für den nächsten Tag den Aufgang der Jagd festgesetzt.

In unserer guten Stadt Amiens, wo es keinen kleinen Krämer, keinen Gewerbetreibenden irgendeiner Art gibt, der nicht eine alte Flinte besäße, mit der er die Landstraßen unsicher macht, wurde dieses feierliche Datum wenigstens schon seit sechs Wochen mit Ungeduld erwartet.

Die Sportsmen von Profession, welche glauben, daß das Wild von Gott nur für sie herumläuft, ganz wie die Schützen dritter und vierter Klasse, die Geschickten ebenso, welche treffen fast ohne zu zielen, wie die Ungeschickten, welche sehr sorgsam zielen ohne zu treffen, endlich die Stümper par excellence, alle trafen gleich eifrig ihre Vorbereitungen für diesen großen Tag, equipierten, verproviantierten und übten sich, dachten nichts mehr als »Wachtel«, sprachen nichts mehr als »Hase« und träumten von nichts mehr als von »Rebhühnern«. Weib, Kinder, Familie, Freunde – alles war vergessen! Politik, Kunst, Literatur, Landbau und Handel – alles verschwand gegenüber den Vorbereitungen zu dem hochwichtigen Morgen, an dem diese Fanatiker sich dem hinzugeben trachteten, was der unsterbliche Josef Prudhomme ein »barbarisches Vergnügen« nennen zu müssen glaubte. Nun begab es sich, daß sich unter den wenigen meiner Freunde in Amiens ein leidenschaftlicher Jäger vor dem Herrn befand, zwar ein Beamter, aber ein ganz liebenswürdiger Junge. Obwohl er behauptete, etwas an Rheuma zu laborieren, wenn er nach dem Büro gehen sollte, so war er doch allemal prächtig auf den Füßen, wenn ein achttägiger Urlaub ihm gestattete, an der Eröffnung der Jagd teilzunehmen.

Dieser gute Freund hieß Brétignot.

Einige Tage vor dem großen Datum suchte Brétignot mich, der nichts Übles ahnte, einmal auf.

»Sie waren noch niemals zur Jagd?« sagte er mit einem gewissen Ausdruck von Überlegenheit, welche zwei Zehntel Wohlwollen auf acht Zentel Verachtung enthält.

»Niemals, Brétignot«, versicherte ich, »es ist mir auch noch nie eingefallen, zu . . .«

»Nun, so kommen Sie mit mir zur bevorstehenden Eröffnung«, fiel mir Brétignot ins Wort. »Wir haben in der Gemeinde Hérissart zweihundert Hektar reservierter Gründe, wo es von Wild geradezu wimmelt. Ich habe das Recht, einen Gast einzuführen. Ich lade Sie also hiermit ein und werde Sie einführen.«

»Ja, aber . . .«, versetzte ich zögernd.

»Sie haben kein Gewehr?«

»Nein, Brétignot, und habe auch niemals eines besessen.«

»Das lassen Sie sich nicht kümmern! Ich werde Ihnen eine Doppelflinte leihen; freilich noch ein Perkussionsgewehr, aber es schießt doch seinen Hasen auf achtzig Schritte tot.«

»Vorausgesetzt, daß man den Burschen trifft«, erwiderte ich.

»Natürlich, das wird immer gut sein.«

»Zu gut, Brétignot!«

»Nun fehlt Ihnen zwar ein Hund.«

»Unnötig, wenn ich nur einen Hahn* an der Flinte habe, der wird dann doppelte Dienste tun.«

Freund Brétignot sah mich mit halb lächelndem

---

*Unübersetzbares Wortspiel, da »chien« im Französischen die Bedeutung von »Hund« und von »Gewehrhahn« hat.

Anm. des Übers.

und halb grimmigem Gesichte an. Dieser Mann liebt es nicht, über Dinge, welche die Jägerei angehen, scherzen zu hören. Diese sind ihm geheiligt!

Indes legte sich sein Stirnrunzeln wieder.

»Nun, werden Sie sich einstellen?« fragte er.

»Wenn Sie darauf bestehen!...« antwortete ich ohne sonderliche Begeisterung.

»Ja, ja, natürlich!... Man muß so etwas, wenigstens einmal in seinem Leben, mit angesehen haben. Wir fahren Sonnabend abends ab. Ich rechne auf Sie!«

So wurde ich denn zu diesem Abenteuer gepreßt, dessen trauriges Andenken mich noch heute verfolgt.

Ich gestehe gern, daß mir die nötigen Vorbereitungen nicht die geringsten Kopfschmerzen verursachten. Ich verlor deshalb keine Stunde Schlaf. Und doch plagte mich, wenn ich ganz offen sein soll, ein wenig der Dämon der Neugier. Ist denn der Aufgang der Jagd gar so interessant? Jedenfalls gelobte ich mir, wenn nicht handelnd einzutreten, so doch als Neugieriger die Jäger zu beobachten, so gut wie die Jagd selbst. Wenn ich zustimmte, mich mit einer Schießwaffe zu belasten, so geschah es nur, um inmitten dieser Nimrods, deren Heldentaten zu bewundern Brétignot mich eingeladen hatte, keine gar zu traurige Figur zu spielen.

Ich muß hier bemerken, daß, wenn Brétignot mir auch eine Doppelflinte, Pulverhorn und Schrotbeutel lieh, doch von einer Jagdtasche keine Rede war. Ich mußte mir also selbst dieses Ausrüstungsstück beschaffen, welches die meisten Jäger so bequem entbehren könnten. Ich suchte eine solche Tasche gelegentlich zu erlangen. Ja, jetzt herrschte darin aber Hausse. Alles vergriffen. Wohl oder übel mußte ich eine neue kaufen, behielt mir aber ausdrücklich vor, dieselbe mit fünfzig Prozent Verlust zurückzugeben, wenn ich sie nicht zu ihrem eigentlichen Zwecke gebraucht hätte.

Der Händler betrachtete mich vom Kopf bis zu den Füßen, lächelte und ging auf diese Bedingung ein.

Dieses Lächeln schien mir nicht von besonders guter Vorbedeutung.

»Immerhin, dacht' ich, ... wer weiß?«

O Eitelkeit!

Drittes Kapitel

Am bestimmten Tage, dem Vorabend des Aufgangs, fand ich mich zu dem von Brétignot bezeichneten Stelldichein auf dem Périgordplatze ein. Dort stieg ich als der achte – die Hunde ungerechnet – in den Fond der Diligence ein.

Brétignot und seine Jagdgenossen – ich wagte noch nicht, mich zu ihnen zu zählen – sahen in ihrem traditionellen Kostüm vortrefflich aus. Tadellose Exemplare und merkwürdig anzuschauen; die einen ernsthaft in Erwartung des kommenden Tages; die andern lustig und schwatzhaft, wobei sie mit dem Munde schon den ganzen Wildstand von Hérissart vernichteten.

Da gab es ein halbes Dutzend der berühmtesten Donnerbüchsen aus der Hauptstadt der Picardie. Ich kannte die Besitzer kaum. Brétignot mußte mich mit aller Förmlichkeit vorstellen.

Da war zunächst Maximon, ein langer, trockener Kerl, der sanfteste Mensch unter gewöhnlichen Lebensverhältnissen, ein Tiger aber, wenn er die Flinte unterm Arme hatte – einer jener Jäger, von dem man sagt, sie würden eher ihren Nebenmann über den Haufen schießen, denn als »Schneider« nach Hause zu kommen. Er, Maximon, sprach nicht; er war in wichtige Gedanken versunken.

Neben dieser bedeutenden Persönlichkeit saß ein gewisser Duvauchelle. Welcher Kontrast! Duvauchelle war dick, klein, zwischen fünfundfünfzig und sechzig Jahre alt, so taub, daß er kaum den Knall seiner Flinte hörte, während er doch starrköpfig alle zweifelhaften Schüsse für sich in Anspruch nahm. So hatte man ihn schon wiederholt einen toten Hasen mit blindgeladener Flinte schießen lassen – einer der Jagdscherze, welche sechs Monate in allen Gesellschaften und bei jeder Table d'hôte belacht wurden.

Ich mußte auch den Schraubstockhändedruck Matifats aushalten, eines großen Erzählers cygenetischer Großtaten. Er sprach nie von etwas anderem, und mit welchen Ausrufen, mit welchen Verzierungen! Den Schrei des Rebhuhns, das Bellen des Hundes, das Krachen der Flinte – alles brachte er an. »Pang! Pang! Pang!« – Drei »Pang« für eine Flinte mit zwei Läufen! – Und dann die Gesten! – Eine Hand, welche hin und her fährt, um den Zickzacklauf des Wildes anzudeuten; die Beine, die sich zusammenbiegen, während der Rücken sich krümmt, um sicherer zu zielen, der linke Arm, der sich vorstreckt, während der rechte Arm sich an die Brust heranzieht, um die Lage der Waffe zu versinnlichen! Hei, da purzelte Haar- und Federwild nur so! Wie viele Hasen hatte er im Laufen erlegt! Er fehlte keinen! – Ich wäre in meiner Ecke bald durch eine solche drastische Darstellung hingewürgt worden.

Nun mußte man erst Matifat mit seinem Freunde Pontcloué reden hören! Zwei Finger von einer Hand! Doch das verhinderte sie nicht, sich die unliebenswürdigsten Redensarten an den Kopf zu werfen, so bald einer dem andern ins Gehege kam.

»Was ich für Hasen zur Strecke gebracht habe im letzten Jahre«, sagte Matifat, während der wacklige Wagen die Straße nach Hérissart hinrollte, »ja, was ich für Hasen erlegt habe, das ließe sich gar nicht mit Zahlen ausdrücken.

»Jawohl, ganz mein Fall«, dachte ich bei mir.

»Und ich, Matifat«, antwortete Pontcloué. »Erinnerst du dich, wie wir zum letzten Male in Aryveuves die Treibjagd hatten? Hei, da gabs aber Rebhühner!«

»Ich sehe noch immer das erste, welches die Ehre hatte, mir vor die Flinte zu kommen.«

»Und ich das zweite, dem ich die Federn so gründlich vom Leibe blies, daß ihm nur noch die Haut über den Knochen blieb.«

»Und jenes, das mein Hund partout nicht in der Furche finden konnte, in die es doch rettungslos gefallen war!«

»Und das, welches ich das Glück hatte, auf hundert Schritt zu schießen, und doch ohne Zweifel getroffen habe!«

»Und das andere, das ich mit meinen zwei Schüssen in die Luzerne habe fallen machen, das mein Hund aber unglücklicherweise auffraß!«

»Und das Volk, welches gerade aufflog, als ich die Flinte wieder lud! – Brr! Brr! O das war eine Jagd, meine Herren, das war eine Jagd!«

Was ich heraushörte, war eigentlich, daß von allen Rebhühnern Pontcloués und Matifats kein einziges in deren Jagdtaschen gewandert zu sein schien. Ich wagte aber nichts zu sagen, weil ich von Natur furchtsam bin gegenüber Leuten, welche von einer Sache mehr verstehen als ich. Und doch, wenn es sich nur darum handelte, ein Wild nicht zu treffen, wahrlich, da hätt' ich doch ebensoviel geleistet.

Die Namen der andern Jäger sind mir entfallen; wenn ich nicht irre, war der eine bekannt unter dem Spitznamen Baccara, weil er auf der Jagd »immer schoß und nimmer traf«.

Nun, wer weiß, ob ich mir nicht auch diesen Beinamen erwerben sollte? Nein doch! Der Ehrgeiz stachelte mich an. Ich hatte es eilig mit dem folgenden Tage.

Viertes Kapitel

Er kam endlich, der große Morgen. Aber das war eine Nacht in dem Gasthofe von Hérissart! Ein einziges Zimmer für acht Mann! Und dieses erbärmliche Lager, wo man hätte erfolgreichere Jagden anstellen können, als auf den reservierten Terrains der Gemeinde. Da wimmelte es von abscheulichen Parasiten, von denen die Hunde, welche neben den sogenannten Betten lagen, auch ihren reichlichen Anteil erhielten, so daß sie sich die ganze Nacht mit den Pfoten kratzten, daß der Fußboden zitterte.

Und ich Ahnungsloser hatte unsere Wirtin, eine alte Picarde mit widerspenstiger Perücke, noch gefragt, ob es in ihrem Schlafraume wohl Flöhe gebe!

»Ach nein«, antwortete sie unbefangen, »die würden von den Wanzen aufgefressen werden!«

Darauf hatte ich mich entschlossen, völlig angekleidet auf einem krummbeinigen Stuhle zu schlummern, der bei jeder Bewegung ächzte und wimmerte. Aber ich kam mir auch wie zermahlen vor, als es endlich Tag wurde.

Natürlich war ich der erste auf den Füßen. Brétignot, Matifat, Pontcloué, Duvauchelle und ihre Gefährten schnarchten noch. Mich drängte es ins Freie zu kommen, wie alle unerfahrenen Jäger, welche schon mit der Morgenröte, selbst ohne gefrühstückt zu haben, ins Zeug gehen wollen. Die Meister in der Kunst dagegen – welche ich rspektvoll einen nach dem andern weckte – legten brummend meiner Neophyten-Ungeduld Zaum und Zügel an. Sie wußten es, die Spitzbuben, daß man dem Rebhuhn bei erst anbrechendem Tage, wo dessen Flügel noch taufeucht sind, schwer ankommen kann, und daß es, wenn es dann einmal davonflattert, wenig Neigung spürt, nach dem Revier zurückzukehren.

Es galt also zu warten, bis die Sonne alle Tränen des Morgenrotes hinweggeküßt hatte.

Endlich, nach ziemlich summarischem Frühstück, dem der unausbleibliche »Morgenpfiff« die nötige Würze verlieh, verließ die Gesellschaft, sich überall noch nachträglich kratzend, den Gasthof und begab sich nach der Feldmark, wo die reservierten Jagdgründe anfingen.

Eben als wir deren Grenze erreichten, zog mich Brétignot zur Seite unhd sagte:

»Halten Sie Ihre Flinte schräg, die Mündung nach der Erde gerichtet, und sehen Sie sich vor, niemand totzuschießen.«

»Ich werde mein Bestes tun«, antwortete ich, »ohne gerade Garantie geben zu wollen, doch wenn erst einer mich schösse, dann könnt' ich wohl ...«

Brétignot zuckte verächtlich die Achseln, und nun gings an die Jagd – jeder nach seinem Gutdünken.

Es ist ein abscheuliches Stückchen Land, dieses Hérissart, das bezüglich des allgemeinen Charakters seinem Namen wenig Ehre macht. Doch scheint es, daß, wenn es auch nicht Wildreichtum bietet, wie etwa Mont-sous-Vaudrey, doch die Dickichte gut bevölkert sind; daß es hier Hasen gab, versicherte Matifat, und daß man sie hier »mehr als Zwölf aufs Dutzend« habe umherspringen sehen, setzte Pontcloué hinzu.

Mit der Aussicht auf so reiche Beute waren die wakkeren Leute vorläufig alle in bester Laune.

Es ging also vorwärts. Die Witterung – herrlich. Schon blitzen einzelne Sonnenstrahlen durch die Morgennebel, die sich am entfernten Horizonte zusammenballten. Überall Schreien, Piepen, Glucksen! Da flatterten verschiedene Vögel aus den Furchen auf und stiegen gerade zum Himmel empor, wie Helicopteren, deren Feder plötzlich losschnellte.

Kaum im Stande, mich zu bemeistern, legte ich wiederholt die Flinte an.

»Schießen Sie nicht, schießen Sie nicht!« rief Freund Brétignot, der mich unbemerkt im Auge behielt, mir zu.

»Warum? Sind das keine Wachteln?«

»Nein, Lerchen! Schießen Sie nicht!«

Es versteht sich von selbst, daß Maximon, Duvauchelle, Pontcloué, Matifat und die beiden anderen mich mit so manchem maliziösen Seitenblick beehrten. Dann schlugen sie sich klüglich seitwärts mit ihren Hunden, welche, die Nase nach unten gerichtet, die Luzerne, Esparsette und den Klee absuchten, und deren erhobene Schwänze wackelten, wie ebenso viele Fragezeichen, welche ich nicht zu beantworten gewußt hätte.

Ich gewann die Vorstellung, daß jenen Herren eben

nicht darauf versessen waren, in der gefahrdrohenden Zone eines Novizen zu verweilen, dessen Flinte ihnen einige Angst wegen ihrer Schienbeine einflößen mochte.

»Donnerwetter, so halten Sie doch Ihren Schießprügel wie's sich gehört!« wiederholte auch Brétignot, ehe auch er sich davonmachte.

»Nun, ich halte die Flinte nicht schlechter als ein anderer!« erwiderte ich etwas verletzt über desen Luxus von guten Ratschlägen.

Noch einmal zuckte Brétignot die Achseln und wandte sich dann nach links. Da es mir nicht paßte, ganz allein zurückzubleiben, beschleunigte auch ich meine Schritte.

Fünftes Kapitel

Ich hatte meine Jagdkameraden eingeholt; um sie jedoch nicht weiter in Alarm zu bringen, trug ich das Gewehr auf der Schulter, den Kolben nach aufwärts.

Wie prächtig waren sie anzuschauen, die Jäger von Profession, in ihrem Jagdhabit, der weißen Weste, den weiten Samthosen, den großen nagelbeschlagenen Schuhen, deren Sohlen das Oberleder überragten, mit leinenen Gamaschen über den wollenen Strümpfen, welche vor denen aus Zwirn oder Baumwolle den Vorzug verdienen, weil diese zu leicht Schrunden erzeugen, wie ich gar zu bald wahrnehmen sollte. Ich befand mich überhaupt bei weitem nicht so wohl unter meinem Gelegenheitsharnisch; doch man kann von einem Debütanten nicht verlangen, daß er die Garderobe eines alten Komödianten besitzt.

Von Wild sah ich indessen nichts. Daß es in diesem Revier große Mengen von Wachteln und Wachtelkönigen, von Rebhühnern, Januarhasen gäbe, welche meine Gefährten als »Dreiviertelttiere« bezeichneten und von denen sie den Mund sehr voll nahmen, dazu junge Häschen und endlich wirklich »Lampes«, das mußte ich wohl glauben, da sie es versicherten.

»Tun Sie mir nur den Gefallen«, ermahnte mich Freund Brétignot, »keine tragende Häsin zu schießen. Das ist eines Jägers unwürdig!«

Tragend oder nicht, sapperment, wenn ich davon etwas gewußt hätte, ich, der ich ein Kaninchen nicht von einer Feldkatze – kaum in frikassiertem Zustande – zu unterscheiden verstand.

Endlich hatte Brétignot, dem es sehr am Herzen zu liegen schien, daß ich ihm Ehre machte, hinzugefügt:

»Noch ein letzter Ratschlag, der von Bedeutung sein kann, im Falle Sie auf einen Hasen schießen.«

»Das heißt, wenn einer vorüberkommt«, bemerkte ich etwas spöttelnd.

»Das wird nicht ausbleiben«, antwortete Brétignot kühl. »Nun also, erinnern Sie sich in diesem Falle, daß der Hase infolge seiner Bauart schneller bergauf- als bergabwärts läuft. Man muß das wegen der Richtung des Schusses in Rechnung ziehen.«

»Wie hübsch von Ihnen, mich darauf aufmerksam gemacht zu haben, Brétignot«, erwiderte ich. »Dieser gute Rat soll nicht in den Wind gesprochen sein und ich werde mir denselben bestens zu Nutze zu machen wissen!«

Eigentlich dachte ich dabei freilich, daß ein Hase wahrscheinlich allemal viel zu schnell liefe, als daß mein tödliches Blei ihn dabei erreichen könnte.

»Zur Jagd! Zur Jagd!« rief da Maximon, »wir sind nicht hier, um Debütanten vom Kinderstühlchen zu erziehen!«

Ein schrecklicher Mensch; aber ich wagte nichts zu erwidern.

Vor uns dehnte sich jetzt über Sehweite hinaus zur Rechten und zur Linken eine weite, weite Ebene aus.

Die Hunde waren schon ein Stück voraus. Ihre Herren hatten sich zerstreut. Ich machte die erdenklichsten Anstrengungen, sie nicht aus dem Auge zu verlieren. Es marterte mich einmal ein Gedanke, und zwar der, daß meine Jagdkameraden, natürlich Faxenmacher wie alle, vielleicht Lust verspürten, mir einen

Streich zu spielen, zu dem sie meine Unerfahrenheit im edlen Waidwerk verleiten konnte. Ich erinnerte mich dabei unwillkürlich der ergötzlichen Geschichte eines Novizen, den seine Freunde dazu brachten, auf ein Kaninchen aus Papiermaché Feuer zu geben, das unter einem Busche Männchen machte und ganz friedlich auf eine kleine Trommel loshämmerte. Ich wäre als Opfer einer solchen Mystifikation vor Scham gestorben!

Inzwischen irrte alles auf gut Glück umher, längs der Furchen des Feldes, der Fährte der Hunde nach, um eine kleine Anhöhe zu erreichen, die sich zwei bis drei Kilometer weiter draußen erhob und deren Scheitel von niedrigen Bäumen gekrönt war.

Was ich mich auch abmühte, kamen doch die Übrigen, welche mehr an unwegsamen Boden und Sturzacker gewöhnt schienen, schneller vorwärts als ich, so daß ich bald ziemlich weit zurückblieb. Selbst Brétignot, der zuerst seine Schritte verlangsamte, um mich nicht ganz meinem traurigen Schicksale zu überlassen, hatte sich jetzt davongemacht, um die ersten Flintenschüsse nicht zu versäumen. Ich zürne dir deshalb nicht, Freund Brétignot! Dein Instinkt, der deine Freundschaft überwog, zog dich unwiderstehlich mit fort! . . . Und bald sah ich von meinen Genossen nichts weiter mehr, als die Köpfe, welche wie ebenso viele Pique-As über die Büsche hervorguckten.

Jedenfalls hatte ich bis jetzt, zwei Stunden nach dem Aufbruche aus Hérissant, noch keinen Knall gehört – nein, nicht einen einzigen! Das mußte eine schöne üble Laune, manches Donnerrollen und manch' schweres Unwetter geben, wenn die Jagdtaschen bei der Rückkehr noch ebenso mager waren wie beim Auszuge!

Nun – wird mirs jemand glauben? – ich selbst war es, der dazu kam, den ersten Schuß abzugeben. Unter welchen Umständen – hab' ich die Schande hier mitzuteilen.

Soll ichs denn gestehen? Mein Gewehr war noch nicht geladen. Aus Unachtsamkeit des Novizen? –

Nein, es war eine Frage der Eigenliebe. Da ich befürchtete, mich bei dieser Operation sehr ungeschickt zu erweisen, wollte ich damit warten, bis ich allein wäre.

In Abwesenheit von Zeugen öffnete ich also mein Pulverhorn und schüttete in den linken Lauf eine Ladung ein, über welche ein einfacher Papierpfropf zu sitzen kam; darüber eine hübsche Menge Schrot, eher ein paar Körnchen zu viel als zu wenig. Wer weiß ... ein Körnchen mehr rettete mich vielleicht vor dem Schneiderwerden! Das Ganze stopfte ich fest, stopfte, daß ich beinahe die Schwanzschraube des Gewehrs sprengte, und endlich – o Unklugheit! – versah ich den Piston des geladenen Laufs auch noch mit dem notwendigen Zündhütchen.

Nach vollbrachtem Werke gings nun an den rechten Lauf, aber während ich dessen Ladung festschlug – welcher Krach! Ein Schuß ging los! ... die ganze erste Ladung blitze mir an der zweiten Ladung vorbei! ... Ich hatte vergessen, den Hahn des linken Laufes auf das Zündhütchen herabzulassen, und eine Erschütterung hatte hingereicht, ihn auszulösen!

Das mögen sich Neulinge hinter die Ohren schreiben! Beinahe hätte ich die Eröffnung der Jagd im Departement der Somme mit einem beklagenswerten Unfall begangen. Da hätten die Lokalblätter einen fetten Stoff für ihre Rubrik »Verschiedenes« gehabt!

Und doch, wenn in dem Augenblick, wo der Schuß hinausdonnerte ... wenn ja, dieser Gedanke kam mir wirklich – nun in der Richtung, welche die Schrotladung nahm, gerade ein Stück Wild vorübergeflogen wäre, hätte ichs ja unzweifelhaft erlegt! ... Das war vielleicht eine Gelegenheit, die mir nicht wiederkehrte.

Inzwischen hatten Brétignot und seine Gefährten die kleine Anhöhe erreicht. Hier angekommen, berieten sie über Mittel und Wege, ihr Mißgeschick zu beschwören. Ich schloß mich ihnen wieder an, nachdem ich diesmal mein Gewehr mit größter Vorsicht wieder geladen hatte.

Da redete mich Maximon an, d. h. in einem Tone, wie er einem Meister zukam.

»Sie haben geschossen?« sagte er.

»Ja! ... das heißt ... ja! ... ich habe geschossen ...«

»Ein Rebhuhn?«

»Gewiß ein Rebhuhn!«

Um alles in der Welt hätt' ich meine Ungeschicklichkeit vor diesem Areopag nicht eingestanden.

»Und wo ist dieses Rebhuhn?« fragte Maximon, meine leere Jagdtasche mit dem Ende seines Gewehres berührend.

»Verloren!« versicherte ich mit frecher Stirn. »Was meinen Sie! Ich hatte ja keinen Hund. Ja, wenn ich einen Hund gehabt hätte!«

Nun, bei so vielversprechendem Anfange kanns einem doch nicht fehlen, ein richtiger Jäger zu werden.

Da rettete mich glücklich eine unerwartete Unterbrechung. Pontcloués Hund hatte in der Entfernung von kaum zehn Schritten eine Wachtel aufgejagt. Unwillkürlich, wenn man will, aus reinem Instinkt legte ich an und ... Pang! – wie Matifat sagte ...

Da kriegte ich aber eine Ohrfeige zur Strafe für meine fehlerhafte Gewehrhaltung, ja, eine Ohrfeige, für die man nur niemand anderen mit Recht verantwortlich machen kann. Dem Krachen meines Gewehres folgte sofort das eines anderen, nämlich der Flinte Pontcloués.

Durchlöchert wie ein Sieb fiel die Wachtel zur Erde, und der Hund überbrachte sie seinem Herrn, der sie ganz gemütsruhig in die Jagdtasche versenkte.

Man tat mir nicht einmal die Ehre an, zu vermuten,

daß ich doch auch teil an diesem Morde haben könne. Doch ich sagte nichts, ich wagte nichts zu sagen. Es ist bekannt, daß ich von Natur furchtsam bin gegenüber Leuten, welche von einer Sache mehr verstehen als ich.

Meiner Treu, dieser erste Erfolg hatte den anderen wütenden Wildverwüstern ordentlich Appetit gemacht. Man denke nur! Nach dreistündigem Jagen eine Wachtel auf sieben Jäger! Nein, es war unmöglich, daß dieser reiche Jagdgrund von Hérissart nicht noch eine andere enthalten hätte, und wenn es gelang, diese zu erlegen, so kam schon fast eine Drittel Wachtel auf jeden Kombattanten.

Nach Übersteigung der Höhe gelangte die Gesellschaft wieder auf frisch bearbeitetes Land. Mir sagten diese Furchen, welche einen zu unförmlichen Schritten zwingen, die Erdschollen, die sich an die Füße kleben, nicht im geringsten zu; ich ziehe ihnen den Asphalt der Boulevards denn doch bei weitem vor.

So wanderte unsere Gesellschaft mit ihrer Meute zwei volle Stunden, ohne etwas zu sehen. Schon runzelten sich die Augenbrauen. Eine Art wilde Reizbarkeit machte sich über alles und über nichts bemerkbar, ob ein Jäger nun mit dem Fuße gegen einen Klotz stieß oder ein Hund den anderen überholte. Kurz, es wurden allerhand Zeichen schlechter Laune sichtbar.

Endlich fliegen, vierzig Schritte von uns entfernt, aus einem Zuckerrübenfelde Rebhühner auf. Ich wage nicht zu sagen, »ein Volk«, denn das wäre mindestens ein bis zum Exzeß vermindertes Volk gewesen.

Es bestand nämlich aus nicht mehr als zwei Rebhühnern.

Tut nichts! Ich schoß »in den Haufen« hinein, und auch diesesmal folgten dem Knall meines Gewehres gleich zwei andere Schüsse. Pontcloué und Matifat hatten gleichzeitig ihr Pulver reden lassen.

Eines der armen Tiere sank herab. Das andere flog lustig davon und ließ sich in der Entfernung von einem Kilometer hinter einer Landwelle nieder.

Du beklagenswertes Rebhuhn, welche Streitigkeiten hast du veranlaßt! Welche Auseinandersetzungen zwischen Matifat und Pontcloué! Jeder behauptete der Urheber des Mordes zu sein. Da gabs ein Hin- und Herreden, verletzende Bemerkungen, bedauerliche Anspielungen! Und welche Ausdrücke! ... »Wucherer! ...« »Er nimmt alles für sich in Anspruch! ...« »Zum Teufel mit den Leuten, welche keine Scham im Leibe haben!«

»Das wäre gewiß das letzte Mal, daß man miteinander jagte! ...« Und dazu noch andere liebenswürdige Reden und Gegenreden, welche meine Feder sich wiederzugeben sträubt.

In Wahrheit krachten die Schüsse der beiden Herren ganz zur nämlichen Zeit.

Ein dritter war denselben zwar noch vorhergegangen. Aber – darüber war ja kein Wort zu verlieren – wäre es denkbar gewesen, daß ich jenes Rebhuhn gefällt hätte? Urteilen Sie nur selbst ... ein Schüler! ...

In den Steit zwischen Matifat und Pontcloué glaubte ich mich nicht mischen zu sollen, nicht einmal mit der edelmütigen Absicht, zu vermitteln! Wenn ich nicht selbst reklamierte, so kam das daher, daß ich von Natur furchtsam bin ... nun, Sie kennen ja den Rest der Phrase.

Siebtes Kapitel

Endlich war zur größten Befriedigung unserer Mägen die Mittagszeit herangekommen. Wir rasteten am Fuße eines Hügels, im Schatten einer großen Ulme. Die Gewehre und die – leider noch leeren – Jagdtaschen wurden bei Seite gelegt. Dann frühstückten wir, um einigermaßen die seit unserem Aufbruch so nutzlos verschwendeten Kräfte zu ersetzen.

Eine traurige Mahlzeit! Da gabs ebensoviele Vorwürfe, wie Bissen! Schreckliches Land! ... Eine hübsch gepflegte Jagd! Die Wilddiebe richten dieselbe zu Grunde! ... Man sollte die Kerle, jeden an einen Baum aufhängen und ihnen einen Anschlag auf die Brust kleben, der ihre Schande bekanntmachte ... Die Jagd wurde zur Unmöglichkeit! ... Nach zwei Jahren würde es hier kein Stück Wild mehr geben ... Sollte man nicht das Jagen einmal ganz verbieten! ... Ja! ... Nein! ... Und so kam die ganze Litanei von Jägern, welche nichts erlegt haben, zum Vorschein.

Da begann wieder der Streit zwischen Pontcloué und Matifat, wegen des halben Rebhuhns, welches jeder ganz beanspruchte. Die anderen mischten sich ein ... ich fürchtete, es würde noch zum Handgemenge kommen.

Eine Stunde später setzten wir uns noch einmal in Bewegung – wohl geazt und »angefeuchtet«, wie man hier sagt. Vielleicht waren wir vor dem eigentlichen Mittagessen glücklicher! Welcher wahrhaftige Jäger vor dem Herrn bewahrt nicht immer noch ein wenig Hoffnung bis zum Ende, wo er den »Appell« der Rebhühner hört, welche sich zusammenrufen, um die Nacht en famille zu verbringen.

Wir waren also wieder auf dem Marsche. Die Hunde, in fast ebenso mürrischer Laune wie wir, trotteten voran. Ihre Herren schimpften hinter ihnen her mit schrecklichen Lauten, welche dem Kommando in der englischen Marine glichen.

Ich folgte unsicheren Schrittes. Ich fing an, kreuzlahm zu werden. So leer meine Jagdtasche auch war, drückte sie mir auf die Nieren. Mein Gewehr von ganz unglaublichem Gewicht ließ mich mit Bedauern an meinen Spazierstock zurückdenken. Das Pulverhorn, der Schrotbeutel, alle diese belastenden Gegenstände hätt' ich am liebsten einem der kleinen Bäuerlein übergeben, die mir mit spöttischer Miene nachliefen und fragten, wie viel »Hühnervieh« ich schon abgewürgt hätte. Ich wagte es nur nicht aus Eigenliebe.

So schlichen zwei Stunden, zwei tödliche Stunden dahin. Wir hatten unsere guten fünfzehn Kilometer in den Beinen. Eines wurde mir immer klarer: daß ich von diesem vermaledeiten Ausflug viel eher eine Verkrümmung als ein Dutzend Wachteln heimbringen werde.

Da, was gibts da für ein Geräusch, das mich wieder erweckt? Diesesmal ists wirklich ein ganzes Volk Rebhühner, das aus einem Gebüsch aufflattert. Allgemeine Füsilade! Feuer nach Belieben! Wenigstens fünfzehn Flintenschüsse krachen, den meinigen eingerechnet.

Da tönt ein Schrei durch den Pulverdampf! Ich blicke dahin. In diesem Moment erscheint ein Gesicht über dem Busche. – Es war ein Bauer mit einer so aufgetriebenen rechten Wange, als hätte er eine Walnuß im Munde.

»Schön! Ein Unfall!« rief Brétignot.

»Das fehlte mir gerade noch!« bemerkte Duvauchelle.

Das war alles, was dieses Verbrechen, betreffend »Schläge und Verwundungen, ohne die Absicht zu töten«, wie es im Codex heißt, in ihnen hervorrief. Und diese Leute, die kein Herz im Leibe hatten, liefen ihren Hunden entgegen, welche zwei, nur verwundete Rebhühner apportierten, und gaben dem unglücklichen Geflügel mit dem Schuhabsatze vollends den Rest! Ich wünsche ihnen ebensoviele Fußtritte, wenn sie's einmal nötig haben sollten!

Währenddem stand der Eingeborene immer noch da mit seiner dick aufgelaufenen Backe, ohne reden zu können.

Da kehrten eben Brétignot und die anderen zurück.

»Na, was hat denn der brave Mann?« fragte Maximon mit dem Tone eines Beschützers.

»Zum Teufel, er hat ein Schrotkorn in der Wange«, antwortete ich.

»Bah, das ist nichts!« meinte Duvauchelle, »das hat nichts zu bedeuten.«

»Doch . . . doch . . .«, stotterte der Bauer, der seiner Verletzung durch eine schreckliche Grimasse mehr Wichtigkeit beizulegen versuchte.

»Wer ist denn ungeschickt genug gewesen, diesen armen Teufel anzuschießen?« fragte Brétignot, dessen forschender Blick zuletzt auf mir haftenblieb.

»Haben Sie nicht geschossen?« wandte sich Maximon an mich.

»Ja, ich habe geschossen, ganz wie alle anderen.«

»Nun, da ist ja die Frage gelöst!« erklärte Duvauchelle.

»Sie sind ein ebenso ungeschickter Jäger, wie Napoleon I.«, versetzte Pontcloué, der das Kaisertum haßte.

»Ich ... ich ...?« rief ich.

»Es kann's niemand anderes gewesen sein, als Sie«, sagte Brétignot streng.

»Entschieden! Dieser Herr ist ein sehr gefährlicher Mensch!« ließ sich Matifat vernehmen.

»Und wenn man ein solcher Neuling ist«, fügte Pontcloué hinzu, »lehnt man jede Einladung, sie komme, woher es sei, einfach ab!« Damit gingen alle drei weiter. Ich verstand ... Man ließ mir den Verwundeten auf meine Rechnung und Gefahr.

Ich machte der Sache ein Ende, zog die Börse und bot dem braven Bauer zehn Francs, wobei seine rechte Wange sofort abschwoll. Jedenfalls hatte er seine Nuß verschluckt.

»Es geht wohl besser?« fragte ich teilnehmend.

»O ja ... bißchen ... jetzt fängt's hier wieder an!« antwortete er und blies nun die linke Wange auf.

»Ah, nein«, sagte ich, »nein, für dieses Mal ist's mit einer Backe genug!« Und damit ging auch ich meines Weges.

Achtes Kapitel

Während ich so mit diesem spitzbübischen Picarden verhandelte, hatten die anderen einen ziemlichen Vorsprung gewonnen. Übrigens hatten sie mir nicht undeutlich zu verstehen gegeben, daß man in der Nachbarschaft eines Tölpels, wie ich, nicht eben in Sicherheit sei, und daß die gewöhnliche Klugheit fordere, sich von einem solchen fernzuhalten.

Selbst der gestrenge, aber ungerechte Brétignot ließ mich im Stiche, als wäre ich ein Auswürfling mit dem bösen Blicke.

Alle verschwanden bald in einem kleinen Gehölz zur Linken. Offen gestanden, war ich über diese Wendung der Dinge nicht besonders böse. Mindestens trug ich jetzt nur die Verantwortlichkeit meiner eigenen Taten.

Ich war also allein, allein in dieser weiten Ebene, welche gar kein Ende nahm. Was hätte ich hier überhaupt angeben sollen; großer Gott, mit dieser ganzen Ausrüstung auf den Schultern! Kein Rebhuhn entlockte meiner Flinte einen Laut! Nicht ein »Hase«, wie die Bauern der Picardie sagen, nicht ein Hase, dem ich hätte nachlaufen können! Wie gemütlich hätte sich's da in meinem Zimmer gesessen, wo ich ruhig schreiben, lesen oder auch gar nichts machen konnte!

Ich ging ziellos weiter, wählte aber mehr die Raine, statt der umgepflügten Felder. Zehn Minuten lang setzte ich mich still hin, dann ging ich wieder zwanzig. Auf dem Umkreis von fünf Kilometern war kein Hase zu sehen, kein Kirchturm ragte am Horizont empor! Die reine Wüste! Da und dort verbot ein Pfahl mit der rätselhaften Inschrift: »Reservierte Jagdgründe« den Eintritt.

Reserviert? Für Wild gewiß nicht, denn davon gab's hier keines.

So wandelte ich träumend, philosophierend, die Flinte am Bande tragend und mich mühsam fortschleppend weiter. Meiner Meinung nach sank die Sonne heute ganz erstaunlich langsam hernieder. Hatte sie etwa ein neuer Josua unter Aufhebung der Weltgesetze zu größerem Vergnügen meiner engagierten Kameraden in ihrem täglichen Laufe aufgehalten? Sollte denn keine Nacht mehr diesem erbärmlichen Tage des Jagdaufgangs folgen?

Doch, es hat ja alles seine Grenzen – selbst ein reserviertes Terrain. Schon wurde ein Wald sichtbar, welcher die Ebene abschloß. Noch einen Kilometer, und ich mußte ihn erreicht haben.

So wandert' ich weiter, ohne mich besonders zu beeilen. Der Kilometer war zurückgelegt; ich befand mich am Saume des Holzes.

Fern, ganz fern, hörte man es krachen, wie das Raketenbukett eines Feuerwerks am 14. Juli.

»Die mögen schön morden!« dachte ich. »Für nächstes Jahr lassen sie gewiß nichts übrig!«

Da kam mir – doch das ganz unter uns – die Idee, ich könnte ja im Walde vielleicht glücklicher sein, als im freien Felde. In den Baumkronen hüpften doch gewiß unschuldige Sperlinge umher, welche die besten Restaurants, kokett hergerichtet, als Feldlerchen versetzen.

So folgte ich einer der Schneisen, welche an der Landstraße ausmünden.

Wahrhaftig, der Dämon der Jagd hatte ihren ergebenen Diener gepackt! Ja, jetzt trug ich nicht ferner die Flinte auf der Schulter, ich hatte sie wieder geladen, hielt sie schußgerecht . . . meine Blicke schweiften forschend nach links und nach rechts.

Nichts! Die Spatzen mochten offenbar von den Pariser Restaurants nicht viel wissen und hielten sich weislich verborgen. Ein- oder zweimal legte ich an . . . es waren nur Blätter, die sich an den Bäumen bewegten, und ich konnte mich doch nicht so weit erniedrigen, auf bloße Blätter Feuer zu geben!

Es war nun fünf Uhr. Binnen vierzig Minuten mußte ich laut Verabredung im Gasthof zurück sein, wo wir speisen wollten, ehe der Wagen bestiegen wurde, der uns, Tiere und Menschen, Tote und Lebendige, nach Amiens zurückbefördern sollte.

Ich folgte also, immer gespannt umherblickend, dem Hauptdurchlaß des Waldes, der in schräger Richtung nach Hérissart zu führte.

Plötzlich stand ich wie angenagelt ... das Herz klopfte mir lauter!

Unter einem Busche, fünfzig Schritt von mir, befand sich zwischen Brombeeren und anderem Gesträuch offenbar irgend etwas ...

Es sah schwarz aus, hatte einen silberartigen Rand und eine lebhafte rote Spitze, wie ein glühender Augapfel, der mir zugewandt war!

Ohne Zweifel hatte sich hier ein Stück Haar- oder Federwild – ich hätte nicht sagen können, welches – ein Versteck gesucht. Ich schwankte zwischen einem Hasen, mindestens einem »Dreiviertel Tiere« und einer Fasanenhenne. Ei, warum nicht? Es würde mich in den Augen meiner Gefährten gewaltig rehabilitieren, wenn ich mit einem Fasan in der Jagdtasche zurückkam.

Ich schlich mich vorsichtig, das Gewehr zum Feuern fertig, heran. Ich hielt den Atem an. Ich war erregt wie Duvauchelle, Maximon und Brétignot zusammen.

Endlich, in bequemer Schußweite, auf etwa zwanzig Schritte, ließ ich mich auf ein Knie nieder, um sicheren Anschlag zu haben, sperrte das rechte Auge weit auf und machte das linke felsenfest zu, brachte Korn und Visier in gebührende Übereinstimmung und – gab Feuer.

»Getroffen!« schrie ich außer mir. »Diesmal wird mir niemand meinen Schuß abstreiten!«

Mit eigenen Augen hatte ich Federn auffliegen sehen, wenn's nicht etwa Haare waren.

Wegen Mangels an einem Hund lief ich selbst auf den Busch zu, stürzte mich auf das regungslose Wild, das kein Zeichen von Leben mehr gab! Ich hob es auf ...

Es war ein Gendarmenhut mit Silberbordüre und einer Kokarde, deren Rot mich wie ein Auge anzusehen schien. Zum Glück hatte er sich im Moment, wo ich schoß, nicht auf dem Kopfe seines Eigentümers befunden!

Zehntes Kapitel

In diesem Augenblicke erhob sich eine lange Gestalt, die vorher im Grase gelegen hatte. Mit Schreck erkannte ich die blauen Beinkleider mit schwarzen Seitensteifen, den dunklen Waffenrock mit silbernen Knöpfen, den gelben Gürtel und das gelbe Bandelier des Pandorus, welchen mein unglücklicher Flintenschuß erweckt hatte.

»Wer zum Teufel heißt Sie auf Gendarmenhüte schießen?« fragte er mich in einem Tone, aus dem der Staatsbeamte sprach.

»Gendarm . . . ich glaubte . . . es wäre ein Hase! . . « Eine Augentäuschung! Übrigens bin ich gern zu Schadenersatz bereit.«

»Wirklich! Nun, ein Gendarmenhut ist ziemlich teuer . . . vorzüglich wenn man ihn ohne Jagdschein erlegt!«

Ich wurde blaß. Alles Blut drängte sich mir zum Herzen. Das war der kitzlichste Punkt.

»Sie sind doch im Besitz eines Jagdscheines?« fragte mich Pandorus.

»Eines Jagdscheines? . . .«

»Ja, eines Jagdscheines. Sie wissen doch hoffentlich, was ein Jagdschein ist?«

Leider hatte ich keinen Schein. Für einen einzigen Jagdtag glaubte ich davon absehen zu dürfen, einen solchen zu lösen. Aber ich glaubte dem Manne des Gesetzes versichern zu müssen, was man bei derartiger Gelegeheit stets versichert, daß ich meinen Jagdschein nur vergessen habe.

Ein Lächeln überlegener Ungläubigkeit verbreitete sich auf dem Gesicht des Gendarmen.

»So bin ich eben genötigt, ein Protokoll aufzunehmen«, sagte er zu mir in dem sanfteren Tone eines Mannes, der schon eine Prämie für sich winken sieht.

»Warum? Morgen werde ich Ihnen denselben schicken, den Jagdschein, mein wackerer Gendarm, und . . .«

»Ja, ja, weiß schon«, erwiderte Pandorus, »aber ein

Protokoll ist nicht zu umgehen.«

»Nun gut, so protokollieren Sie, wenn Sie denn einmal gegen die Bitte eines Debütanten unempfindlich sind.«

Ein Gendarm, der dafür empfindlich wäre, wäre ja kein Gendarm mehr. Der meinige zog denn ein in gelbliches Pergament gebundenes Notizbuch aus der Tasche.

»Wie heißen Sie?« begann er.

Ah, ich wußte, daß es Gebrauch ist, in solch' schwerer Verlegenheit der Behörde den Namen eines Freundes zu nennen. Wenn ich jetzt gerade Mitglied der Akademie von Amiens gewesen wäre, wahrlich, ich hätte nicht gezögert, den Namen eines gelehrten Kollegen anzugeben. Ich begnügte mich jedoch damit, den eines alten Kameraden, eines bekannten Pariser Pianisten, zu nennen. Der brave Junge saß augenblicklich gewiß zu Hause und übte den vierten Finger, ohne eine Ahnung, daß man ihn wegen eines Jagdvergehens in ein Protokoll aufnahm.

Pandorus verzeichnete ernsthaft den Namen seines Opfers, dessen Beruf, Alter und Adresse. Dann bat er mich ganz höflich, ihm meine Flinte auszuantworten – wozu ich eiligst bereit war. Ich hatte ja weniger zu tragen; ich bat ihn auch, mir die Jagdtasche, den Schrotbeutel und das Pulverhorn gleichzeitig mit abzunehmen. Das lehnte er mit einer für mich beklagenswerten Uninteressiertheit ab.

Nun war noch die Frage wegen des Hutes zu ordnen. Diese fand zur Zufriedeheit beider Teile durch die Aushändigung eines Geldstückes die gewünschte Lösung.

»Es ist sehr schade«, meinte ich, »der Hut war so vortrefflich erhalten.«

»'s war noch ein fast neuer Hut«, entgegnete Pandorus, »ich hab' ihn erst vor sechs Jahren von einem Brigadier gekauft, der in den Ruhestand trat.«

Nachdem er das Möbel wieder reglementmäßig auf den Kopf gestülpt hatte, ging der Gendarm, sich in den Hüften wiegend, nach seiner, ich aber nach meiner Seite davon.

Eine Stunde später hatte ich den Gasthof erreicht. Verheimlichte so gut wie möglich das Verschwinden der Flinte und erwähnte von meinem Abenteuer kein Sterbenswörtchen.

Es soll aber nicht verschwiegen bleiben, daß meine Jagdgenossen als ganze Beute eine Wachtel und zwei Rebhühner für sieben Mann heimbrachten. Wegen eines Hasens, der noch jetzt fröhlich draußen umherlief, war es zwischen Maximon und Duvauchelle sogar zu Tätlichkeiten gekommen, und Pontcloué und Matifat hatten sich auf den Tod verfeindet.

Elftes Kapitel

Das ist die Reihe der Aufregungen, welche ich an jenem denkwürdigen Tage durchkosten mußte! Ich hatte vielleicht eine Wachtel getötet, vielleicht ein Rebhuhn erlegt, vielleicht einen Bauer verwundet, aber ganz sicherlich hatte ich einen Gendarmenhut durchlöchert!

Ohne Jagdschein ertappt, war über mich unter fremdem Namen ein Protokoll aufgesetzt worden. Ich hatte die Behörde hintergangen! Oh, kann einem Neuling von Jäger beim Anfang seiner Laufbahn eines Anderson und Pertuiset noch mehr begegnen?

Es versteht sich von selbst, daß mein Freund, der Pianist, unangenehm überrascht war, als er eine Vorladung erhielt, vor dem Korrektions-Tribunal von Doullens zu erscheinen. Ich habe seitdem auch erfahren, daß es ihm nicht gelungen war, sein Alibi nachzuweisen. Infolgedessen wurde er zu sechzehn Francs Strafe und in die Kosten verurteilt, welche sich auf dieselbe Summe beliefen.

Ich beeile mich hinzuzufügen, daß er kurz darauf eine Postanweisung unter der Bezeichnung »Schadenersatz« mit zweiunddreißig Francs empfing, die ihm die ganzen Kosten deckte. Freilich hat er niemals erfahren, woher das kam, aber der Flecken, verurteilt worden zu sein, blieb doch auf ihm sitzen, und er ist bei der Behörde als Übeltäter vorgemerkt.

Zwölftes Kapitel

Ich liebe die Jäger nicht, wie ich schon eingangs sagte, vorzüglich weil sie gar so gern ihre Abenteuer erzählen. Nun, eben habe ich die meinigen geschildert. Verzeihen Sie mir das; es soll nie wieder geschehen.

Dieser Ausflug ist der erste und letzte des Verfassers gewesen, aber er hat davon eine Erinnerung zurückbehalten, welche an Bosheit grenzt. Allemal, wenn er einem Jäger mit dem Hunde hinter sich und mit der Flinte auf dem Arm begegnet, wünscht er ihm: »Viel Glück zur Jagd!« . . . Und man sagt ja, daß ihm das »sicher Unglück bringt«!

COLLECTION JULES VERNE

1. Von der Erde zum Mond
Direkte Fahrt in 97 Stunden 20 Minuten
2. Reise um den Mond
3. Reise um die Erde in 80 Tagen
4. Reise zum Mittelpunkt der Erde
5. Fünf Wochen im Ballon
6./7. Zwanzigtausend Meilen unter dem Meer
8. Abenteuer von drei Russen und drei Engländern in Süd-Afrika
9./10. Abenteuer des Kapitän Hatteras
11./12./13. Die Kinder des Kapitän Grant
14./15./16. Die geheimnisvolle Insel
17./18. Das Land der Pelze
19. Eine schwimmende Stadt
Die Blockadebrecher
20. Eine Idee des Doktor Ox
Meister Zacharius
Ein Drama in den Lüften
Eine Überwinterung im Eis
Eine Mont-Blanc-Besteigung
21. Der Chancellor
Tagebuch des Passagier J. R. Kazallon
22./23. Der Kurier des Zaren
Michael Strogoff
24. Schwarz Indien
25./26. Reise durch die Sonnenwelt
27./28. Ein Kapitän von 15 Jahren
29./30./31. Die Entdeckung der Erde
32. Die fünfhundert Millionen der Begum
33. Die Leiden eines Chinesen in China
34./35. Die großen Seefahrer des 18. Jahrhunderts
36./37. Das Dampfhaus

38./39.	Der Triumph des 19. Jahrhunderts
40./41.	Die Jangada
42.	Die Schule der Robinsons
43.	Der grüne Strahl
44./45.	Keraban der Starrkopf
46.	Der Südstern oder das Land der Diamanten
47.	Der Archipel in Flammen
48./49./50.	Mathias Sandorf
51.	Robur der Sieger
52.	Ein Lotterie-Los
53./54.	Nord gegen Süd
55./56.	Zwei Jahre Ferien
57.	Kein Durcheinander
58./59.	Die Familie ohne Namen
60./61	Mistreß Branican
62.	Das Karpatenschloß
63.	Claudius Bombarnac *Notizbuch eines Reporters*
64./65.	Der Findling
66./67.	Meister Antisers wunderbare Abenteuer
68./69.	Die Propeller-Insel
70.	Vor der Flagge des Vaterlandes
71.	Clovis Dardentor
72./73.	Die Eissphinx
74./75.	Der stolze Orinoco
76./77.	Das Testament eines Exzentrischen
78./79.	Das zweite Vaterland
80.	Das Dorf in den Lüften
81.	Die Historien von Jean-Marie Cabidoulin
82./83.	Die Gebrüder Kip
84./85.	Reisestipendien
86.	Ein Drama in Livland
87.	Der Herr der Welt
88.	Der Einbruch des Meeres
89.	Der Leuchtturm am Ende der Welt
90./91.	Der Goldvulkan
92./93.	Reisebüro Thompson & Co.
94.	Die Jagd nach dem Meteor
95.	Der Pilot von der Donau
96./97.	Die Schiffbrüchigen der Jonathan
98.	Wilhelm Storitz' Geheimnis
99./100.	Cäsar Cascabel